सत्यजित राय

2 मई, 1921 को गड़पार रोड, दक्षिणी कलकत्ता (बंगाल) में जन्म। पिता सुकुमार राय एक प्रतिष्ठित व्यक्ति थे।

प्रारम्भिक शिक्षा घर पर हुई। पाँच साल की आयु में माँ सुप्रभा राय के साथ भवानीपुर में नाना के घर जाकर रहने लगे। सन् 1936 में बालीगंज गवर्नमेंट हाईस्कूल से मैट्रिक पास किया। इसके बाद प्रेसीडेंसी कॉलेज और शान्तिनिकेतन से शिक्षा ग्रहण की।

बांग्ला फ़िल्मों के अन्तरराष्ट्रीय ख्यातिप्राप्त निर्देशक होने के साथ-साथ उच्च कोटि के संगीतकार, चित्रकार, छायाकार, पत्रकार और लेखक। बच्चों के लिए विशेष तौर पर काम किया है।

'पथेर पांचाली' उनकी विश्वप्रसिद्ध बांग्ला फ़िल्म है। हिन्दी सिनेमा को भी उन्होंने 'सद्गति' और 'शतरंज के खिलाड़ी' जैसी फ़िल्में दीं। अपनी कला-मर्मज्ञता के कारण वे कई उच्चस्तरीय राष्ट्रीय व अन्तरराष्ट्रीय समितियों के पदाधिकारी रहे। भारत के सर्वोच्च नागरिक सम्मान 'भारत रत्न' और ऑस्कर समेत अनेक सम्मानों, पुरस्कारों से सम्मानित।

निधन : 23 अप्रैल, 1992

विषय : चलचित्र

सत्यजित राय

बांग्ला से अनुवाद

डॉ. रामशंकर द्विवेदी

रेमाधव पेपरबैक्स

रेमाधव पेपरबैक्स में
पहला संस्करण : 2007
दूसरा संस्करण : 2023

रेमाधव पेपरबैक्स : उत्कृष्ट साहित्य के जनसुलभ संस्करण

रेमाधव पब्लिकेशन्स प्राइवेट लिमिटेड
जी-17, जगतपुरी, दिल्ली-110 051
द्वारा प्रकाशित

शाखाएँ : अशोक राजपथ, साइंस कॉलेज के सामने, पटना-800 006
पहली मंजिल, दरबारी बिल्डिंग, महात्मा गांधी मार्ग, प्रयागराज-211 001

वेबसाइट : www.remadhav.com
ई-मेल : contact@remadhav.com

बी.के. ऑफसेट
नवीन शाहदरा, दिल्ली-110 032
द्वारा मुद्रित

मूल्य : ₹ 299

VISHAY : CHALCHITRA
Articles by Satyajit Ray
Translated by Dr. Ramshankar Dwivedi

ISBN : 978-81-89914-48-6

भूमिका

इस संकलन में समाविष्ट अठारह निबन्धों में सिर्फ दो को स्वत: प्रवृत्त होकर लिखी गई रचनाएँ कहा जा सकता है। दोनों ही निबन्ध मेरी फिल्मों के विरुद्ध लिखी समालोचनाओं के उत्तर में लिखे गए हैं। शेष रचनाओं में अधिकांश 'देश' पत्रिका के वार्षिक अनुरोध का परिणाम हैं।

स्वभावत: इन सारी बिखरी रचनाओं से चलचित्र-कला अथवा चलचित्र-शिल्पी के रूप में मेरे दृष्टिकोण के सम्बन्ध में विशद धारणा प्राप्त करना सम्भव नहीं है। साहित्य, नाटक, चित्रकला, संगीत आदि का प्रभाव होने पर भी चलचित्र-कला का जो एक निजी वैशिष्ट्य है, और इस शिल्प के गुणावगुण पर विचार करने के लिए जिस विशेष समझदारी की जरूरत पड़ती है, ये दो मूल धारणाएँ इन लेखों की सहायता से अगर पाठक के मन में संचारित हो गईं, तो मैं यह मानूँगा कि यह संकलन अनेक अंशों में सफल है।

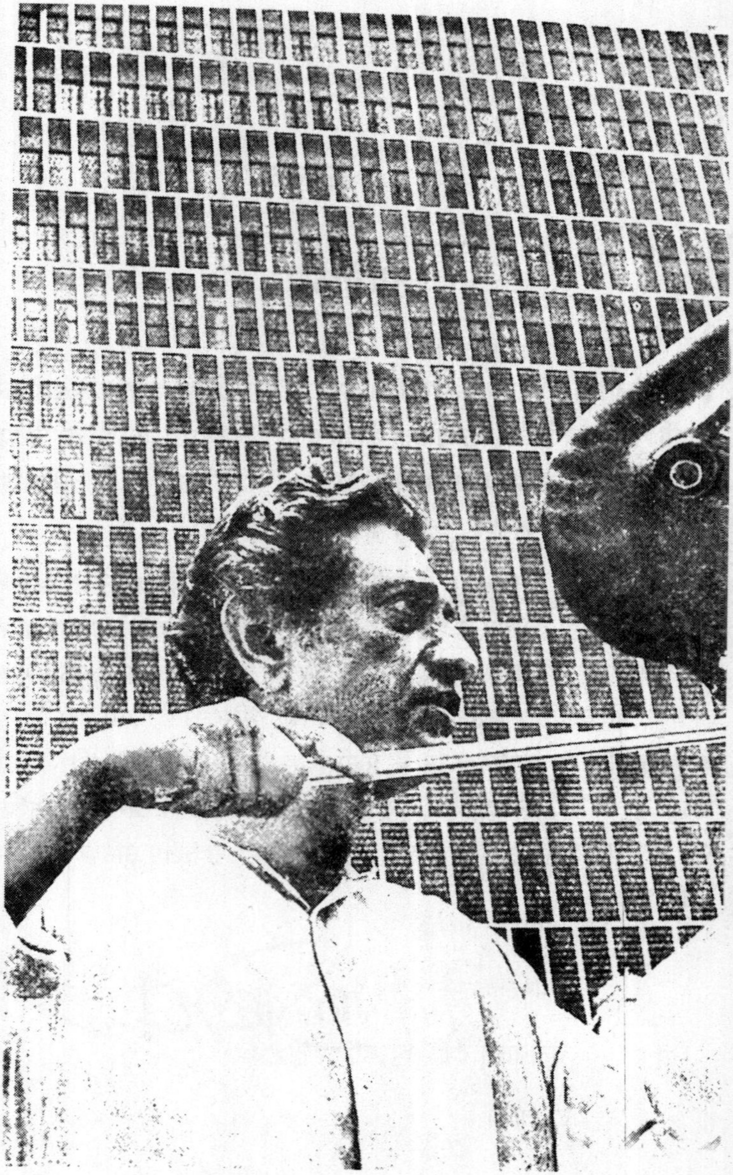

अनुक्रम

चलचित्र की भाषा : कल और आज

आजकल विदेशों के कई छायाचित्रों में एक नवीनता का आभास मिल रहा है, जिसके बारे में इस देश में भी कुछ लोग सचेत हो चुके हैं। इस नवीनता का एक पक्ष विषय-वस्तु से सम्बन्धित है। मानव-जीवन और मानव-समाज की कई घटनाएँ, कई समस्याएँ, आजकल फिल्मों में स्थान पाने लगी हैं, जो कुछ दिनों पहले तक शायद 'लोग इन्हें स्वीकार नहीं करेंगे,' या हो सकता है 'फिल्म में ये चल ही न पाएँ' ऐसी उक्तियों के दायरे में आती थीं। स्त्री-पुरुष के दैहिक सम्बन्ध का चित्रण मूर्ति-शिल्प और साहित्य में कुछ नया न होने पर भी सिनेमा में अभी हाल में ही शुरू हुआ है। आजकल कोई यदि विदेश के किसी फिल्मोत्सव में जाकर फिल्म देखता है, तो फिर उसे ऐसा भी महसूस हो सकता है कि स्त्री-पुरुष का यौन सम्बन्ध ही शायद आधुनिक चलचित्रों की एकमात्र विषय-वस्तु है।

नवीनता की दूसरी तथा और भी महत्त्वपूर्ण दिशा है—भाषा सम्बन्धी। इसके पहले कभी फिल्म की भाषा में परिवर्तन न हुआ हो, ऐसा नहीं है। तीसवें दशक के प्रारम्भिक दौर की किसी भी अमेरिकी फिल्म के साथ पचासवें दशक की किसी भी फिल्म की तुलना करने पर भाषा का यह अन्तर तुरन्त पकड़ में आ जाएगा। यह भिन्नता अपेक्षाकृत सूक्ष्म होती है, इसलिए तुरन्त नजर में आने वाली चीज नहीं है। लेकिन आज जो नई शैली सिनेमा में लक्षित की जा रही है, वह कई बार ऐसा लगता है कि

अतिशयोक्तिपूर्ण शैली है, उसमें चौंकाने का प्रयास बेहद स्पष्ट है और अन्तर इतना स्पष्ट होने से ही शायद उसका प्रभाव इतने द्रुत और व्यापक भाव से फैल रहा है। यूरोप, अमेरिका, जापान, ब्राजील, अर्जेंटीना आदि, विभिन्न देशों के बहुत-से युवा निर्देशक लोग इस नई बोली को बार-बार याद कर रहे हैं। बार-बार दर्शकों के कन्धों को झकझोर रहे हैं और फिल्म समीक्षकों को उद्भ्रान्त किए दे रहे हैं। कुछ समालोचक कह रहे हैं कि यही नई भाषा आज की फिल्मों के लिए एकमात्र उपयुक्त भाषा है; यह भाषा जिस फिल्म में प्रयुक्त न हुई, वह फिल्म समकालीन कला-सृष्टि की पाँत में स्थान पाने के योग्य नहीं है।

मामला गम्भीर है, और गम्भीर इस कारण से है कि यह जमाना, प्रदर्शन का जमाना है, फैशन का जमाना है। इन दो का उत्पात हमारे इस अभागे देश में भी दिखाई दे रहा है। अब बहुत-से बंगाली तरुण स्फिर्फ बाबू बनकर ही नहीं बैठे रहना चाहते, कारण ढीले-ढाले पैंट से तो यह काम सम्भव नहीं। हालाँकि ढीली मोहरी का पैंट न पहनने से फैशन का काम तो चलता नहीं है। पहनावे के मामले में जो सम्भव है, वह कला के मामले में भी घटित न हो सकता हो, ऐसा तो कोई भरोसा है नहीं। इसलिए लगता है कि इस बार भाषा के मामले को जरा सूक्ष्म दृष्टि से गहरे जाकर देखना चाहिए। क्या सचमुच इस भाषा ने सिनेमा में एक नए दौर की शुरुआत की, जिसके परिणामस्वरूप जो अब तक हो रहा था, वह पुराने फैशन का हो गया, अथवा यह भाषा भी ढीली मोहरी के पैंट की तरह ऐसी कुछ है, जिससे सब काम नहीं हो सकते। फलस्वरूप कई कामों को छोड़ देना पड़ता है। कारण यह कि वैसा यदि न किया जाए तो फैशन बरकरार नहीं रहता है।

भाषा के मामले में वेशभूषा की उपमा अप्रासंगिक तो है नहीं। पहनावे की तरह भाषा के भी दो पक्ष हैं, एक है उसका जरूरत पूरा करने का पक्ष,

अर्थात फंक्शनल या कामकाजी पक्ष। इसमें एक विशेष भाव की अभिव्यक्ति का काम होता है। दूसरा होता है, भाषा का कलात्मक पक्ष। यहाँ भाषा के माधुर्य, भाषा की ऋजुता, भाषा के चमकीलेपन आदि का प्रश्न उठता है। कोई भाषा जब नई तरह से तैयार होती है, तो ऐसा किसी विशेष भाव के प्रकाशन की आवश्यकता के कारण होता है। यह प्राथमिक उद्देश्य पूरा होने के बाद क्रमशः एक कलाकार के हाथों इसकी श्रीवृद्धि होती रहती है। लेकिन परिपक्व अवस्था में भी कोई भाषा चिरकाल के लिए एक ही स्थिति में टिकी नहीं रह सकती है। कारण, युग के बदलाव के साथ-साथ एक सचेत शिल्पी के मिजाज और नजरिये का बदलाव भाषा में प्रतिफलित होने को बाध्य है। संगीत, चित्रकला, साहित्य, नाटक आदि अतिप्राचीन कलाओं की भाव-भंगिमाओं को इकट्ठा कर आज से साठ वर्ष पहले चलचित्र की जो भाषा तैयार होना शुरू हुई थी, यह बात तो बहुतों को पता है। जो पहली फिल्म लोगों को बुलाकर दिखाई गई थी, उसकी विषय-वस्तु थी—एक ट्रेन स्टेशन के प्लेटफार्म पर आकर खड़ी हो रही है। यह घटना अगर फिल्म के बजाय स्थिर तसवीरों में दिखाई जाती, तो भी वक्तव्य समझने में कोई असुविधा न होती। लेकिन एक अन्तर है। वह यह कि चलचित्र में घटना एक निश्चित समयावधि में (अर्थात जब तक फिल्म पर्दे पर रहेगी तब तक) विन्यस्त की गई है। इस उपलब्धि के साथ-साथ हम लोग यह समझ सके कि फिल्म के साथ संगीत का एक सम्बन्ध होता है और तसवीरें होते हुए भी सिनेमा नामक कला-रूप चित्रकला अथवा फोटोग्राफी से अलग है।

लूमियेर के द्वारा बनाई गई, ट्रेन की यह फिल्म नाटक और कहानी से रहित और सामान्य दैनन्दिन घटना में शामिल थी। इसके कुछ बाद वाले क्रम में फिल्म के माध्यम से कहानी कहने की शुरुआत हुई। इस भाषा की निर्माण-प्रक्रिया में जो अग्रणी था, वह था असामान्य प्रतिभा का धनी अमेरिकी निर्देशक डी.डब्ल्यू. ग्रिफिथ। कैमरा और एडिटिंग के जिस विशेष प्रयोग के ऊपर सिनेमा का व्याकरण आधारित है, उसके लगभग सभी प्रकार

ग्रिफिथ के आविष्कार हैं। ग्रिफिथ ने शुरू में ही जो चीज समझ ली थी, वह यह थी कि जैसे मुँह से कहानी एक साँस में नहीं कही जा सकती अथवा साहित्य की कहानी को भी जैसे शब्दों के बाद वाक्यों में सजाना पड़ता है, वैसे ही सिनेमा की कहानी को भी खंड-खंड दृश्यों और खंड-खंड शॉटों में विभाजित करके कहना पड़ता है। सिनेमा का एक-एक शॉट, एक-एक वाक्य अथवा शब्द की तरह होता है। कहानी की तरह ही शॉट की भाषा होती है। वह एकान्तिक रूप से चित्रों की भाषा होती है, दृश्य-वस्तु की भाषा होती है। फिर साहित्य की कहानी को भी जैसे अनुच्छेद और परिच्छेदों में विभाजित करने की जरूरत पड़ती है, वैसे ही सिनेमा की कहानी को भी मिक्स अथवा फेड के जरिये कई तरह के विशेष यान्त्रिक और रासायनिक उपायों से खंडों और पर्वों में बाँटना सम्भव है।

इसके अलावा कैमरे के दृष्टिकोण (फोकस और ऐंगल) के बदलने के फलस्वरूप क्लोज-अप (पास से फिल्मांकन), मिड शॉट (बीच की दूरी से फिल्मांकन), लॉन्ग शॉट, (लम्बी दूरी से फिल्मांकन), टॉप शॉट (ऊँचाई से फिल्मांकन), आदि की उत्पत्ति हुई और वक्तव्य के अनुसार उनका सार्थक प्रयोग भी सबसे पहले ग्रिफिथ ने ही किया। पात्रों की मनोभावना को उनके चेहरे और हाव-भाव के ब्योरों की मदद से व्यक्त करने के लिए क्लोज-अप पद्धति का उद्भव हुआ। इस क्लोज-अप पद्धति के प्रयोग के बिना आज भी फिल्म बनाना सम्भव नहीं है।

क्लोज-अप पद्धति जब आई, तब नाटकीय उपादान होते हुए भी मंच के नाटक के साथ सिनेमा का एक स्पष्ट अन्तर स्थापित हो गया, कारण यह कि नाटक के दर्शकों के लिए अभिनेताओं के इतने पास आना सम्भव नहीं है। वहाँ दर्शक प्रेक्षागार में कुर्सी पर स्थिर रहते हैं, फलस्वरूप नाट्य दृश्य से उनकी दूरी के इधर-उधर होने का कोई उपाय नहीं है।

सिनेमा में यह अवसर है, इसीलिए कैमरे को आगे-पीछे किया जाता

है। यही नहीं, इसका एक कलागत प्रयोजन भी है और इस प्रयोजन को ग्रिफिथ ने ही पहली बार महसूस किया था। उन्होंने यह समझ लिया था कि मंच पर होने वाले नाटक के साथ दर्शकों का जो सीधा-सीधा सम्बन्ध है, सिनेमा में वह नहीं है। इसमें वह सम्बन्ध स्थापित होता है कैमरे के माध्यम से। किसी तीसरे व्यक्ति की जबानी अगर हमें किसी घटना का विवरण सुनना पड़े, तो उस घटना के नाट्य-रस का संचार हुआ या नहीं, यह पूरी तरह से वर्णन करने वाले के ऊपर निर्भर करता है। सिनेमा का कैमरा इसी वर्णन क०ने वाले की भूमिका ग्रहण कर लेता है। घटना चाहे जैसी भी हो, उसे रसपूर्ण ढंग से कहने का भार निर्देशक की आज्ञा के अधीन कैमरे के ऊपर होता है। सिनेमा की भाषा इसीलिए मुख्यत: कैमरे की भाषा है। यह बात जिस तरह ग्रिफिथ के समय सत्य थी, वैसे ही आज भी सत्य बनी हुई है।

कहानी कहने की आवश्यकता के चलते शॉट के बाद शॉटों को जोड़ कर ग्रिफिथ क्रमश: चलचित्र के सांगीतिक पक्ष की ओर सचेत हुए। वक्तव्य विन्यास के कारण सिनेमा को एक निश्चित समय की जरूरत पड़ती है, यह बात मैं पहले ही कह चुका हूँ। ग्रिफिथ ने देखा कि भिन्न-भिन्न लम्बाई के और भिन्न-भिन्न भावों से युक्त शॉटों (दृश्यों) को एक-के-बाद-एक जोड़ने से सिर्फ कहानी कहने का ही काम नहीं होता, उसके साथ कथा-विन्यास में एक छन्द का भी संचार होता है। संगीत के ताल, खाली, लय और स्वरों की लघुता-दीर्घता अथवा आरोह-अवरोह के साथ सुर के भाव-वैचित्र्य के समन्वय से जैसे एक मिश्रित छन्द का निर्माण हो जाता है, वैसे ही यहाँ भी दृश्य-वस्तु से कैमरे की दूरी और शॉट की लम्बाई के तारतम्य के साथ विषय-वस्तु के भाव-वैचित्र्य के समन्वय से एक जटिल, मिश्रित छन्द पैदा हो जाता है।

ग्रिफिथ की इस प्राथमिक उपलब्धि के परिणामस्वरूप साहित्य-नाटक-चित्रकला-संगीत पर आधारित सिनेमा की इस छन्दमय भाषा ने मूक युग के बीचो-बीच (अर्थात लगभग 1915 में) एक काफी साफ रूप ग्रहण

कर लिया था। इस भाषा के व्याकरण को सीखकर कुल मिलाकर काम-चलाऊ रूप से फिल्म के कथ्य को किसी भी निर्देशक के लिए व्यक्त करना प्राय: सम्भव हो गया था। इस भाषा को लेकर प्रयोग-परीक्षण कर उसे और भी जोरदार और समृद्ध बनाने में सहायता की थी, अमेरिका और अमेरिका से बाहर यूरोप में कई प्रतिभाशाली शिल्पियों ने।

हॉलीवुड में स्लैपस्टिक कॉमेडी फिल्म के व्याकरण की रचना मैक सेनेट ने की। थियेटर में जिसे भँड़ैती कहा जाता था, सिनेमा में वह उच्च स्तर की कला हो गई। सेनेट ने भी समझ लिया था कि थियेटर के हँसी-मजाक को सिर्फ कैमरे से फिल्माने भर से कॉमेडी कॉमिक यानी हास्यजनक नहीं हो सकती। यहाँ भी कैमरे और एडिटिंग को हँसी की खुराक जुटानी होगी। सेनेट के सूत्र को पकड़कर ही जिन हास्य अभिनेताओं ने सिनेमा में ख्याति अर्जित की थी, उनमें चार्ली चैपलिन और बस्टर कीटन के नाम उल्लेखनीय हैं।

सामाजिक चेतना से सम्पन्न कलाकार चैपलिन ने अपनी कॉमेडियों में मानवीय संस्पर्श का प्रवेश करा दिया था। नए-नए सूक्ष्म भावों को व्यक्त करने के उद्देश्य से चैपलिन ने सेनेट की भाषा पर अपनी पच्चीकारी करनी शुरू की। माइम अथवा मूक अभिनय में चैपलिन अद्वितीय था। भाव-भंगिमाओं की कितनी तरह की भाषाएँ हो सकती हैं, यह सबसे पहले चैपलिन की फिल्मों में ही देखने को मिला। इसके अलावा आँखों और चेहरे के भावों की भाषा में भी चैपलिन अतुलनीय है। 'सिटी लाइट्स' फिल्म के विख्यात अन्तिम क्लोज-अप में हाथ में पकड़ी हुई गुलाब की एक टहनी पर कोमलता से दाँत गड़ाने के साथ एक विशेष हँसी और आँखों की एक विशेष चितवन से मन की एक जटिल कुंठा और संशय के मिले-जुले भावों की अभिव्यक्ति जिन्होंने देखी है, वे उसे कभी भूलेंगे नहीं। वाणी का आश्रय लिए बिना, सिर्फ सूक्ष्म अभिनय की सहायता से मनुष्य के मन के भावों को कैसे कैमरे के सामने व्यक्त किया जा सकता है, इस सम्बन्ध में फिल्म-

निर्माता आज बोलती फिल्मों के जमाने में भी सदा सोचते रहते हैं।

'गोल्ड रश' फिल्म के एक दृश्य में चैपलिन ने यह बताना चाहा है कि भूख की दारुण मार से उसका मित्र बार-बार उसे मुर्गी कहकर भ्रम में पड़ता रहा। इस भाव की अभिव्यक्ति के लिए उसे सिनेमा के एक विशेष रासायनिक उपाय का सहारा लेना पड़ा था। इसका नाम है—सुपर इम्पोजिशन। इसका परिणाम यह होता है कि हम अभी तक मनुष्य को देख रहे हैं, फिर वह हो गया एक मुर्गी, हालाँकि परिवेश वही रहता है। एक और ढंग यान्त्रिक प्रक्रिया से मूक फिल्मों के उस जमाने में स्लैपस्टिक कॉमेडियों में प्राय: प्रयुक्त होता था, जिसे कहा जाता था फास्ट मोशन (तेज गति)। यह भी एक प्रकार की कैमरे की करामात थी और इसके फलस्वरूप चेहरे से आदमी रहते हुए भी पात्र की गतिविधियाँ एक क्षिप्र गति वाले मशीनी आदमी की हो जाती थीं।

कला के हिसाब से बस्टर कीटन चैपलिन से किसी भी मानी में कम नहीं था, फिर भी उसका स्वभाव दूसरे प्रकार का था। कीटन मानो और भी अवैयक्तिक और भी आवेगहीन और भी विचारशील था। उसकी फिल्मों में चैपलिन की तरह आँसू बहाने का कोई अवसर ही नहीं था। उसके अपने चेहरे से एक के अलावा दूसरे किसी भाव की अभिव्यक्ति कभी प्रकट नहीं हुई और इस अभिव्यक्ति को अगर अभिव्यक्ति का अभाव कहा जाए तो कोई भूल नहीं होगी। कीटन के हास्य दृश्यों की अमूर्त ज्यामितीय संरचनाओं के पहलू चैपलिन से भी काफी अधिक खुले हैं। परिणामस्वरूप कीटन की फिल्मों में क्लोज-अप की अपेक्षा मिड-शॉट, लॉन्ग शॉट—बीच की दूरी और काफी दूर से फिल्माये गए दृश्यों का प्रयोग बहुत अधिक है।

कॉमेडी की माँग के अनुसार एक चीज का उद्‌भव हुआ था, जो कॉमेडी की भाषा में एक बहुत बड़ा हथियार है। वह है ट्रैकिंग शॉट यानी चलती हुई गाड़ी पर रखे कैमरे से फिल्मांकन। इस शॉट में कैमरा तिपाई पर

एक जगह स्थिर न रह कर गाड़ी अथवा ट्रॉली पर साथ-साथ चलता रहता है। सामान्यत: चलती हुई वस्तु की गतिशील अवस्था में ही उसका शॉट लेने के लिए कैमरे का यह प्रयोग होता है। गति स्लैपस्टिक कॉमेडी की जान होती है, कारण इसमें चरित्र-विश्लेषण की कोई बला ही नहीं रहती है। सभी चरित्र टाइप (एक साँचे में ढले) चरित्र होते हैं। स्थिर होकर लगातार कहानी कहने की कोई जरूरत ही नहीं है। यहाँ मन्थर गति वाले, भावावेश से भरे रोमांटिक दृश्यों के लिए कोई अवकाश नहीं है। इसमें हल्की-फुल्की कहानी को बड़ी तेजी से दौड़ते हुए चलना पड़ता है और उसी के साथ भागता हुआ चलता है—आदमी, घोड़ा, मोटरगाड़ी, रेलगाड़ी, सभी कुछ। इन सब चीजों के साथ-साथ अगर कैमरा भी दौड़ने लगे, तो दर्शकों का मन भी इस दौड़ के साथ एकात्म होकर दौड़ता हुआ चल सकता है। कैमरे की इस गति के साथ एडिटिंग द्वारा शॉट-परिवर्तन से जुड़ी हुई गति और भी दस गुना बढ़ जाती है।

यह जो विशुद्ध गति का आनन्द है, जो आनन्द हमारे खयाल-संगीत के द्रुत अंश में भी मिलता है, इसे स्लैपस्टिक के अलावा भी और एक किस्म की फिल्मों में लगभग आरम्भिक युग से ही हॉलीवुड अत्यन्त जोरदार तरीके से प्रयुक्त करता आ रहा है—वह है 'वेस्टर्न' कही जाने वाली कहानियों के फिल्मांकन में।

अमेरिकी फिल्मों की कई शैलियों ने यूरोप के कुछ निर्देशकों को विशेष रूप से प्रभावित किया था। सोवियत रूस की जन-क्रान्ति के बाद लेनिन ने समझ लिया था कि सिनेमा को बड़ी सुन्दरता से प्रचार के काम में लगाया जा सकता है। लेनिन के निर्देशानुसार कई युवा उत्साही निर्देशकों ने फिल्म-निर्माण के कार्य में अपने को लगा दिया था। उनमें से तीन लोगों के नाम विशेष रूप से उल्लेखनीय हैं। ये हैं—आइजेनस्टाइन, पुदोवकिन और दोवजेस्को। इनकी विशेषता यह थी कि ये तीनों लोग एक ही आदर्श से प्रेरित होकर क्रान्ति के प्रचार के माध्यम से स्वतंत्र रूप से तीन प्रकृतियों

की सार्थक फिल्मों की रचना कर सके।

दोवजेस्को यूक्रेन के एक कृषक परिवार की सन्तान थे। अपने देश में पढ़ाई-लिखाई सीखने के बाद पेरिस जाकर उन्होंने चित्रकला का अध्ययन किया था। उनकी फिल्मों में चित्रकला का गुण तो है ही, उसके साथ है एक अचरज-भरी काव्यमयता। 'अर्थ' (धरती) फिल्म में किसान का बेटा वासिली एक तान्त्रिक के षड्यंत्र से मारा गया। अन्य किसान आकर उसकी मृत देह को कन्धे पर उठाकर सेब के खेत से होकर अन्तिम संस्कार के लिए ले जाने लगे। एक क्लोज-अप आया। इस दृश्य में दिखाई दिया कि मृत वासिली के गाल से लटकते हुए पके सेब का स्पर्श हो गया। इस बिम्ब ने जिस प्रकार से एक अनिर्वचनीय भाव की अभिव्यक्ति की, वह सिर्फ सिनेमा की भाषा में ही सम्भव थी।

पुदोवकिन की गवेषणा का जो प्रधान विषय था, उस गवेषणा का अन्त आज भी नहीं हुआ है। यह विषय था—मनुष्य के हृदय के गम्भीर भाव फिल्मों में वाणी का आश्रय लिए बिना कैसे व्यक्त किए जा सकते हैं। हाँ, इस प्रश्न के साथ जरूर मनस्तत्त्व और बिहेवियरिज्म (व्यवहारवाद) गहराई से जुड़ा हुआ है। तीक्ष्ण पर्यवेक्षण शक्ति के साथ गम्भीर अनुभूति के सम्मिश्रण के फलस्वरूप एक फिल्म-निर्माता मानव मन के दरवाजे को कैमरे के सामने खोल कर रख सकता है। हाँ, एक अभिनेता की क्षमता भी (या स्वाभाविक क्षमता के अभाव में निर्देशक के निर्देशों का पालन) यहाँ विशेष रूप से आवश्यक है। जो निर्देशक अपनी फिल्मों में इस परीक्षा में उत्तीर्ण हुए हैं, पुदोवकिन उनमें अन्यतम है।

इन तीनों निर्देशकों में सबसे बढ़कर तत्त्ववेत्ता और पंडित आइजेनस्टाइन था। ग्रिफिथ के एडिटिंग के सूत्र के आधार पर उसने अपनी विख्यात मॉँटाज प्रणाली का प्रवर्तन किया। आइजेनस्टाइन ने यह समझ लिया था कि भिन्न-भिन्न अर्थबोधक शॉटों (दृश्यों) को एक-के-बाद एक जोड़ देने पर एक नए

अर्थबोधक वाक्य की सृष्टि हो सकती है अथवा जिस शॉट का कोई स्पष्ट अर्थ नहीं है, उस शॉट को भी एक अन्य अर्थहीन अथवा अर्थबोधक शॉट के साथ जोड़ने पर, दोनों को मिलाकर एक स्पष्ट भाव व्यक्त किया जा सकता है। इस प्रक्रिया का नाम माँटाज (फिल्म-संग्रथन) पड़ा। इस माँटाज का उदाहरण केवल आइजेनस्टाइन की फिल्मों में ही नहीं, बोलती फिल्मों के युग के किसी भी दौर की फिल्मों में मिल जाएगा। माँटाज चलचित्र की भाषा का एक अभिन्न अंग है।

यूरोप के अन्यान्य स्थानों में मूक फिल्मों के युग में जिन निर्देशकों ने सिनेमा की भाषा को यथारीति सीखकर सार्थक फिल्में तैयार की थीं, उनमें डेनमार्क के कार्ल ड्रायर, स्वीडन के शिलर और शाष्ट्रम, जर्मनी के मुनर्डि, पावस्ट, लांग, लूविच आदि का नाम लिया जा सकता है। ड्रायर की फिल्म 'दि पैशन ऑफ जोन ऑफ आर्क' (जोन ऑ़फ़ आर्क का आवेग) आज भी पुरानी नहीं पड़ी है। इस फिल्म में उसने ज़िस तरह से कैमरे और अभिनय की सहायता से जोन के चरित्र की अन्तरतम की वेदना को प्रस्फुटित किया था, वह किसी सामयिक फैशन की अपेक्षा नहीं रखता है। स्वीडन और जर्मनी के निर्देशक अनेक तरह की फिल्म-भाषा में अनेक तरह की कहानियाँ कह गए हैं। कहानी की तरफ जिनका झुकाव सर्वाधिक था और कहानी के विभिन्न मूडों (मनोभावों) की अभिव्यक्ति में फोटोग्राफी के कम्पोजीशन और प्रकाश का उपयोग कृत्रिम और स्वाभाविक परिवेश में कितने आश्चर्यजनक भाव से कार्यकारी हो सकता है, यह इन सभी फिल्मों को देखने से समझा जा सकता है। मूक फिल्मों के युग में जर्मनी के जो श्रेष्ठ निर्देशक और कैमरामैन थे, उनमें से बहुतों ने बोलती फिल्मों के युग में हॉलीवुड जाकर बोलती फिल्मों के विकास के मार्ग को सहज बना दिया था।

सवाक् युग की शुरुआत में चलचित्र अत्यधिक मात्रा में कथा पर निर्भर होकर लगभग थियेटर के मार्ग पर चला गया था, यह बात हम सभी लोग जानते हैं। गलत समझने का यह संकेत इस 'टॉकी' नाम में विद्यमान है। कारण, आवाज कहने से सिर्फ 'टॉक' अर्थात बात करने का अर्थ तो है नहीं। हाँ, भूल दूर होने के तुरन्त बाद, स्वत: ही 'टॉकी' नाम लुप्त होकर 'मूवी' नाम शुरू हो गया था।

एक बात याद रखना बहुत आवश्यक है कि मूक फिल्मों में ध्वनि-संयोजन होने पर भी ध्वनि कभी फिल्म पर आधिपत्य स्थापित नहीं कर सकी अथवा कभी कर भी नहीं सकेगी। इसी को अन्य प्रकार से कहा जाए तो, चित्रों की उपेक्षा करके केवल ध्वनि पर जोर दिया जाए तो सिनेमा की भाषा कमजोर होने को लाचार है। एक उदाहरण देने से इसका कारण समझ में आ जाएगा। बहुतों ने यह लक्षित किया होगा कि जब हम किसी विचार में गम्भीर रूप से मग्न हो जाते हैं, तब आसपास की अनेक ध्वनियों के सम्बन्ध में अचेत हो जाते हैं। कभी-कभी यहाँ तक होता है कि अगर हमें तीन बार न बुलाया जाए तो हम कोई उत्तर ही नहीं देते। कान के सम्बन्ध में यह बात सच होने पर भी आँखों के मामले में यह बात लागू नहीं होती। आँखें अगर खुली हों तो अन्यमनस्क होने पर भी हम आँखों के सामने जो कुछ है, वह सब देख लेते हैं, सिर्फ हमारी आँखों का फोकस किसी निर्दिष्ट वस्तु पर केन्द्रित नहीं रहता है। अर्थात आँख और कान, इन दोनों में पहली इन्द्रिय ही अधिक सक्रिय होती है। इसी कारण सिनेमा में जब दृश्य के साथ आवाज का मेल हुआ, तब निर्देशक ने भाव-प्रकाशन का एक नया हथियार जरूर पा लिया, लेकिन वह चित्रों की अपेक्षा कुछ अधिक जोरदार नहीं था।

फिर भी, ध्वनि-संयोजन के फलस्वरूप चलचित्रों में भावों की अभिव्यक्ति बहुत सहज हो गई थी। इस विषय में कोई सन्देह नहीं और

स्वभावत: ही ध्वनि-युक्त फिल्म एक कदम और बढ़कर यथार्थ के निकट आ गई थी। इसके परिणामस्वरूप फिल्म की विषय-वस्तु की परिधि भी बहुत कुछ बढ़ गई थी।

सवाक फिल्मों की प्रारम्भिक भूलों-भ्रान्तियों को पार कर ऊपर उठने में बहुत ज्यादा समय नहीं लगा। 1928 में अमेरिका में पहली आवाज वाली फिल्म तैयार की गई। तीस के दशक के मध्य तक ऐसी स्थिति आ गई थी जब ध्वनि के पक्ष का विवेचन कर फिल्मों का एक नया व्याकरण लिखना सम्भव हो गया। कहना न होगा कि सिनेमा के तत्ववेत्ताओं ने इस काम की अवहेलना नहीं की।

ग्रिफिथ की कई प्राथमिक खोजें, बोलती फिल्मों के जमाने में भी टिकी रही थीं। कैमरे और एडिटिंग के लगभग सभी नियमों का इस नई भाषा पर भी प्रयोग किया जाता था। यंत्रों की उन्नति के फलस्वरूप कैमरे और रसायनशाला का काम भी सहज हो आया था। यहाँ तक कि जो काम पहले जरा भी सम्भव नहीं थे, उन्हें करने का भी अवसर आ गया था। परिणामस्वरूप चलचित्र की भाषा की भाव प्रकाशन-क्षमता भी उत्तरोत्तर बढ़ती जा रही थी। मूक फिल्मों के युग में सवेरे अथवा सन्ध्या के पहले तसवीरें खींचना उन दिनों की फिल्म द्वारा सम्भव नहीं था, अथवा उपयुक्त फिल्टर के अभाव में सूर्य की रोशनी में फिल्मांकन कर उसे रात की चाँदनी के रूप में प्रचारित करना सम्भव नहीं था। उन्नीस सौ तीस के दशक में ये काम सम्भव होने लगे। उसके बाद रंगीन फिल्में जब शुरू हुईं, तब एक और क्रान्ति आ गई, ऐसा कहा जा सकता है। कारण, निर्देशक को रंगों की सहायता से अपनी फिल्मों में भाव प्रकाशन का और एक अवसर प्राप्त हो गया। रंग किस तरह बात कर सकते हैं, उसका यहाँ एक उदाहरण देना अप्रासंगिक नहीं होगा। श्वेत-श्याम फिल्मों में बंगाली महिलाओं की माँग में केशों के साथ सिन्दूर का कोई अन्तर नहीं किया जा सकता था। रंगीन

फिल्मों में स्त्रियों के चेहरे का सिर्फ क्लोज-अप दिखाकर ही बताया जा सकता है कि वह कुमारी है अथवा विवाहिता।

आवाज के परिणामस्वरूप फिल्मों की अभिनय शैली में एक मुख्य परिवर्तन आ गया था। मूक फिल्मों के जमाने में संवादों की कमी को पूरा करने के लिए अभिनेता को भाव-प्रकाशन के लिए कई बार कुछ अस्वाभाविक मुद्राओं का आश्रय लेना पड़ता था। आवाज आ जाने के बाद फिर इन सब चीजों की कोई जरूरत नहीं रह गई और थियेटरी संवाद लिखने की सनक के शेष हो जाने के बाद अभिनय ने धीरे-धीरे स्वाभाविक होना शुरू कर दिया। इसका अर्थ यह नहीं था कि चलचित्र में नाट्य-रस की आवश्यकता समाप्त हो गई थी। दरअसल फिल्म-निर्माताओं ने धीरे-धीरे जो समझा वह यह था कि फिल्म की कहानी का नाट्य-रस मुख्यत: कैमरे और एडिटिंग के विशिष्ट प्रयोग से ही फूट उठता है; उसके लिए अभिनय अथवा संवादों को नाटक के लहजे में बाँधने की कोई जरूरत नहीं पड़ती।

तीस के दशक के मध्य से ही विदेशी (विशेषकर अमेरिकी) फिल्मों में एक सहज लालित्य और उसके साथ ध्वनि-प्रयोग का एक वैशिष्ट्य लक्ष्य किया गया है। इसका अर्थ यह हुआ कि दृश्य और ध्वनि का समन्वय कैसा होना चाहिए, इसे कई निर्देशकों ने समझ लिया था। शिल्प के विचार से जरूर यह लालित्य यथेष्ट नहीं था। एक विशेष प्रकार की छन्दमयता, चित्र और ध्वनि के समन्वय से एक विशेष व्यंजना की सृष्टि, चरित्र और विषय-वस्तु की गहराई में प्रवेश कर उसमें सजीवता का संचार और सबके अन्त में फिल्म पर निर्माता के एक विशेष मिजाज और दृष्टिकोण की छाप—इन सबके ऊपर था शिल्प का विचार।

अनेक बार यह देखने को मिलता है कि फिल्म अगर सांगीतिक गुणों (अर्थात छन्द, गति, कंट्रास्ट आदि गुणों) से विशेष समृद्ध है, तो वे गुण

विषय-वस्तु के मामूलीपन को ढाँक कर कला के स्तर तक पहुँच सकते हैं। जॉन फोर्ड की अनेक वेस्टर्न फिल्में, हिचकॉक की कुछ फिल्में, लूविच की हास्य फिल्में—सभी इसी वर्ग में आती हैं। फिर, यह भी देखा गया है कि संगीत सम्बन्धी खूबियाँ हों या न हों, विषय-वस्तु की गम्भीरता और चरित्र और परिवेश के व्यंजनामय ब्योरों से समृद्ध चलचित्रात्मक अभिव्यक्ति के फलस्वरूप भी फिल्म एक स्मरणीय कलात्मक रचना हो सकती है। उदाहरणस्वरूप दोनस्कोय की 'चाइल्डहुड ऑफ मैक्सिम गोर्की' (मैक्सिम गोर्की का बचपन) अथवा आजकल के जापानी निर्देशक ओजू की कुछ फिल्मों के नाम लिए जा सकते हैं। इन सब फिल्मों के गुण महान साहित्य के गुण हैं; फिर भी इन्हें चलचित्र विरोधी नहीं कहा जा सकता, कारण यह कि इन सब फिल्मों में चरित्रों और परिवेश की अभिव्यक्ति कैमरे और अभिनय द्वारा व्यक्त अनेकानेक बारीक ब्योरों की सहायता से हुई है।

चलचित्र के धर्म को सुरक्षित रखते हुए, एक ही फिल्म में सांगीतिक और साहित्यिक, इन दो गुणों का सार्थक समन्वय सहज काम नहीं है। कारण, सिनेमा के आंगिक उपादानों का पक्ष विषय-वस्तु निरपेक्ष नहीं है। संगीत जैसी अमूर्त कला में रचनाकार फार्म अर्थात रूपाकार को अपनी इच्छानुसार ठोंक-पीट कर गढ़ सकता है, अमूर्त पेंटिंग में भी यह सम्भव है। यहाँ पर एकमात्र कर्तत्व होता है रचनाकार की शिल्प-सत्ता का। लेकिन चलचित्र की विषय-वस्तु जहाँ-जहाँ वास्तवधर्मी होती है, वहाँ पर उसकी एक निजी सत्ता रहती है, इसलिए निश्चित समयावधि में उसे बाँधे रखने के कारण सदा निर्माता की इच्छानुसार उसे ठोंक-पीट कर गढ़ना सम्भव नहीं होता। विशेष रूप से कहानी के पात्र और उनके आपसी रिश्ते अगर जटिल हुए तो यह काम बेहद कठिन हो जाता है। सिनेमा की कहानी में इसीलिए ऐसी जटिलता को जगह न देने का रिवाज हो गया था। व्यवसाय की नींव पर खड़ी यह कला दर्शकों को सुसम्बद्ध प्लॉट और सहज बोधगम्य सीधे-

सादे पात्रों के मार्ग पर ही ले जाती थी। इसीलिए, चालीस के दशक की फिल्मों की जो भाषा और प्रकृति थी, उसके लिए फिल्म-निर्माताओं के दायित्व के साथ-साथ दर्शकों के दायित्व की बात भी याद रखने की जरूरत है। दर्शक क्या समझते हैं, क्या चाहते हैं, किस बात से खुश होते हैं—इन प्रश्नों को कोई भी चलचित्र निर्माता सहज ही उपेक्षित नहीं कर पाता था। दर्शक चाहते हैं सुसंगठित प्लॉट युक्त कहानी, फिर वह चाहे कॉमेडी हो या ट्रैजिडी हो, समसामयिक हो या पौराणिक। दर्शक चाहते हैं नाटकीय घात-प्रतिघात, चाहते हैं सुदर्शन नायक-नायिकाएँ (जिस कारण से स्टार सिस्टम की उत्पत्ति हुई। ऐसे नायक-नायिकाएँ जो सितारों की तरह चमकते हों), चाहते हैं मनोरम दृश्यावली और हल्का-फुल्का सुन्दर परिवेश और चाहते हैं विभिन्न रसों का आनन्दपूर्ण समन्वय जिससे अन्त में मन बेहद तृप्त हो जाए। अचरज की बात यह है कि इस अकाट्य फॉरमूला में भी कई अच्छी फिल्में बनी हैं, हालाँकि भाषा के मामले में उसमें चौंकाने वाला कोई वैशिष्ट्य रहना सम्भव नहीं है। फिर भी इस अवस्था में यह भी स्वाभाविक था कि जब किसी गुणी शिल्पी ने रूढ़ि से हटकर कुछ करना चाहा, तभी उसे असंख्य बाधाओं का सामना करना पड़ा। चालीस के इसी दशक में अमेरिका से बाहर, भाषा की दृष्टि से कुछ असाधारण नई फिल्में भी बनी थीं। जैसे फ्रांस में ज्याँजिगो की 'ला अटलांटे' अथवा 'जीरो डि कंड्यूट' लेकिन संख्या में वे इतनी कम थीं और उनका प्रचार इतना सीमित था कि वे सारी फिल्में दर्शकों अथवा समीक्षकों के मन में व्यापक रूप से कोई प्रभाव नहीं पैदा कर सकीं। आज इन सब फिल्मों की कदर हो रही है क्योंकि युग परिवर्तन के फलस्वरूप आज चलचित्र की समझदारी बदल गई है।

1939 में फ्रांसीसी निर्देशक ज्याँ रेनुआ ने अपनी अत्यन्त उत्कृष्ट फिल्म

'ला रेगल दु जिउ' (खेल के नियम) की रचना की। भाषा की दृष्टि से यह फिल्म व्यावसायिक फिल्मों की दुनिया में एक अचरज-भरा व्यतिक्रम थी, इसे उस समय के समालोचक समझ नहीं पाए। मूल्यांकन के अभाव का शायद एक कारण यह था कि इसका प्रदर्शन थोड़े दिनों बाद ही बन्द कर दिया गया था। रेनुआ ने इस फिल्म में फ्रांसीसी उच्चवित्त, बुर्जुआ वर्ग का एक अप्रीतिकर चेहरा उद्‌घाटित किया था। परिणामस्वरूप चारों तरफ से इस फिल्म का तीव्र प्रतिवाद हुआ और इसी कारण से यह फिल्म प्रेक्षागृहों से उठा ली गई। इस घटना के दस वर्ष बाद वह फिल्म प्रबुद्ध वर्ग में पुन: दिखाई गई और उसी समय फिल्म समीक्षक 'ला रेगल दु जिउ' के महत्त्व के सम्बन्ध में सचेत हुए।

एक नई तरह की कहानी को फिल्मोपयोगी उपायों से व्यक्त करने के लिए रेनुआ ने इस फिल्म में अनायास ही एक नई भाषा का आविष्कार कर डाला था। 'ला रेगल दु जिउ' फिल्म में सबसे पहले लक्षित करने का विषय यह था कि इसमें केन्द्रीय चरित्र नाम की कोई चीज नहीं थी। दस अथवा बारह धनवान, भोगी-विलासी स्त्री-पुरुषों और उनके नौकरों जैसे कुछ चरित्रों, और इन्हीं से जुड़ जाने वाले, हालाँकि इस परिवेश के साथ बेमेल, एक आगन्तुक को आधार बना कर इस फिल्म की कहानी बुनी गई है। प्लॉट कहने से जो अर्थ लगाया जाता है, वैसा इसमें कुछ नहीं है, फिर भी कहानी की एक परिणति है, और कहानी के माध्यम से विशिष्ट वर्ग के इन लोगों के सम्बन्ध में तीखी-तेज टिप्पणियाँ भी हैं। पाश्चात्य संगीत में जैसे एक से अधिक सुर एक साथ बजते रहते हैं और इस प्रकार एक प्रतिवादी बिन्दु की सृष्टि कर देते हैं वैसे ही एकाधिक चरित्रों के पारस्परिक सम्बन्धों को एक साथ व्यक्त करने का दुरूह प्रयास रेनुआ ने किया था।

कहानी का घटनास्थल एक उद्यान-घर है और दो-तीन दिनों के बीच घटनाओं का विन्यास किया गया है। इस फिल्म में ऐसे अनेक

दृश्य हैं, जिनमें घर के एक कमरे में शायद दो या तीन पात्रों को लेकर एक घटना घट रही है। और उसी वक्त एक साथ पिछले खुले दरवाजे से और एक कमरे में अन्य कई पात्रों को लेकर और एक घटना घटती हुई दिखाई दे रही है कैमरे से इन घटनाओं की दूरी एक न होने के कारण रेनुआ को एक समस्या का सामना करना पड़ा था। अन्दर के दृश्यों में कैमरे के समीप और दूर समान स्पष्टता रखनी हो तो अत्यधिक रोशनी के प्रयोग की जरूरत पड़ती है। यह काम कोई भी न करता, कारण, सदा से यह बात मानी जा रही थी और वह यह कि सामने का दृश्यपट ही मुख्य होता है, पीछे का दृश्यपट गौण होता है। रेनुआ ने अतिरिक्त रोशनी का इस्तेमाल करके सामने और पीछे प्रकाश का एक ही फोकस रखने की रीति का व्यवहार सबसे पहले इसी फिल्म में किया। आज यह रीति डीप फोकस (तीव्र प्रकाश के संकेन्द्रण) के नाम से प्रसिद्ध है।

यह लक्षित करने का विषय है कि रेनुआ ने इस फिल्म के कुछ समय बाद हॉलीवुड जाकर एक विख्यात फिल्म बनाई, जिसमें उसने डीप फोकस के प्रयोग की जरूरत ही नहीं समझी। 'दि सदर्नर' फिल्म जिन्होंने देखी है, वही लोग इसकी सहज चित्रभाषा के बारे में जानते हैं। इसका अर्थ यह नहीं है कि एक शिल्पी के रूप में रेनुआ पिछड़ गए थे। दरअसल, एक कृषक परिवार के आडम्बर-शून्य जीवन-चित्र को फिल्म के पर्दे पर पेश करने के लिए 'ला रेगल दु जिउ' की जटिल आलोक भंगिमा की उन्होंने कोई जरूरत नहीं समझी।

यहाँ पर एक प्रश्न उठ सकता है। महान शिल्पी हमेशा अपनी रचना में अपने हस्ताक्षर छोड़ जाते हैं, इसी कारण विषय-वस्तु से निरपेक्ष होकर उनके काम के माध्यम से उन्हें सदा पहचाना जा सकता है (यदि वह अनिच्छा से किया गया फरमाइशी काम होकर न रह गया हो।) प्रश्न है— क्या रेनुआ को उनकी भिन्न शैलियों वाली इन दो फिल्मों में रेनुआ के रूप

में पहचाना जा सकता है? इसका उत्तर है—इन फिल्मों को सिर्फ बाह्य रूप से देखने पर नहीं पहचाना जा सकता। लेकिन रेनुआ पर विचार करते समय, उनकी फिल्मों के बाहरी रूप पर विचार एकदम असंगत है। कारण यह कि रेनुआ उन निर्देशकों में नहीं हैं जो फिल्म के बाह्य उपादानों को ही सब कुछ मानते हैं। उन्हें पहचानना हो तो फिल्म के भीतर प्रवेश करना होगा। रेनुआ की जो सबसे बड़ी खूबी है, वह है उनकी मानसिकता। रेनुआ द्वारा सृजित पात्र सिर्फ सजीव ही नहीं, वे दोष-गुणों से पूर्ण अलग-अलग सम्पूर्ण मनुष्य हैं। मानवीय चरित्र की यह अभिव्यक्ति जैसे 'ला रेगल दु जिउ' में मिलती है, वैसे ही 'दी सदर्नर' में स्पष्ट झलकती है। अर्थात मनुष्य के सम्बन्ध में रेनुआ ने दोनों फिल्मों में एक ही भाषा में बात की है। फिल्म की यह विशेष भाषा किसी फैशन की परवाह नहीं करती। इसीलिए आज बीस वर्ष बाद भी इन दोनों फिल्मों में से कोई भी ओल्ड फैशंड यानी पुरानी चाल की नहीं लगती।

'ला रेगल दु जिउ' फिल्म के तीन वर्ष बाद अमेरिका में 'सिटिजन केन' फिल्म बनी। यह भी व्यावसायिक सिनेमा की फिल्म थी और यह भी प्रचलित विधि का एक विराट क्रान्तिकारी व्यतिक्रम थी। ऑर्सन वेल्स द्वारा बनाई गई इस फिल्म की भाषा में हॉलीवुड की रूढ़िवादी फिल्मों की भाषा तथा अमेरिका जनता के कुछ रूढ़िवादी संस्कारों के विरुद्ध विद्रोह का भाव अत्यन्त स्पष्ट है। फिल्म का केन्द्रीय पात्र है—केन—एक खाँटी अमेरिकी साँचे-ढला आदर्श, जिसे 'टाइकून' कहा जाता है अर्थात एक समृद्ध धनकुबेर। ऐसे चरित्रों के प्रति सारी अमेरिकी जनता अपने हृदय में सदा एक श्रद्धा का भाव बनाए रखती है। इस चरित्र का उद्घाटन कर ऑर्सन वेल्स ने जनता की आँखें खोल देनी चाही थीं। अपने निर्मम विश्लेषणात्मक दृष्टिकोण के साथ संगति रखने वाली एक विशेष फिल्मी भाषा का उसे निर्माण करना पड़ा था। इसके पहले बीस वर्ष तक हॉलीवुड की बोलती फिल्मों में जो रीति सभी निर्देशकों ने जाने अथवा अनजाने वेदवाक्य की

तरह स्वीकार कर ली थी, उसकी मूल बात यह थी कि दर्शकों को अतिरिक्त दु:ख नहीं देना चाहिए। हॉलीवुड की फिल्में दर्शकों की आँखों, कानों और मन, इन तीनों के सम्बन्ध में एक सजगता बरतते हुए बनाई जाती रही थीं। वेल्स ने बेधड़क इन तीनों पर एक साथ आघात किया। आँखों की दृष्टि से 'सिटिजन केन' फिल्म में साफ-साफ एक तीखापन लक्षित किया गया जो दृश्य पटल के हर कोने-अँतरे में व्याप्त है। (प्रसंगवश, कैमरामैन ग्रेग टोलैंड ने इस फिल्म में भी डीप फोकस की पद्धति का प्रयोग किया है।) हॉलीवुड की रीति के अनुसार नायिका के चेहरे की तरफ मेकअपमैन और कैमरामैन को सदा सजग दृष्टि रखनी पड़ती थी, कहीं बाद में उसकी त्वचा का रूखापन कैमरे की निगाह में न आ जाय। वेल्स ने अपनी नायिका के विषय में इस रीति का पालन नहीं किया।

श्रवण पक्ष के लिहाज से फिल्म के संवादों में पहली बार एक खुरदरी वास्तविक अभिव्यक्ति लक्षित की गई और मानसिक दृष्टि से दर्शकों ने कहानी-विन्यास की एक नई, जटिल, हालाँकि संगतिपूर्ण फ्लैश बैक (पूर्व स्मृति) पद्धति का सामना किया और वे सिहर उठे।

'सिटीजन केन' चलचित्रों के इतिहास में एक युगान्तरकारी फिल्म के रूप में स्वीकृत हुई। इसके बाद ही वेल्स ने 'मैग्निफिसेंट ऐम्बरसंस' नामक फिल्म में भाषा-सम्बन्धी और भी कई प्रयोग किए। नाटकीय दृश्य में लेंस, प्रकाश और दृष्टिकोण के विशिष्ट प्रयोगों के सम्बन्ध में इन दो फिल्मों से बहुत कुछ जाना जा सकता है। लेकिन ये दो फिल्में उस वक्त के दर्शकों के लिए अत्यन्त आधुनिक थीं। फलस्वरूप, दोनों फिल्में व्यवसाय की दृष्टि से असफल सिद्ध हुईं और अपने उद्योग में असफल वेल्स को तुरन्त थ्रिलर यानी रहस्य-रोमांच प्रधान फिल्मों का सहारा लेने के लिए बाध्य होना पड़ा। उसकी बाद की फिल्मों में भी वेल्स के तकनीकी निजीपन के कई प्रमाण विद्यमान हैं, लेकिन विषय-वस्तु के विचार से जो गम्भीरता और सामाजिक

चेतना 'सिटिजन केन' अथवा 'मैग्निफिसेंट ऐम्बरसंस' में है, उसका कोई लक्षण उसकी बाद की फिल्मों में नहीं है।

1950 अथवा 1951 में वेनिस फिल्म महोत्सव में जापानी निर्देशक आकिरा कुरोसावा की फिल्म 'रॉशोमोन' प्रदर्शित हुई। इस फिल्म ने उत्सव में उपस्थित मनीषियों को चकित कर दिया। इसका कारण था 'रॉशोमोन' की नवीन विषय-वस्तु और आश्चर्यजनक फिल्म भाषा। इस फिल्म में पूरब और पश्चिम का अद्‌भुत समन्वय घटित हुआ था। जापान के काबूकी और नोह नाटकों की अभिनय शैली, जापानी काष्ठकला की नक्काशी के बिम्ब और कम्पोजीशन, अमेरिकी वेस्टर्न फिल्मों जैसी क्षिप्र गति और किसी भी देश के उपन्यास साहित्य में सुलभ मन्थर और क्रमबद्ध चरित्रों का विश्लेषण—ये सारी खूबियाँ एक ही फिल्म में अनोखे ढंग से घुल-मिल कर संगतिपूर्ण हो गई थीं।

कुरोसावा द्वारा निर्देशित बाद के दौर की फिल्में देखकर यह समझ में आ गया कि वह विषय-वस्तु की आवश्यकता के अनुसार अपनी फिल्मी भाषा में इच्छानुसार परिवर्तन करने में सक्षम है। फिर आश्चर्य यह है कि अनेक शैलियों का अनुभव होते हुए भी वह शैलियों की खिचड़ी से अपनी फिल्मों को बड़ी सफाई से बचा ले गया है।

यहाँ पर एक और जापानी निर्देशक की नई भाषा की चर्चा करना जरूरी है। इसका नाम है इयासुजेरो ओजू। ओजू की फिल्में देखने से ऐसा लगता है कि शायद उसने पश्चिम की कोई भी फिल्म नहीं देखी है अथवा पश्चिम के चलचित्र व्याकरण के बारे में उसकी कोई धारणा ही नहीं है। ओजू ने दृश्य के विभिन्न शॉटों को विभाजित करने की प्रणाली का पालन जरूर किया है, लेकिन इसके अलावा और किसी प्रचलित मार्ग में उसकी कोई आस्था नहीं है। जैसे उसकी फिल्मों में कैमरा स्थिर बना रहता है। ट्रैकिंग शॉट में दृश्यांकन शायद ही कभी उसकी फिल्मों में दिखाई दे।

उसका भी प्रयोग प्रचलित कारणों से नहीं किया जाता। छन्द अथवा गति वैचित्र्य की जो धारणा इतने दिनों में देश-विदेश की फिल्में देखकर मेरे मन में बन गई थी, ओजू की फिल्म में उसका कोई निशान नहीं था। दृश्यवस्तु से कैमरे की दूरी का तारतम्य तो लक्षित किया जा सकता था, लेकिन कैमरे की अवस्थिति सदा जमीन से दो हाथ ऊपर रहती थी। अर्थात जापानी कायदे के अनुसार जमीन में घुटने मोड़कर बैठने पर मनुष्य की आँखें जिस ऊँचाई पर रहती हैं, उतनी ऊँचाई पर ओजू के कैमरे का लेंस रहता था। हर शॉट में ठीक उसी ऊँचाई पर। परिणामस्वरूप, कुल मिलाकर ओजू की फिल्म की दृश्यगत दिशा में एक ऐसा सात्विक भाव प्रकाशित होता है, जो सम्भव है एक सामान्य दर्शक को क्लान्तिकर लगे। हालाँकि, ऐसा होते हुए भी यह नहीं कहा जा सकता कि ओजू की फिल्में चलचित्र नहीं हैं, कारण यह कि पहले तो उसकी फिल्मों में अभिनय आश्चर्यजनक रूप से स्वाभाविक और अर्थपूर्ण है; दूसरे, ओजू की कहानी के पात्रों को सदैव रक्त-मांस के शरीरधारी मनुष्यों के रूप में पहचाना जा सकता है और इन सब पात्रों के चरित्र की अभिव्यक्ति यथार्थपरक ब्योरों की सहायता से होती है। एकाकी भाव से मन का विकास और एकाधिक पात्रों का परस्पर मृदु संघात ओजू की फिल्मों में एक प्रकार की आन्तरिक गति का संचार कर देता है। यह गति सिर्फ हृदय से अनुभव करने की वस्तु है और ऐसी गति भी चलचित्र में प्राणों का संचार कर सकती है, इसे केवल ओजू की फिल्में देखने के बाद ही अनुभव किया जा सकता है।

आज से दस वर्ष पहले फ्रांसीसी तरुण फिल्म-निर्देशक फ्रांस्वा त्रूफो ने अपनी फिल्म 'फोर हंड्रेड ब्लोज' (चार सौ चोटें) के अन्तिम दृश्य के अन्तिम शॉट में पहली बार फ्रीज (जम जाने) की तकनीक का प्रयोग

किया। इसके पहले इस विधि का किसी अन्य फिल्म में प्रयोग हुआ है या नहीं, इसका पता मुझे नहीं है, लेकिन उस प्रयोग ने रसिक जनों की दृष्टि आकर्षित नहीं की, यह बात निःसन्देह कही जा सकती है। फिल्म बनाने के पहले त्रूफो फ्रांस की विख्यात फिल्म पत्रिका 'केहायर्स दु सिनेमा' के समीक्षकों में शामिल था। बहुत समय तक नाना देशों की अच्छी-बुरी अनेक फिल्में देखकर, विश्व के एक मात्र श्रेष्ठ समालोचक आन्द्रे बाजीन के सान्निध्य में आकर त्रूफो की बुनियाद पक्की हो गई थी। गोदार, शाब्रोल, रिवेत आदि ने भी इसी एक परिवेश में अपनी चलचित्र शिक्षा प्राप्त की थी। इन कई लोगों के नेतृत्व में न्यू वेव—नई लहर—का प्रारम्भ हुआ।

'फोर हंड्रेड ब्लोज' की भाषा में एक चमत्कारपूर्ण सहज लालित्य है। फिल्म के प्रारम्भिक भाग में बीच-बीच में अन्यान्य विख्यात निर्देशकों की याद आ जाती है। जैसे रेनुआ अथवा क्लेयर या बेकर। फिल्म का वैशिष्ट्य इसके उत्तरार्द्ध में लक्षित किया जा सकता है। इसमें त्रूफो ने सिर्फ सिनेमा की पूर्व प्रचलित रीति से ही अपनी सामग्री जुटाई हो, ऐसा नहीं है; कुछ-कुछ टेलीविजन की रीति से काम चलाया है। फिल्म का मुख्य पात्र एक दुर्धर्ष, दुस्साहसी लड़का है। उसकी शैतानियों से हैरान होकर उसके माता-पिता ने उसे सुधारगृह में भर्ती करा दिया है। इस फिल्म में इस सुधारगृह में आने के बाद बच्चे की जिरह (पूछ-ताछ) का एक दृश्य है, जिससे साफ जाहिर हो जाता है कि त्रूफो ने पटकथा से याद किए गए संवादों का प्रयोग यहाँ नहीं किया है। दृश्य का फिल्मांकन करते समय कैमरे के सामने उसी वक्त बना-बना कर प्रश्न किए गए और लड़के ने उसी वक्त सीधे-सीधे अपनी सामर्थ्य के अनुसार उन प्रश्नों का उत्तर दिया। फलस्वरूप लड़के के चेहरे पर जो विशेष भाव प्रस्फुटित हुए हैं, वे सिनेमा की प्रचलित प्रणाली से लगभग असम्भव थे। लड़के के इन संवादों के साथ कथा-विन्यास का कोई योग नहीं था अथवा योग

होने की कोई आवश्यकता भी नहीं थी। जिन संवादों का घटना-विन्यास के काम में उपयोग किया जाएगा, वे संवाद अगर तैयार न किए जाएँ, तो उन्हें बोलने में मुश्किल पड़ती है। लेकिन त्रूफो के इस दृश्य में लड़के द्वारा अपनी बात अपनी भाषा में कहने के परिणामस्वरूप संवादों का एक काम अर्थात चरित्र को उद्घाटित करना, बड़े चमत्कृत और अभिनव रूप से सम्पन्न हुआ है।

'फोर हंड्रेड ब्लोज' के अन्तिम दृश्य में उसे सुधारगृह से भागते हुए दिखाया गया है। गाँव की कच्ची सड़क से वह समुद्र की तरफ भागता जा रहा है। उसने सुन रखा है कि स्कूल के पास ही समुद्र है और उसका विश्वास है, समुद्र के किनारे पहुँचते ही उसकी सभी समस्याओं का अन्त हो जाएगा।

लगभग चार मिनट की दौड़ का यह दृश्य ऐसा एकमात्र दृश्य है जिसे ट्रैकिंग शॉट (गतिशील कैमरे) द्वारा फिल्माया गया है। समुद्र के एकदम पास पहुँचते ही बाद का शॉट परिवर्तित हो जाता है। इस बार लड़के के साथ कैमरा 'पैन' करते हुए (अर्थात कैमरा हाथ में लेकर घुमाते हुए) दिखाता है कि समुद्र की लहरें जहाँ पर पछाड़ खाकर गिर रही थीं, वहीं आकर वह लड़का रुक गया। और आगे जाने का रास्ता ही नहीं है। अब उसे लौटना होगा। कई पल खड़े रहने के बाद पीछे की ओर घूमकर वह लड़का अब मानो हमारी तरफ ही (अर्थात कैमरे की तरफ) दौड़ता आ रहा है। दौड़ने के मध्य ही सहसा दृश्य फ्रीज हो जाता है (अर्थात स्थिर हो जाता है)। इस प्रकार दर्शकों की तरफ देखते हुए दौड़ने की भंगिमा की स्थिर हालत में ही फिल्म का अन्त हो जाता है।

जाहिर है, यहाँ फ्रीज तकनीक का प्रयोग सिर्फ चौंकाने वाला ही नहीं, गहरे अर्थ से भी भरा हुआ है—जिसे कहा जाता है स्ट्रोक ऑफ जीनियस यानी प्रतिभा का स्पर्श। उस लड़के के जाने के लिए कोई रास्ता

नहीं है। इसलिए वह चाहे कितना ही दौड़े, उसका दौड़ना रुकने में ही शामिल है। उसके दौड़ने की इच्छा और निर्देशक की 'दौड़ने से कोई लाभ नहीं' यह कहने की इच्छा, दोनों, एक साथ इस स्थिर दृश्य के माध्यम से व्यक्त कर दी गई हैं। यहाँ पर दर्शकों की तरफ देखते रहने का भी एक अर्थ है। तब ऐसा लगता है, वह लड़का कहना चाह रहा है, तुम लोग ही अर्थात समाज ही, मेरी इस असहाय अवस्था के लिए जिम्मेदार हो, तुम्हीं लोग सोच कर देखो, मेरे जैसे लड़के की समस्या कैसे हल होगी।

फ्रीज पद्धति का प्रयोग आजकल कई फिल्मों में किया जा रहा है, फिर भी हर प्रसंग में उसकी सार्थकता खोज पाना जरा मुश्किल है। यहाँ पर मनुष्य की हँसी के साथ उसकी उपमा देना वाजिब होगा। कोई अगर हँसी के स्पष्ट कारण होने से हँसता है, तो उसका एक अर्थ होता है। कोई अगर हँसने से सुन्दर दिखने लगता है, इसलिए हँसता है तो वह हँसी प्रदर्शन-प्रियता में शामिल हो सकती है क्योंकि केवल दूसरों की दृष्टि आकर्षित करने के अलावा इस हँसी का और कोई अर्थ नहीं होता; और कोई यदि अकारण ही अपनी इच्छा से हँसता है, तो उसे मनोविकार का लक्षण समझना अस्वाभाविक नहीं; फिर अगर इस हँसी का कोई अर्थ भी होता है, तो वह इतना व्यक्तिगत और गुप्त रहता है कि वहाँ पर भावों के आदान-प्रदान का कोई प्रश्न ही नहीं उठता।

फ्रीज का प्रयोग सदा नाटकीय ही होगा, ऐसी कोई बात नहीं है। वास्तविक जीवन का कोई एक विशेष क्षण विशेष रूप से हमारे मन में एक गहरी रेखा खींच देता है, तब हम कई बार कहते हैं, 'यह क्षण सदा के लिए बाँध कर रखने योग्य' है। बोलचाल की भाषा में इसे केवल उपमा प्रत्यक्ष रूप से दे सकती है, और सिनेमा की भाषा में फ्रीज की तकनीक। त्रूफो की 'जूल्स एट जिम' जिन्होंने देखी है, उन लोगों ने

इसके एकाधिक फ्रीज दृश्यों के प्रयोग को अवश्य लक्षित किया होगा। हँसी का एक टुकड़ा, एक पलक आँखों की चितवन, छन्दमय देह की एक विशेष अभिव्यक्ति—इन क्षणों का बहुत कुछ त्रूफो ने फ्रीज करके एक-एक मुहूर्त के लिए बाँध कर रख लिया है। इस फिल्म के स्थिर दृश्यों और 'फोर हंड्रेड ब्लोज' के स्थिर दृश्यों में बहुत अन्तर है। और यह भी लक्ष्य करने योग्य है, त्रूफो की बाद के दौर की भिन्न प्रकृति की फिल्मों में फ्रीज से लगभग पीछा छुड़ा लिया गया है। ('ले पिउ दूसे' की परम्परा से चली आई सनातनी भाषा लक्षणीय है)। दरअसल 'जूल्स एट जिम' की भाषा अत्यन्त स्वाभाविक रूप से अपनी विषय-वस्तु से उपजी है। इस फिल्म की केन्द्रीय नायिका कैथरीन का चरित्र ही पूरी फिल्म की गतिविधि और शैली को नियन्त्रित करता है। कैथरीन उग्र रूप से स्वेच्छाचारिणी और किसी की परवाह न करने वाली पात्र है। वह सामाजिक रीति-रिवाज नहीं मानती। एक बात में वह अपरम्परावादी है। त्रूफो यदि इस चरित्र की समालोचना करने के उद्‌देश्य से यह फिल्म बनाते, तो फिर यह फिल्म रूढ़िवादी, नाटकीय पद्धति से बनाई जा सकती थी। लेकिन त्रूफो ने इस चरित्र को प्रेम करते हुए, पूरी तरह इससे एकात्म होकर इस फिल्म की रचना की है। फलस्वरूप फिल्म विन्यास की रीति पर बार-बार इसी चरित्र की छाप पड़ी हुई है। कई समालोचकों ने त्रूफो की परवर्ती फिल्म की भाषा में 'जूल्स एट जिम' फिल्म की करामात न देख कर अफसोस जाहिर किया है कि त्रूफो ने इन फिल्मों में अपनी मौलिकता खो दी है। मेरा विश्वास है, त्रूफो ने विषय-वस्तु से निरपेक्ष रहकर भाषा की कोई जादूगरी नहीं दिखाई है तो एक महान शिल्पी होने के कारण ही। दरअसल त्रूफो की हर फिल्म में कथ्य और रूपाकार में अनोखा सामंजस्य लक्षित किया जा सकता है।

दृश्यात्मक भाषा के मामले में क्रान्ति का पुरोधा था, ज्याँ लुक गोदार। गोदार के बारे में कुछ कहने के पहले एक बात याद रखना जरूरी है। गत पन्द्रह-बीस वर्षों में पश्चिमी शिल्प, साहित्य, संगीत में एक स्वभावगत परिवर्तन लक्ष्य किया जा रहा है। प्रचलित मूल्य-बोध में सामाजिक और राजनैतिक नाना कारणों से एक व्यापक ध्वंस की भावना लोगों को प्रभावित कर रही है। प्रचलित समाज-व्यवस्था के सम्बन्ध में एक अनास्था, प्रचलित नीति बोध के सम्बन्ध में एक अविश्वास, दोष-दर्शन और व्यंग्य अनेक प्रकार से जीवन और कला के अनेक स्तरों पर व्यक्त हो रहा है। स्वाभाविक रूप से चलचित्र की विषय-वस्तु और अभिव्यक्ति की शैली, इन दोनों पर इसका प्रभाव पड़ा है। दस वर्ष पहले फिल्मों में जो घटनाएँ गर्हित मानी जाती थीं, अब वैसा नहीं रहा है। कला-कौशल के मामले में फिल्मों से अब मुलायमित दूर करने का प्रयास किया जा रहा है। मेकअप की पद्धति, अभिनय का ढंग, फिल्मांकन का तरीका, प्रकाश-संयोजन, संवाद, एडिटिंग—सब कुछ नए युग के नए मिजाज के साथ ताल मिला कर चलने का प्रयास कर रहा है। पार्श्व-संगीत का प्रयोग भी धीरे-धीरे कम होता जा रहा है। पहले हॉलीवुड की फिल्मों में भी बारह आना भाग पार्श्व-संगीत से भरा रहता था। आजकल विषय-वस्तु से बाहर भाव-प्रकाशन के इस सहज उपाय को त्याग कर सिर्फ यथार्थ ध्वनि की सहायता से भाव प्रस्फुटित करने का प्रयास चल रहा है। चलचित्र सिर्फ क्षणिक मनोरंजन की सामग्री नहीं है, यह एक गम्भीर कला भी है, इस तथ्य को प्रचारित करने के लिए अनेक लोगों ने आज कमर कस ली है। दर्शकगण शुरू में विचलित होने पर भी, धीरे-धीरे इस नए मिजाज से अभ्यस्त होते जा रहे हैं।

गोदार अथवा न्यू वेव (नई लहर) के आविर्भाव के बहुत पहले से ही इस नए मिजाज का पूर्वाभास कुछ फिल्मों से मिलने लगा था।

इटली के न्यू रियलिज्म (नव्य-यथार्थवादी) युग में डीसिका, रोसेलीनी, डी सान्तिस आदि निर्देशक चेहरे पर रंग पोते बिना नए अभिनेताओं को स्टूडियो और सेट के बाहर, गली-मुहल्ले के वास्तविक परिवेश में ले जाकर फिल्म बनाया करते थे। इस यथार्थ परिवेश के साथ सामाजिक चेतना से मिश्रित होकर चलचित्र का एक नया चेहरा सामने आया था। फिर भी, इस युग की कोई भी फिल्म चलचित्र की भाषा और ढाँचे की दृष्टि से प्रचलित कायदे के बाहर नहीं जा सकी। 'बाइसिकिल थीफ' अथवा 'ओपेन सिटी' जैसी फिल्मों के बाहरी मुखौटे को हटा देने पर भीतर का जो ढाँचा नजर आता है, उसमें और प्राचीन ग्रीक नाटकों के ढाँचे में कोई बहुत बड़ा अन्तर नहीं है। नव्य-यथार्थवाद के कुछ बाद पचास के दशक के प्रारम्भिक दौर में कुछ फिल्मों में यह नया मिजाज और साफ-साफ झलकने लगता है। इस प्रसंग में एन्तोनियो की 'सेकेंड ग्रिडो' (द्वितीय ग्रिडो), बुनुएल की 'नाजारिन' और ब्रेसाँ की 'द डायरी ऑफ ए कंट्री प्रीस्ट' का उल्लेख किया जा सकता है।

त्रूफो के मत से गोदार भी 'केहायर्स दू सिनेमा' पत्रिका की सम्पादक मंडली में शामिल था। सभी युगों की सभी प्रकार की फिल्मों के साथ उसका घनिष्ठ परिचय था। उसकी समालोचनाओं में रूढ़ियों और परम्परा के बारे में शुरू से ही एक अवज्ञा का भाव व्यक्त होता रहता था। इसके अलावा जो चीज और व्यक्त होती रहती थी, वह था उसका वैदुष्य और समाज के प्रति सचेत उसका वामपन्थी मनोभाव।

गोदार ने अपना निर्देशन कई कम लम्बी फिल्मों से शुरू किया था। उनमें से एक छोटी फिल्म—'ऐवरी यंग मैन इज कॉल्ड पैट्रिक'—मैंने देखी है। जाहिर है कि गोदार ने यह फिल्म अपना हाथ माँजने के लिए बनाई थी। इस फिल्म के निर्देशन में निपुणता का यथेष्ट परिचय मिलता है, आधुनिक मनोवृत्ति की छाप भी है, लेकिन कुल मिला कर

इसमें विद्रोह का कोई प्रमाण नहीं है। यह तो 'ब्रेथलेस' थी, गोदार की बहुप्रशंसित पहली बड़ी फिल्म, जिससे गोदार ने रूढ़ियों को तोड़ना शुरू किया था।

'ब्रेथलेस' की भाषा यदि समझनी हो तो एक बात याद रखना जरूरी है। और वह यह कि गोदार का एक प्रमुख उद्देश्य था, कम खर्च में फिल्म बनाना। व्यावसायिक आधार पर अगर फिल्म बनानी हो तो कला से बाहर कई नियमों का पालन करना पड़ता है, इसे गोदार भली-भाँति जानता था। इन सब नियमों को मानने के लिए गोदार राजी नहीं था। हालाँकि फिल्म में धीरे-धीरे नुकसान होते जाने पर तुरन्त फिल्म बनाने का मार्ग बन्द हो जाएगा। गोदार ने इसीलिए खर्चा कम करने के अनेक उपाय किए। ऐसे कई काम हैं—जैसे, कैमरे और लेबोरेटरी का किराया, जिनमें ऐसा कहा जा सकता है कि खर्च कम करने का कोई रास्ता ही नहीं है। फिल्म के कच्चे माल पर यदि अतिरिक्त व्यय किया जाए, तो उससे खर्चा बढ़ जाता है, लेकिन एक प्रकार की तकनीकी परिपूर्णता का विचार अगर मन से दूर कर दिया जाए, तो वह खर्च भी कम किया जा सकता है। अभिनेता यदि परिपक्व हुआ तो अपेक्षाकृत कम फिल्म में काम सिद्ध हो जाता है, कारण अभिनय की त्रुटियों को सुधारने के लिए बार-बार एक ही शॉट को फिल्माने की जरूरत नहीं पड़ती। गोदार ने इसीलिए नए, ताजे लोगों को लेकर काम करने की बात सोची ही नहीं। 'ब्रेथलेस' के नायक-नायिका, दोनों ही पेशेवर अभिनेता-अभिनेत्री हैं।

इसके बाद फिल्मांकन के समय कुछ यान्त्रिक सामग्री की जरूरत पड़ती है, जिसके बिना फिल्म में तकनीकी तड़क-भड़क आना सम्भव नहीं है। जैसे ट्रैकिंग शॉट लेना हो तो जमीन में कलई से लाइन बनाकर उसी पर ट्रॉली चलाना। यह काम काफी समय लेता है और गाड़ी सहज गति से चलती रहे, इसके लिए अनेक झंझट करने पड़ते हैं। इधर,

शूटिंग के मामले में टाइम इज मनी, समय की कीमत होती है; इसलिए गोदार ट्रॉली के झंझट में न पड़कर कैमरामैन के हाथ में कैमरा देकर, उसी अवस्था में उसे धीरे-धीरे पैदल चला कर ट्रैकिंग शॉट ले लेता था। परिणाम यह हुआ कि कैमरामैन का हाथ काँप गया और इस कम्पन ने फिल्माये गए दृश्य में एक धुँधलेपन की सृष्टि कर दी। लेकिन गोदार उसकी परवाह किए बिना एक-के-बाद-एक उसी ढंग से शॉट लेता गया। अन्त में यही कम्पन उसके स्टाइल का एक अंग हो गया। शायद गोदार यह कहना चाहता था कि यह फिल्म कोई मशीन से बनी बेजान सुडौल वस्तु नहीं है, दरअसल यह मनुष्य के हाथों का काम है; इसलिए फिल्म में उन हाथों की छाप रहना कोई निन्दा की बात नहीं।

डिजॉल्व अथवा फेड (गायब और धुंधला होना) दोनों चीजें रासायनिक प्रक्रिया से सम्पन्न होती हैं; इसीलिए इनमें भी भारी खर्च पड़ता है। गोदार अपनी फिल्मों में इन दोनों चीजों को लगभग त्याग कर 'कट' की सहायता से एक दृश्य से दूसरे दृश्य में चला जाता है। उपन्यास में अगर परिच्छेदों को छोड़ कर परस्पर असम्बद्ध घटनाएँ धारावाहिक लिखी जाएँ तो सामान्य पाठक भी ठोकर खाने को विवश हो जाता है। गोदार की फिल्मों में जम्प-कट (दृश्य को झटके से काट कर दूसरे दृश्य का आ जाना) के प्रयोग ने शुरुआत में दर्शकों को काफी उद्विग्न कर दिया था। धीरे-धीरे जम्प-कट की पद्धति गोदार की भाषा के एक अंग के रूप में परिणत हो गई थी।

इस तरह खर्चा बचा कर जो भाषा तैयार हुई, वह 'ब्रेथलेस' फिल्म की अपारम्परिक कहानी के साथ मेल खा गई थी। जिन्होंने 'ब्रेथलेस' फिल्म देखी है, उन्हें पता है कि प्रेमकथा होते हुए भी यह उन प्रणय कथाओं से कितनी भिन्न है जिनका अन्त ढर्रे के मुताबिक मिलन में होता है।

आधुनिकता की जो प्रवृत्ति गोदार की पहली फिल्म में ही व्यक्त हुई है, उस प्रवृत्ति ने क्रमशः उसकी एक-के-बाद-एक कई फिल्मों में और स्पष्ट रूप ग्रहण कर लिया था। इसी बीच कभी-कभी गोदार अपनी फिल्मों में आधुनिक काव्य ले आया, दर्द ले आया और उसी के अनुसार उसकी फिल्मों की भाषा भी कुछ बदल गई, सरल हो गई, जैसा कि 'पिएरो ले फोउ' अथवा 'मैस्कुलिन फेमिनिन' में देखने को मिलता है। लेकिन अधिकांश फिल्मों में जो प्रवृत्ति मिलती है, उस पर सर्वत्र एक उग्र-आधुनिकता की छाप विद्यमान है और वह छाप जिस हद तक विषय-वस्तु पर है, उसी हद तक उसकी शैली और शिल्प पर भी है। अभिव्यक्ति की इस भंगिमा में सिर्फ साहित्य, संगीत, चित्रकला अथवा नाटक के उपादान हों, ऐसा नहीं है, इनके साथ है टेलीविजन, अखबारों की रपटें, विज्ञापन की भाषा, निबन्धों की भाषा, पॉप आर्ट, आदि का प्रभाव। इस पचमेल खिचड़ी के होते हुए भी गोदार की फिल्में मुख्य रूप से दो खूबियों के कारण शिल्प के रूप में सार्थक हैं। एक है, आज की वास्तविकता के बारे में आश्चर्यजनक रूप से एक स्पष्ट धारणा और दूसरी है, परस्पर आपात विरोधी चित्र-भाषा को एक ही फिल्म में समन्वित करने की अद्‌भुत क्षमता। भाषा के सम्बन्ध में गम्भीर ज्ञान हुए बिना यह सम्भव नहीं है। फिर, यह भी लक्षित करने का विषय है कि अपनी एक ही फिल्म में एक ही विषय को लेकर अनेक भाषाओं में अनेक बातें कहने पर भी सदा यह जाहिर होता है कि यह उसके वैदग्ध्य का, 'विट' का, परिचय है, किसी मनोविकार का लक्षण नहीं।

गोदार की फिल्में सहजता से समझ में आने वाली नहीं हैं। लेकिन यह गोदार का दोष नहीं है। पचास वर्ष तक जो मनोभाव सिनेमा को आर्थिक नुकसान का भय दिखाकर लीस्ट रेसिस्टेंस, न्यूनतम विरोध के पथ पर ले गया है, और दर्शकों को भी उसी मार्ग पर चलने को बाध्य करता रहा है, यह उसी मनोभाव का दोष है।

विदेश के कई निर्देशक आजकल गोदार की तरह आधुनिक जीवन की समस्याओं को लेकर फिल्में बना रहे हैं, लेकिन दुःख का विषय है कि इन सभी ने लगभग गोदार का अन्धानुकरण किया है। न तो इनमें गोदार का पांडित्य है, न ही उस जैसा वाग्वैदग्ध्य, न फिल्मों की रूढ़ परम्परा के बारे में कोई धारणा। इस आखिरी गुण की आवश्यकता इसलिए है कि शिल्प में अगर कोई नियम तोड़ना हो, तो उस नियम के बारे में एक स्पष्ट समझ और पुराने नियम के स्थान पर किस नए नियम का प्रयोग करना होगा, इस सम्बन्ध में भी एक स्पष्ट धारणा होना जरूरी है। यह धारणा गोदार का अनुकरण करने वाले किसी के भी पास थी, ऐसा नहीं लगता।

विदेशों में आज भी ऐसे अनेक निर्देशक हैं, जिन्होंने गोदार की उग्र आधुनिकता के विचार का प्रयोग किए बिना ही युगीन और सार्थक फिल्में बनाई हैं। इनके बारे में किसी भी समझदार समीक्षक ने आज तक ओल्ड फैशंड—पुराने चाल का—की उक्ति का प्रयोग नहीं किया है। इस प्रसंग में यूरोप के बर्गमैन, आन्तोनियोनी, बेलोकियो, ओलमी, पासोलीनी, बुनुएल, फोरमेन, जांक्शो आदि और जापान के तेसिगोहारा, इचिकावा आदि का नाम लिया जा सकता है। इन सभी ने अपनी फिल्मों से प्लॉट अथवा नाटक को एकदम हटा दिया है, ऐसा नहीं है। अथवा ऐसा भी नहीं है कि ये सभी दुर्बोध्य हो गए हैं। इन निर्देशकों में से अनेक की आधुनिकता फिल्म के बहिरंग से उतनी स्पष्ट नहीं होती। उसका अधिकांश भाग एक विशेष दृष्टिकोण या विशेष प्रवृत्ति में व्यक्त हुआ है। इसमें चकित होने की कोई बात नहीं है। कारण, गोदार के विद्रोही मनोभाव का पोषण सभी निर्देशक करेंगे, यह जरूरी नहीं है और विद्रोह भी आधुनिकता की कोई एकमात्र परिभाषा नहीं है। चलचित्र जैसी ताकतवर और सम्भावनापूर्ण कला अगर अचानक एक ढाँचे, एक सुर में

बात कहना शुरू कर दे, तो फिर यह अत्यन्त दु:खद होगा। शिल्पी की स्वाधीनता जितने दिन तक बरकरार रहेगी और जब तक एक ही परिवेश, एक ही विषय-वस्तु विभिन्न अनुभूति-सम्पन्न शिल्पियों के मन में विभिन्न अनुकरणों की सृष्टि करती रहेगी, तब तक एक ही युग में, एक ही शिल्पी विभिन्न भाषाओं, विभिन्न वेशों में अपने को व्यक्त करता रहेगा।

देश, विनोदन; 1969

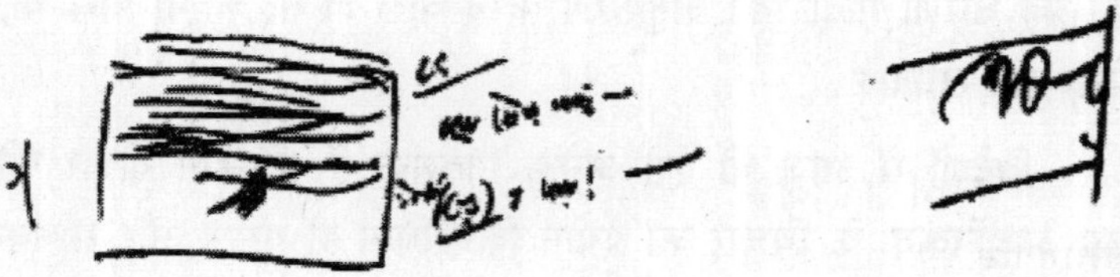

सोवियत चलचित्र

सोवियत चलचित्रों के क्रमिक परिवर्तन के बारे में अगर मुझे कुछ कहना हो, तो सबसे पहले क्रान्ति-पूर्व के सोवियत चलचित्रों के बारे में कुछ कहना बहुत जरूरी है।

उन्नीसवीं शताब्दी के अन्तिम दौर में अमेरिका, फ्रांस और इंग्लैंड में लगभग एक ही समय फिल्मों का जन्म हुआ। जनता के मन में इन गतिशील छायाचित्रों ने प्रचंड विस्मय और उत्तेजना पैदा कर दी थी। परिणामस्वरूप व्यवसाय के रूप में चलचित्रों के भविष्य के बारे में फिल्म के आविष्कर्त्ताओं के मन में संशय के लिए कोई अवकाश था ही नहीं। इसलिए ये लोग देश-विदेश में छायाचित्रों को दिखाते हुए इस सोना-उपजाऊ आविष्कार की महिमा का प्रचार करने में व्यस्त हो गए।

जिस साल निकोलाई द्वितीय का राज्याभिषेक हुआ, उसी साल 1896 में फ्रांस की लूमिये कम्पनी ने मॉस्को में पहले सिनेमैटोग्राफ प्रदर्शन का आयोजन किया। इसके बाद कुछ दिनों में ही इंग्लैंड के रॉबर्ट पॉल और अमेरिका के टॉमस एडिसन के छायाचित्र रूस में दिखाए गए। इसके परिणामस्वरूप रूसी जनता और इसी के साथ निकोलाई भी छायाचित्रों के मोहपाश में पड़ गए।

पहले-पहले छायाचित्रों के दर्शकों में रूस के कुछ विद्वान भी थे।

व्लादीमिर स्तासोफ उस जमाने के श्रेष्ठ संगीत समीक्षक थे। एडिसन द्वारा खींची गई चलती रेलगाड़ी की फिल्म ने उन्हें अन्ना कैरेनीना की याद दिला दी थी। इस पहली फिल्म के सम्बन्ध में मैक्सिम गोर्की का मत विशेष रूप से उल्लेखनीय है। गोर्की ने कहा—"आज का मनुष्य अपने दैनन्दिन जीवन की घटनाओं से विशेष उत्तेजना नहीं प्राप्त करता। लेकिन ये सारी मामूली घटनाएँ चलचित्र में एक सघन नाटकीय रूप धारण कर उसी मनुष्य के मन को हिला देती हैं। भय लग रहा है कि कहीं यही चलचित्र का जगत एक दिन वास्तविक जगत का अतिक्रमण कर मनुष्य के दिल-दिमाग पर अधिकार न कर बैठे।"

उस युग में फ्रांस के साथ रूस का आर्थिक-राजनैतिक सम्बन्ध बहुत घनिष्ठ था। इसीलिए गोमो, पाथे आदि फिल्म कम्पनियाँ थोड़े दिनों में ही रूस के बाजार पर दखल करके बैठ गईं। उन दिनों अधिकांश फिल्में वास्तविक घटनाओं पर आधारित थीं, अर्थात आजकल जिसे न्यूज रील कहते हैं, उसी जाति की। क्रमश: उपन्यास और नाटकों को आधार बना कर फिल्में बननी शुरू हो गईं और सिनेमा की लोकप्रियता बहुत कुछ बढ़ गई।

1903 में रूस में फ्रांसीसी फिल्मों को बाजार में प्रस्तुत करने के व्यवसाय में सबसे पहले योग दिया रूसी व्यवसायी गुट्समान ने। गुट्समान की सफलता से उत्साहित होकर, एक के बाद एक अनेक रूसी व्यवसायी फिल्म प्रस्तुत करने के काम में लग गए।

इसके बाद के तीन वर्षों में रूस-जापान युद्ध, राजनैतिक अस्थिरता, श्रमिक विक्षोभ और विद्रोह आदि के होते हुए भी चलचित्र-व्यवसाय उत्तरोत्तर बढ़ता ही गया। 1907 ई. में ऐलेक्जैंडर द्रास्कोफ पहले रूसी फिल्म प्रायोजक के रूप में सामने आए। उसके दूसरे वर्ष द्रास्कोफ द्वारा प्रायोजित पहली रूसी फिल्म 'स्टेस्का राजिन' प्रदर्शित हुई और उसने काफी पैसा कमाया। रूसी फिल्मों का बाजार काफी दिनों तक द्रास्कोफ और

उनके प्रतिद्वन्द्वी खानजोस्कोफ के हाथ में रहा। द्रास्कोफ वगैरा की कीर्ति में सबसे उल्लेखनीय घटना थी, कैमरे के सामने तॉल्सतॉय को उपस्थित करना। स्थिर फोटोग्राफ खींचने के मामले में तॉल्सतॉय को भारी आपत्ति थी। इसलिए सिनेमैटोग्राफी के प्रस्ताव पर वे स्वाभाविक रूप से नाराज होंगे, इसमें आश्चर्य कैसा? लेकिन चलती हुई तसवीर का नमूना देख कर वे बहुत उल्लसित हुए। उनका विचार था कि रूसी चलचित्र निर्माताओं का लक्ष्य होना चाहिए काल्पनिक कहानी को त्यागकर फिल्मों में रूस के सामान्य किसानों के वास्तविक जीवन का वर्णन करना।

पहले महायुद्ध ने व्यवसाय की दृष्टि से रूसी फिल्मों की कोई क्षति तो की नहीं, वरन यूरोपीय फिल्मों के आयात को बन्द करके देशी फिल्मों के प्रचार का मार्ग सहज कर दिया था। 1907 की पहली रूसी फिल्म से शुरू करके क्रान्ति के आगे तक द्रास्कोफ और खानजोस्कोफ के अतिरिक्त जिन लोगों ने रूसी फिल्मों के क्रमिक परिवर्तन में भाग लिया था उनमें प्रायोजक-द्वय थीमान और राइनहॉर्ट, निर्देशक गॉनचारोफ, प्रोताजानोफ और इवेग्नी वाउयेर, साहित्यकार और नाटककार लिओनिद आन्द्रियेफ, नाट्य आयोजक मायरहोल्ड और क्रान्तिकारी कवि मायकोवस्की के नाम उल्लेखनीय हैं।

रूसी कलाकारों-साहित्यकारों में जो कुछ लोग चलचित्र को कला की गरिमा देने को प्रस्तुत थे और उसी विश्वास के बल पर फिल्म-निर्माण के काम में जिन लोगों ने अपने को लगाया था, उनमें आन्द्रियेफ का नाम सबसे पहले लेना पड़ेगा। फ्रांस, इटली और जर्मनी में अपॉलिनेयर, दान्नूनत्सिओ, गेरहार्ट हाउप्टमान आदि अग्रणी साहित्यकारों ने फिल्म के काम में योग देने में संकोच नहीं किया था। आन्द्रियेफ ने चाहा था कि रूसी कलाकार और साहित्यकार भी अपने दम्भ को छोड़कर चलचित्रों के काम में आगे आएँ। आन्द्रियेफ के फुसलाने से एकाधिक साहित्यकार पटकथा-लेखक के रूप में विभिन्न प्रायोजकों के साथ अनुबन्धित हो गए थे। लेकिन प्रायोजकों के

अनचाहे हस्तक्षेप के परिणामस्वरूप ये सब पटकथा-लेखक अविकृत रूप से पर्दे पर नहीं पहुँच पाए।

1913 ईस्वी में मायकोवस्की के पहले चलचित्र का अनुभव बहुत खराब रहा। उनकी स्वरचित पटकथा को सुनकर प्रायोजक पार्सकी ने सीधे-सीधे उसे खारिज कर दिया। हालाँकि कुछ दिन बाद इसी पार्सकी द्वारा प्रायोजित एक फिल्म में मायकोवस्की ने अपनी पटकथा की प्राय: अविकल प्रतिच्छवि देखी।

आधुनिक मंच प्रणाली के अनन्यतम पथप्रदर्शक मायरहोल्ड ने 1914 में ऑस्कर वाइल्ड के उपन्यास 'पिक्चर ऑफ डोरियन ग्रे' पर एक फिल्म का निर्माण किया। यह फिल्म जिन्होंने देखी थी, उनका मत है कि मूक फिल्मों के इतिहास में 'डोरियन ग्रे' फिल्म नवीनता में जर्मनी की 'कालीगारी' के साथ तुलना करने योग्य है।

दु:ख का विषय है कि रूसी नाट्य-जगत के अनन्यतम शिरोमणि कॉन्स्तान्तिन स्तानिसलाव्स्की अपने जीवन के अन्तिम दिन तक फिल्मों के सम्बन्ध में एक विरोधी मनोभाव पोषित करते रहे थे।

ज्यूरिख में निर्वासित अवस्था में लेनिन पूरे दिन के काम के बाद प्राय: अपनी शाम सिनेमाघर में बिताया करते थे। यह सिर्फ समय बिताने के लिए मनोरंजन भर था, ऐसा नहीं है। लेनिन का मुख्य उद्‌देश्य था विभिन्न यूरोपीय देशों के सचित्र समाचार देखकर उन देशों की जनता और प्रमुख स्थानीय व्यक्तियों के आचार-व्यवहार को लक्षित करना। फिल्में मनुष्य के ज्ञान की परिधि को आश्चर्यजनक रीति से विस्तृत कर सकती हैं, इस बात को लेनिन ने ज्यूरिख में रहते समय ही समझ लिया था।

पहले विश्वयुद्ध की शुरुआत में ही राष्ट्रीयता की एक प्रबल भावना पूरे रूस में फैल गई थी। इसका प्रतिफलन रूसी फिल्मों में भी लक्षित किया गया था। रूस की जय हो, जर्मनी का पतन हो—यह थी युद्ध के पहले वर्ष की रूसी फिल्मों की विषय-वस्तु। लेकिन दूसरे वर्ष, जब देश में अराजकता शुरू हुई, जर्मनी और ऑस्ट्रिया की सेनाओं ने अपने छीने गए इलाकों को पुन: जीतकर युद्ध को नया मोड़ दे दिया और उसके भी बाद जब युद्ध को लेकर अनिच्छा, और जार के शासन के प्रति गहरी अनास्था, जनसाधारण के मन में घर करने लगी, तब इस पतन का व्यापक चेहरा भी मानो रूस के चलचित्रों में दिखाई देने लगा। "

1916 की सर्दियों की रूसी फिल्मों में सामान्य स्त्री-पुरुष नहीं, बल्कि शैतानों, पुरोहितों, खून चूसने वालों की भीड़ नजर आती थी।"(जे. लीडा)[1] हालाँकि फिल्म व्यवसाय के मन्दा होने का कोई प्रश्न नहीं उठता था। एक सौ चौंसठ चालू कम्पनियाँ प्रायोजन और प्रस्तुतीकरण का काम कर रही थीं और चालीस लाख रूबल से भी अधिक मूलधन फिल्म व्यवसाय में लगा हुआ था। दरअसल जिस बात का अभाव था, वह थी व्यवस्था और भविष्य के सम्बन्ध में सुनिश्चितता।

1917 की क्रान्ति के फलस्वरूप चलचित्रकर्मियों के मन में एक आशा का संचार हो गया था, लेकिन अस्थाई सरकार ने उस आशा को सामयिक रूप से अवरुद्ध कर दिया। फरवरी से अक्टूबर तक रूसी इतिहास की गति और परिणति का विवरण यहाँ एक अवान्तर प्रसंग है, फिर भी यह बताना जरूरी है कि अक्टूबर से एक महीना पहले ही एक महत्त्वपूर्ण मजदूर सम्मेलन में इस सम्बन्ध में कुछ निर्णय ले लिए गए थे, कि गणतान्त्रिक समाज-व्यवस्था में कला की प्रकृति और उसका उद्देश्य क्या होना चाहिए।

1. Not normal men and women, but devils, ascetics, vampires people where in the films of the Russian Winter of 1915.—Jay Leyda

हाँ, यह जरूर है कि इस सम्मेलन का एक मुख्य विचारणीय विषय था—चलचित्र। विप्लवोत्तर प्रोलेतकल्ट (मजदूर संस्कृति) का सूत्रपात इसी सम्मेलन में हुआ।

क्रान्ति में बोलशेविक दल की विजय जब पक्की हो गई थी, तब अपने भविष्य के सम्बन्ध में चिन्तित होकर कई नर्तकों और फिल्मकारों ने रूस के दक्षिण में बोलशेविकों द्वारा अधिकृत इलाकों के बाहर जाकर डेरा डाल दिया और आगे चलकर उन्हें इन सब स्थानों को छोड़कर, उनके पश्चिम में अर्थात यूरोप और अमेरिका में जाकर शरण लेनी पड़ी। इनमें अवश्य सामान्य कलाकर्मियों की अपेक्षा फिल्म प्रायोजकों, फिल्म-निर्देशकों और अभिनेता-अभिनेत्रियों की संख्या ही अधिक थी। इनमें से कई फिर अपने देश रूस लौटे ही नहीं, हालाँकि विदेश जाकर इन लोगों ने स्थाई प्रतिष्ठा प्राप्त की हो, ऐसे दृष्टान्त बहुत कम हैं।

सोवियत रूस के फिल्म व्यवसाय का राष्ट्रीयकरण अगस्त, 1919 में हुआ। अक्टूबर 1917 से अगस्त, 1919 के बीच चलचित्र से जुड़ी कई उल्लेखनीय घटनाएँ हुईं। उनमें एक है, पहली सरकारी सिनेमा कमेटी की स्थापना। दूसरी है, शिक्षा विभाग के अधीन क्रुप्स्काया की देख-रेख में एक चलचित्र उपविभाग का गठन।

सिनेमा के प्रति सरकार की यह दृष्टि फिल्म-व्यवसायियों को पसन्द नहीं आई। फलस्वरूप मॉस्को से कुछ और फिल्म-प्रायोजक अपनी मशीनों और सामान आदि के साथ दक्षिण की ओर पलायन कर गए। इसके परिणामस्वरूप स्वभावत: एक संकटपूर्ण स्थिति पैदा हो गई। अन्त में सरकार एक कानून बना कर पलायन के इस मार्ग को बन्द करने को बाध्य हो गई और उसके बाद एक और कमेटी का निर्माण करके प्रायोजकों को फिल्म-निर्माण में उत्साहित करने की व्यवस्था की गई। सिनेमा कमेटी के शुरुआती दौर के इश्तहारों में फिल्म-कला की अपेक्षा उपदेश की तरफ

अधिक जोर दिया गया था।

शिल्प का पक्ष निर्देशक लोग स्वयं ही देखते थे।

मायकोवस्की पहले जिस सुअवसर से वंचित रहे थे, वह उन्हें 1918 के मार्च में फिर मिल गया। एक-के-बाद-एक चार पटकथाएँ उन्होंने मॉस्को की 'नेपच्यून कम्पनी' के लिए लिखीं। सिर्फ यही नहीं, इनमें से एक (जैक लन्दन के उपन्यास 'मार्टिन ईडेन' के फिल्मी रूप) में उन्होंने मुख्य भूमिका में अभिनय भी किया। लेकिन निर्देशन की दुर्बलता के कारण, मायकोवस्की के मतानुसार चार में से एक भी फिल्म नहीं चली।

1918 की पहली मई को मॉस्को के लाल चौक में पहले मई दिवस के उत्सव की फिल्म बनाने के लिए सिनेमा कमेटी ने एक युवा फोटोग्राफर-लाइटमैन की नियुक्ति की। इसका नाम एदुआर्द तिसे था। आगे चलकर आइजेनस्टाइन के कैमरामैन के रूप में इसने विश्वव्यापी कीर्ति अर्जित की।

इसी वर्ष जून के महीने की सत्ताईस तारीख को पहली सोवियत कथा फिल्म 'सिग्नल' प्रदर्शित हुई। फिल्म के निर्देशक का नाम था ऐलेक्जैंडर आर्कतिफ। इसके कुछ दिन बाद ही 'ऐजिट ट्रेन' (आन्दोलनकारी रेलगाड़ी) की शुरुआत हुई। इस 'ऐजिट ट्रेन' में समाचार-पत्र और इश्तहार छापने की व्यवस्था थी, नए नाटक लिखने और अभिनय करने वालों का दल, और फिल्म तैयार करने के लिए कर्मचारी और सामान आदि था। ट्रेन का गन्तव्य रूस के पूर्वी सीमान्त तक था। लाल सेना उस वक्त चेक सेनाओं के साथ युद्ध करती हुई कजान को मुक्त करने का प्रयास कर रही थी। इसी लाल सेना के सैनिकों को प्रेरित और उत्साहित करने के लिए 'ऐजिट ट्रेन' बनाई गई थी। एदुआर्द तिसे इस ट्रेन के फिल्म कर्मचारियों में अग्रणी थे । जो फिल्म बनाई जाती थी, उसके सम्पादन का दायित्व लेने आगे आ गए थे बीस वर्षीय युवा कवि जिगावेर्तोफ।

सोवियत सरकार के शिक्षा प्रसार के व्यापक उद्योग को देखकर और उससे उत्प्रेरित होकर मैक्सिम गोर्की ने अपनी तरफ से आगे बढ़कर एक भाषण के माध्यम से फिल्म और नाटक के बारे में सरकार के सामने कई प्रस्ताव रखे। इन दोनों शतिशाली कला-माध्यमों की सहायता से मानव सभ्यता के इतिहास को किस प्रकार जन-साधारण के समक्ष उपस्थित किया जा सकता है, यही सब बातें अपने भाषण में उन्होंने कहीं। दु:ख का विषय है कि यंत्र आदि, जनबल और धनबल की दृष्टि से सोवियत चलचित्र उस वक्त भी ऐसी दशा में नहीं पहुँचा था, जिससे गोर्की की इस महान योजना को भली-भाँति साकार करना सम्भव होता। गोर्की द्वारा तैयार की गईं पच्चीस पटकथाएँ इसीलिए कागजों के पन्नों पर ही रह गईं।

सोवियत फिल्मों के राष्ट्रीयकरण के कुछ दिन बाद एक अमेरिकी फिल्म रूस में प्रदर्शन के लिए जारी की गई और सोवियत जनता और फिल्मकर्मियों के मन पर उसने गहरा प्रभाव डाला। फिल्म थी ग्रिफिथ द्वारा निर्देशित 'इनटॉलरेंस' (असहिष्णुता)। बाद में ग्रिफिथ की और भी कई फिल्में बड़े व्यापक रूप से रूस में दिखाई गईं। सोवियत फिल्म कला पर ग्रिफिथ के प्रभाव को आइजेनस्टाइन ने भी मुक्तकंठ से स्वीकार किया था।

आइजेनस्टाइन ने 1918 में पेत्रोग्राद में सिविल इंजीनियरिंग की पढ़ाई करते हुए लाल सेना में योगदान किया। उसी वक्त ऐजिट ट्रेन में उपयोग के लिए कुछ प्रचार चित्र उन्होंने बनाए थे। युद्ध के बीच इंजीनियरिंग स्कूल में वापस आकर फिर कुछ दिनों में ही स्कूल छोड़कर प्रोलेतकल्ट में सहयोग करते हुए वे सोवियत कला के काम में संलग्न हो गए।

इसी बीच एक सरकारी फिल्म शिक्षा संस्थान की शुरुआत हुई।

शिक्षकों में कुछ क्रान्ति-पूर्व फिल्मकर्मियों के साथ ऐजिट ट्रेन के अन्यतम कैमरामैन लेव कुलेशोफ थे।

इस शिक्षा संस्थान के पहले मई दिवस के उत्सव में सोवियत चलचित्र के और एक भावी दिक्पाल से हमारा साक्षात्कार होता है। उसका नाम था सेवोलोड पुदोवकिन। पुदोवकिन एक रसायन विशेषज्ञ था। ग्रिफिथ की फिल्म 'इनटॉलरेंस' देखने के बाद उत्साहित होकर वह चलचित्र के काम में आगे बढ़कर लग गया। अभिनेता के रूप में ही उसने इस कला का ककहरा सीखा।

सिनेमा के काम में सहयोग करते हुए जो लोग आगे आए और जिन्होंने सोवियत फिल्म कला को गढ़ने में सहायता की, उनमें उपर्युक्त तीन लोगों के अलावा थे—ऐलेक्जैंडर दोवचेस्को, ग्रिगोरी कोज्नियोत्सेफ , लिओनिद त्राउवेर्ग, सेर्गेई इयोत्कोविच, मिखाइल चियाऊरेलि, फ्रीडरिश एभरिल, सेर्गेई वासिलिएफ, मिखाइल कालातोजोफ। क्रान्ति के बाद के कई वर्षों तक रूसवासियों को स्वाभाविक रूप से आर्थिक दुर्दशा और संकट झेलना पड़ा था। यूरोप के साथ व्यापार का मार्ग बन्द हो जाने के परिणामस्वरूप फिल्म-निर्माण के यंत्र और कच्चे माल का एकदम अभाव दिखाई देने लगा। इसके प्रतिकार में लेनिन ने एक नई आर्थिक नीति लागू की, जिसके फलस्वरूप व्यापार करने का मार्ग कुछ सुगम हो गया। लेकिन उसके बाद ही देशव्यापी दुर्भिक्ष दिखाई देने लगा। फिल्म-प्रायोजकों ने दुर्भिक्ष की सहायता के रूप में दुर्भिक्ष की फिल्म बनाकर पूरे देश में उसके प्रदर्शन की व्यवस्था की। इस किस्म की एक-के-बाद-एक तीन फिल्में बनाई गईं। उनमें से एक की पटकथा पुदोवकिन ने तैयार की थी और एक फिल्म बनाई थी नॉर्वे के पर्यटक डॉ. फ्रिट्जोफ नेनसेन ने, जिसका नाम था—'दि फैमिन इन रशिया।' इंग्लैंड, फ्रांस और अमेरिका में दिखाए जाने पर इस फिल्म ने रूस की हालत के बारे में व्यापक सहानुभूति पैदा की थी।

इसके बाद क्रमशः सोवियत रूस के विभिन्न प्रदेशों में स्वशासित चलचित्र विभाग स्थापित होते रहे। जॉर्जिया और यूक्रेन के स्टूडियो में नए प्रयास से फिल्म बनानी शुरू हुई। राजकीय फिल्म स्कूल में कुलेशोव की देख-रेख में काम चलता रहता था। पुदोवकिन ने भी इसी समय कुलेशोव को सहयोग दिया।

लेनिन ने कहा था कि नवगठित सोवियत राष्ट्र में काल्पनिक कहानियों पर आधारित फिल्मों की अपेक्षा यथार्थ पर आधारित फिल्मों का मूल्य बहुत अधिक है। साम्यवादी दर्शन और सोवियत जीवन-प्रणाली के यथार्थ रूप के प्रचार के लिए 1922 की मई में 'किनो प्रावदा' का प्रारम्भ हुआ। 'किनो प्रावदा' साप्ताहिक समाचार-पत्र 'प्रावदा' का फिल्मी संस्करण था । 'ऐजिट ट्रेन' के जिगा वेर्तोफ की देख-रेख में इस समाचार-पत्र की तसवीरें खींची जाती थीं। 'किनो-प्रावदा' को आजकल की साप्ताहिक न्यूज रील की संज्ञा दी जा सकती है।

जितनी भी सोवियत फिल्म-पत्रिकाएँ थीं, उनका आविर्भाव भी इसी समय हुआ था। 'किनो,' 'फोटो-किनो' आदि पत्रिकाएँ लगभग इसी वक्त शुरू हुईं। 'किनो-गाजेता' नामक साप्ताहिक पत्रिका 1923 के सितम्बर मास में पहली बार निकली और आज तक निकल रही है।

आइजेनस्टाइन ने प्रोलेतकल्ट की तरफ से इसी समय ऑस्त्रोवस्की के नाटक—'हर बुद्धिमान मनुष्य में यथेष्ट सरलता होती है'—का मंचन किया। इसी नाटक के हिस्से के रूप में 'ग्लूमॉव की फिल्म डायरी' के नाम से एक व्यंग्यात्मक टुकड़ा आइजेनस्टाइन को फिल्माना पड़ा। यही था फिल्म के क्षेत्र में आइजेनस्टाइन का ककहरा सीखना।

17 अगस्त, 1923 को एक इश्तहार द्वारा सारे गैर-सरकारी फिल्म संस्थानों को समाप्त कर, सोवियत सरकार ने उनके प्रायोजन और प्रदर्शन करने के सभी अधिकार अपने हाथों में ले लिए। इसके बाद ही मूक सोवियत

फिल्मों के स्वर्ण युग की शुरुआत हुई। आश्चर्य की बात यह है कि थोड़े समय में ही सोवियत फिल्मों की ख्याति पूरे विश्व में फैल गई। जो कई फिल्में इस ख्याति के लिए उत्तरदायी हैं, उनमें विशेष रूप से उल्लेखनीय हैं—कुलेशोव की व्यंग्यात्मक फिल्म 'दि एक्स्ट्राऑर्डिनरी एडवेंचर्स ऑफ मिस्टर वेस्ट इन दि लैंड ऑफ बोलशेविक्स,' पुदोवकिन की दो फिल्में 'डेथ रे' और 'मैकेनिक ऑफ दि ब्रेन,' बेर्तोफ की यथार्थ-आधारित फिल्म शृंखला 'किनो-आई' और आइजेनस्टाइन की 'स्ट्राइक।'

कुलेशोव ने 'मिस्टर वेस्ट' की रचना की थी, मुख्य रूप से फिल्म अभिनय के सम्बन्ध में अपने कुछ मौलिक सिद्धान्तों को परखने के लिए। क्रान्ति-पूर्व रूसी फिल्मों में जिस अभिनय-प्रणाली का प्रयोग किया जाता था, वह रंगमंच की प्रणाली थी। मॉस्को आर्ट थियेटर की अभिनय पद्धति को चलचित्रों में भी दुर्ल्लंघ्य मान लिया गया था। कुलेशोव को विश्वास था कि सिनेमा की अभिनय-पद्धति एकदम स्वतंत्र होनी चाहिए और इसी विश्वास के आधार पर अभिनेताओं से नए प्रकार का अभिनय कराके 'मिस्टर वेस्ट' फिल्म में कुलेशोव ने सोलह आने सफलता प्राप्त की थी।

पुदोवकिन ने भी अपनी पहली फिल्म 'डेथ रे' में कई नई चीजों की शुरुआत की थी। फिल्म में जन-समारोह का दृश्य यदि अच्छी तरह से दिखाना हो, तो उसे जनता द्वारा भी संगठित रूप से अभिनय कराने की जरूरत है, इसका पुदोवकिन ने ही पहली बार प्रयोग किया। इसके अलावा श्रमिक आन्दोलन के दृश्य में इसी फिल्म में पुदोवकिन ने ही पहली बार अभिनेताओं को मजदूरों के वेश में सजाने की रीति त्याग कर असली श्रमिकों द्वारा अभिनय कराया।

जिगा-बेर्तोफ ने 'किनो-आई' फिल्म में प्रमाणित कर दिया कि कैमरे को यदि यथार्थ के सामने खड़ा कर दिया जाए और चुने हुए ब्योरों की सहायता से उस यथार्थ के स्वरूप का उद्घाटन किया जा सके, तो फिल्में

लोक-हृदय पर विजय प्राप्त करने के लिए बनाई हुई कहानी की अपेक्षा नहीं करेंगी। प्रसंगत: आजकल की 'सिनेमा वेरिटे' प्रणाली के साथ चालीस वर्ष पहले की 'किनो आई' प्रणाली का कोई भेद नहीं है। यहाँ पर बेर्तोफ का कथन ध्यान देने योग्य है :

"सामान्य दृष्टि के इस सीमित घेरे से बाहर आना बहुत जरूरी है : यथार्थ का अंकन उसकी हू-ब-हू नकल द्वारा नहीं, बल्कि सामान्य रूप से मानवीय दृष्टि द्वारा सीमित आयाम को व्यापक बनाकर होना चाहिए।"[1]

'स्ट्राइक' फिल्म से आइजेनस्टाइन ने सोवियत फिल्मों में क्रान्ति ला दी। तथाकथित प्लॉट अथवा कहानी की अनुपस्थिति, किसी केन्द्रीय नायक की अनुपस्थिति—ये सारी चीजें उस जमाने में विचार के परे थीं। 'स्ट्राइक' की विषय-वस्तु थी, क्रान्ति-पूर्व हुई एक धार्मिक हड़ताल। उस हड़ताल का सूत्रपात कैसे हुआ और किस प्रकार मालिकों ने मजदूरों पर शक्ति-प्रयोग कर उसे तुड़वाया। इस सीधे-सादे ढाँचे के आधार पर अच्छी तरह चुने 'टाइप चरित्रों,' दृश्यपट और ब्योरों की सहायता और सम्पादन और दृश्य-परिकल्पना द्वारा आइजेनस्टाइन ने 'स्ट्राइक' में आश्चर्यजनक नाटकीय आवेगों का संचार कर दिया था। आइजेनस्टाइन ने जिस सम्पादन-पद्धति का सूत्रपात किया था, उसे वे 'माँटाज ऑफ अट्रैक्शंस'—आकर्षणों का फिल्मी संग्रथन—कहते थे। अर्थात, उनके मत से, फिल्म के हर शॉट में ऐसे उपादान रहेंगे जो अकेले, और अपने पूर्व और बाद के शॉट के साथ संयुक्त रूप से, दर्शकों के मन को क्रमश: आकर्षित-उद्वेलित करेंगे और चौंकाएँगे।

इसके बाद का वर्ष था, 1905 की क्रान्ति का बीसवाँ स्मृति समारोह मनाने का। आइजेनस्टाइन उन दिनों प्रोलेतकल्ट छोड़कर एक निर्देशक के

---

1. "It is necessary to get out of this limited circle of ordinary vision. Reality must be recorded not by imitating it, but by broadening the range ordinarily encompassed by the human eye."—Bertoff

रूप में मॉस्को के एक स्टूडियो में योगदान कर रहे थे। 1905 की घटनाओं पर फिल्म बनाने के लिए उनसे अनुरोध किया गया था, और इन्हीं घटनाओं को आधार बनाकर एक पटकथा लिखने का जिम्मा भी उन्हें दिया गया था। '1905' की पटकथा ने ही अन्त में 'बैटलशिप पोटेमकिन' का रूप लिया। इस विश्वविख्यात, बहुचर्चित फिल्म की व्याख्या यहाँ अनावश्यक है, लेकिन इस तथ्य को उजागर करना यहाँ आवश्यक है कि प्रबुद्ध सोवियत दर्शकों की उच्छ्वास-भरी प्रशंसा प्राप्त करके भी, आइजेनस्टाइन को 'पोटेमकिन' के लिए व्यापक स्वीकृति प्राप्त करने में कुछ ज्यादा समय लगा था। 1926 में बर्लिन में दिखाए जाने पर जर्मन दर्शकों की अकुंठित प्रशंसा प्राप्त करने के बाद यह फिल्म रूस में बड़े व्यापक रूप से प्रदर्शित की गई।

इसी क्रान्ति को केन्द्र बनाकर बाद में पुदोवकिन ने गोर्की के उपन्यास—'माँ'—पर आधारित अपनी उल्लेखनीय फिल्म बनाई। 'पोटेमकिन' की तरह, 'माँ', सोवियत चलचित्र के इतिहास में एक स्मरणीय घटना है। 'माँ' और 'पोटेमकिन' पर तुलनात्मक विचार करने से इस बात का संकेत मिल जाता है कि इन दो महान फिल्म-निर्देशकों के दृष्टिकोण में क्या अन्तर है। आइजेनस्टाइन के कलात्मक उपादानों में ज्यामितिक ढाँचे का आभास स्पष्ट झलकता है। इसके फलस्वरूप विषय-वस्तु का मानवीय पक्ष थोड़ा आहत होने पर भी, मूल प्रतिपाद्य विषय, सरल, सबल और ऋजुभाव से प्रस्तुत हुआ है। पुदोवकिन की फिल्म की मानवीयता और गीतिमयता लक्षित करने योग्य है। अन्य पक्षों का योगदान भी है, फिर भी आइजेनस्टाइन की अकाट्य गणित सरीखी अवश्यम्भाविता नहीं है। अगर संगीत के क्षेत्र से उपमा देनी हो तो कहा जा सकता है कि आइजेनस्टाइन बाख के संगीत की याद दिला देता है और पुदोवकिन मानो बिथोफन का समगोत्रीय है।

सोवियत मूक फिल्मों की तीसरी प्रतिभा ऐलेक्जैंडर दोवचेन्को का आविर्भाव 1926 में हुआ था। दोवचेन्को चित्र बनाता था। अचानक उसके

मन में यह विचार पैदा हुआ कि एक जनतान्त्रिक समाज में चित्रकला की अपेक्षा फिल्मकला का भविष्य अधिक उज्जवल है। उसके बाद वह घर छोड़ कर खारकोव से ओदेसा के 'फिल्म स्टूडियो' में जा पहुँचा। थोड़े दिनों में ही उसने दो कॉमेडी फिल्में बनाकर अपना हाथ माँज लिया। फिर उसने उपकथामूलक एक तीसरी फिल्म 'ज्वेनिगोरा' का निर्माण किया। फिल्म समाप्त होने के बाद ओदेसा के स्टूडियो के मालिक ने वह फिल्म अपने मॉस्को प्रतिनिधि को भेज दी। उस प्रतिनिधि ने फिल्म को देखने के बाद कुछ निर्णय करने में विफल होकर, फिल्म के बारे में आइजेनस्टाइन और पुदोवकिन के विचार जानने के लिए उन्हें यह फिल्म दिखाने की व्यवस्था की। आइजेनस्टाइन ने कहा—"पुदोवकिन और मुझे अपने नए साथी के आनन्द-भरे स्वागत द्वारा प्रेक्षागृह की प्रश्नाकुल आँखों का उत्तर देने के साथ-साथ सबसे पहले उसका अभिनन्दन करने की अनोखी जिम्मेदारी मिली थी।"[1]

इसके बाद के चार वर्षों में एक-के-बाद-एक कई फिल्मों ने सोवियत चलचित्रों की ख्याति पूरे विश्व में फैलाने में मदद की। आइजेनस्टाइन की 'जेनरल लाइन' और 'अक्टूबर,' पुदोवकिन की 'एंड ऑफ सेंट पीटर्सबर्ग' और 'स्टॉर्म ओवर एशिया,' दोवचेस्को की 'आर्सेनल' और 'अर्थ,' तुरिन की डॉक्यूमेंट्री 'टुर्कोसिर,' रूम की 'बेड एंड सोफा,' एर्मलेर की 'फ्रैगमेंट्स ऑफ एन एम्पायर,' मिखाइल रोम की 'द गोस्ट दैट विल नॉट रिटर्न' आदि फिल्में इन चार वर्षों में ही तैयार की गईं।

'जेनरल लाइन' फिल्म का सम्पादन करते समय ही आइजेनस्टाइन ने 'स्टेट इंस्टीट्यूट' में शिक्षण कार्य करने के बारे में सोचा था। चलचित्र सिद्धान्त के बारे में गम्भीर चिन्तन के फलस्वरूप वे जिन मौलिक सिद्धान्तों पर पहुँचे थे, उन्हें तरुण छात्रों में प्रसारित करना ही उनका उद्‌देश्य था।

---

1. Pudovkin and I had a wonderful task; to answer the questioning eyes of the auditorium with a joyful welcome of our new colleague and to be the first to greet him!

स्टेट इंस्टीट्यूट में करीब वर्ष-भर पढ़ाने के बाद आइज़ेनस्टाइन ने कैमरामैन तिसे और ऐलेक्ज़ैंड्रॉफ को साथ लेकर अमेरिका की यात्रा की। 1929 में अमेरिका में बोलती फिल्मों का प्रचलन हुआ था। इस नए आविष्कार के सम्बन्ध में तथ्य एकत्र करना ही इस सफर का एक मुख्य उद्‌देश्य था। इसके अलावा आइज़ेनस्टाइन कुछ दिन तक मार्क्स की पुस्तक 'कैपिटल' पर फिल्म बनाने की सोच रहे थे और इस सम्बन्ध में उनका विश्वास था कि पूँजीवादी देश अमेरिका से जब तक उनका प्रत्यक्ष परिचय नहीं होगा, तब तक यह काम सम्भव नहीं है।

अमेरिका पहुँचने के बाद हॉलीवुड की दो-एक फिल्म कम्पनियों ने उनके सामने फिल्म बनाने के प्रस्ताव रखे। ये सब विफल रहे। अन्त में अपटन सिंक्लेयर के संरक्षण में मेक्सिकन सभ्यता के क्रमिक विकास की प्रामाणिक फिल्म 'ओवे वाइवा मेक्सिको' बनाने के उद्‌देश्य से मेक्सिको जाकर अथक परिश्रम से लाखों फुट लम्बी फ़िल्म शूट करने के बाद उसे पूरा-का-पूरा सिंक्लेयर के जिम्मे सौंप कर आइज़ेनस्टाइन अपने देश लौट आए। सिंक्लेयर ने वचन दिया था कि लैबोरेटरी का काम खत्म होने के बाद वह पूरी फिल्म को सम्पादन के लिए रूस भेज देगा। लेकिन कुछ दिनों में ही एक पत्र द्वारा सिंक्लेयर ने यह सूचना दी कि मेक्सिको में हुए खर्चे को वसूल करने के लिए उसने सारा माल हॉलीवुड की एक कम्पनी को बेच दिया है।

इसी बीच रूस में बोलती फिल्में बननी शुरू हो गई थीं और पहली सवाक काव्यमय फिल्म निकोलाइएक की 'रोड टू लाइफ' दिखाई जा चुकी थी। ध्वनि और चित्रों में क्या सम्बन्ध होना चाहिए, इसके बारे में तर्क-वितर्क भी 'सिनेमा' पत्रिका के पृष्ठों पर प्रकाशित होना शुरू हो गया। एक-एक कर सभी ने बोलती फिल्में बनाईं—पुदोवकिन (डिजर्टर), दोवचेस्को (ईवान), यूत्केविच (गोल्डेन माउंटेंस), कुलेशोव (मेन एंड जोव्स)। अन्यान्य देशों की अपेक्षा कुछ देर से आरम्भ करने के परिणामस्वरूप पहले दौर की

सोवियत बोलती फिल्मों में यूरोप अथवा अमेरिका की शुरुआती बोलती फिल्मों के दोष (अनावश्यक संवादों की प्रधानता अथवा सीधे-सीधे मंचीय अभिनय का फिल्मांकन) नहीं थे।

मूक फिल्मों के युग में चार असाधारण फिल्में बनाने के बाद भी अमेरिका से लौट कर आइजेनस्टाइन को सरकार से वैसा समादर नहीं मिला। उन दिनों हर तरफ कलाकारों पर सरकारी निगरानी की मात्रा बढ़ा दी गई थी। आइजेनस्टाइन ने अपनी अगली फिल्म के लिए जो कहानी चुनी थी, फिल्म अधिकारी शुमियोत्सकी ने उसे खारिज कर एक और विषय को लेकर फिल्म बनाने का आदेश दिया था। वह भी अन्त में संकटग्रस्त हो जाने से आइजेनस्टाइन ने फिल्म-निर्माण का काम बन्द कर, अध्यापन के काम में अपना मन लगा दिया। इस काम में अवश्य उनके उत्साह का कोई अन्त नहीं था। थोड़े दिनों में ही उन्होंने शिक्षण की अनेक प्रणालियों का प्रवर्तन करके विद्यालय के चेहरे को एकदम बदल दिया।

बोलती फिल्मों के युग की शुरुआत से आज तक सोवियत फिल्मों के इन पैंतीस वर्षों के दौरान कई बार कई प्रथम श्रेणी के सोवियत निर्देशक सरकारी हस्तक्षेप के कारण मनपसन्द फिल्में नहीं बना सके अथवा जो फिल्में बनाईं भी, उनमें संशोधन करने को बाध्य हुए। कई बार सरकार ने तैयार फिल्मों पर निषेधाज्ञा लागू करके उनका प्रदर्शन बन्द कर दिया और कई बार फिल्म प्रदर्शित हुई और सरकारी समालोचना के प्रहार से पंगु हो गई। अगर ऐसा न हुआ होता तो जिस देश में औसतन वर्ष में लगभग सौ फिल्में तैयार होती रही हों, जिस देश की मूक फिल्मों ने पूरे विश्व में श्रेष्ठता का आसन अर्जित किया हो, उस देश में बोलती फिल्मों के युग में तीस वर्षों में बनी लगभग तीन हजार फिल्मों में सिर्फ तीस फिल्मों के नाम लोग क्यों याद रखेंगे?

इसका एक कारण तो जरूर यह है कि फिल्म-निर्माण की प्रक्रिया में ही कुछ ऐसे परस्पर विरोधी पक्ष हैं, जो समाज-व्यवस्था द्वारा प्रभावित नहीं होते। जैसे दर्शकों से निरपेक्ष रह कर फिल्म-निर्माण सम्भव नहीं है। वह जैसे अमेरिका में सम्भव नहीं है, वैसे ही सोवियत रूस में भी सम्भव नहीं है। हालाँकि 'दर्शक का मन' नाम की जिस वस्तु का अकसर उल्लेख किया जाता है, उसकी कोई निश्चित संज्ञा नहीं है अथवा सम्भव भी नहीं है। तो फिर उस दर्शक के मन के साथ शिल्पी के मन का समन्वय कैसे घटित होगा? दूसरे, एक पूँजीवादी समाज में फिल्म-निर्माता की स्वतंत्रता मालिक पक्ष की खुशी पर निर्भर होती है, वैसे ही एक जनतान्त्रिक समाज में, जहाँ पर सरकार कला की परिभाषा निर्दिष्ट करती है, वहाँ भी एक शिल्पी की स्वाधीनता इस निश्चित परिधि में ही आबद्ध रहती है। आइजेनस्टाइन, पुदोवकिन, दोवचेस्को, दोनस्कोय आदि हरेक को किसी-न-किसी समय अपनी-अपनी पटकथाओं अथवा चलचित्रों के लिए सरकारी कटाक्ष सहना पड़ा था। हालाँकि क्या हम यह कहने की हिमाकत कर सकते हैं कि ये लोग प्रतिभाशाली, सामाजिक चेतना-सम्पन्न कलाकार नहीं थे?

तीस के दशक की कुछ सवाक सोवियत फिल्मों की उज्ज्वलता आज भी दैदीप्यमान है। आइजेनस्टाइन की फिल्म, 'ऐलेक्जैंडर नेवोस्की,' वासिलिएव भ्राताद्वय की 'चापाएफ,' वेर्टफे की 'थ्री संस ऑफ लेनिन,' दोनस्कोय की 'गोर्की की जीवनी,' दोवचेस्को की 'अर्थ' इनमें उल्लेखनीय हैं।

दूसरे महायुद्ध की शुरुआत में पहले महायुद्ध की ही तरह एक व्यापक देशप्रेम की भावना ने सरकार और कलाकारों के मन में एक समन्वय घटित कर दिया। परिणामस्वरूप, कुछ स्मरणीय फासिस्ट विरोधी फिल्में और कुछ सुन्दर डॉक्यूमेंट्री फिल्में बनाई गईं। युद्धकालीन और भी कई अच्छी फिल्मों में पुदोवकिन की 'जेनरल सुवोरोफ' और दोवचेस्को कृत 'पादपविज्ञानी मिचूरिन की जीवनी' का नाम लिया जा सकता है। लेकिन फिल्म-निर्माताओं

की स्वाधीनता के अभाव में कोई भी फिल्म महान कला के स्तर पर नहीं पहुँच सकी।

आइजेनस्टाइन की अन्तिम फिल्म 'इवान दी टेरिबल' भी युद्ध के दौरान बनी। तीन खंडों में आयोजित इस विशाल ऐतिहासिक फिल्म का पहला भाग 1944 में प्रदर्शित किया गया। दूसरे भाग के प्रदर्शन को स्तालिन के शासन के दौरान प्रतिबन्धित कर दिया गया क्योंकि सरकारी मत के अनुसार निर्देशक ने इवान के चरित्र पर अतिरिक्त क्रूरता का आरोप कर इतिहास को विकृत कर दिया था और प्रतिक्रियावादी मनोवृत्ति का परिचय दिया था। सौभाग्यवश स्तालिन के बाद के जमाने में इवान के दूसरे भाग को देखकर हम इस निष्कर्ष पर पहुँचते हैं कि फिल्म क्षेत्र में अगर कोई कलाकृति शेक्सपियर के दर्जे में रखने योग्य है, तो वह आइजेनस्टाइन द्वारा निर्मित दो खंडों में असमाप्त 'इवान' के जीवन पर आधारित फिल्म है। यह फिल्म सही अर्थों में चलचित्र है या नहीं अथवा इसे 'ऑपेरा' के साँचे में ढाल कर निर्देशक ने फिल्म-कला का अपमान किया है अथवा एक फिल्म-निर्माता को इतिहास को विकृत करने का अधिकार है या नहीं आदि अनेक नई बहसें 'इवान' के सिलसिले में उठी थीं और आज भी उठती रहती हैं। सुखद बात यह है उत्कृष्ट कलाकृतियों अथवा कलाकारों का स्थान चिर काल से समालोचनाओं के काफी ऊपर रहा है।

स्तालिनोत्तर युग में सोवियत सरकार की फिल्म नीति बहुत कुछ नरम होने पर भी, आजकल सोवियत फिल्में कुछ प्रभावहीन लगती हैं, विशेष रूप से आधुनिक जीवन-शैली से युक्त फिल्मों में चरित्रों के पारस्परिक रिश्तों में प्राय: एक अतिरिक्त सरलीकरण देखा जा रहा है। फिर भी बीच-बीच में आज भी प्रथम श्रेणी का काम देखने को मिल जाता है, ऐतिहासिक अथवा जीवनीपरक फिल्मों में। और देखने को मिलता है, शेक्सपियर, चेखव, टॉल्सस्तॉय, जैसे साहित्यकारों के नाटकों अथवा उपन्यासों पर बनाई गई

'पीरियड' फिल्मों में। इन सब दृष्टियों से सोवियत फिल्में अद्वितीय हैं, कारण यह कि अभिनय शैली के वैचित्र्य, फोटोग्राफी के लालित्य, साज-सज्जा और दृश्यपटल के फिल्माने में वास्तविकता के अनुसरण, रंग और संगीत के परिमित और सुरुचिपूर्ण प्रयोग में सोवियत फिल्मों की सचमुच में कोई तुलना नहीं है और यह बात पहले की तरह आज भी लागू की जा सकती है।

इसीलिए, जैसे 'अर्थ' में चाँदनी रात में खुले मैदान में वासिली के नृत्य का दृश्य अथवा 'पोटेमकिन' में ओडेसा की सीढ़ियों पर हत्याकांड की शब्दहीन विभीषिका नहीं भुलाई जा सकती, वैसे ही भुलाई नहीं जा सकती है चेरकासोव की 'इवान,' स्मोकतूनोवोस्की की 'हैमलेट,' बन्दारचुक की 'ओथेलो,' या फिर 'नेवोस्की' और 'इवान' में प्रोकोफियेफ का संगीत, 'मिचूरिन' में दोवचेस्को का रंग-प्रयोग, 'हैमलेट' में एलसिनोर का किला, 'वॉर एंड पीस' में नताशा के नृत्य का दृश्य।

'सोवियत विप्लव परिचय' शारदीय; 1927

अतीत की बांग्ला फिल्में

जॉनी वाइसमुलर की पहली फिल्म 'टार्जन द एप मैन' देखने जाने पर टिकट न मिलने के कारण मैंने संयोग से पहली बार बांग्ला फिल्म देखी। टार्जन वाली फिल्म चल रही थी ग्लोब सिनेमा में। बोलती फिल्मों के युग की पहली फिल्म टार्जन का पहला शो और उसके पास ही 'ओलवियन' सिनेमा में (आजकल का 'रीगल') चल रही थी 'काल परिणय।' अपने एक मामा के साथ मैं यही फिल्म देखने गया था। वर्ष में दो से अधिक फिल्मों को देखने का अवसर मुझे नहीं मिल पाता था, इसलिए विफल मनोरथ होकर मुझे लौटना पड़ेगा, यह सोचते ही मेरा मन बहुत भारी हो गया था। मेरा मुरझाया भाव देखकर ही शायद मामा मुझे ओलिवयन में ले गए थे। हॉलीवुड की फिल्मों में 1927 में ही आवाज आ जाने पर भी बांग्ला फिल्में उस वक्त तक मूक थीं। आज भी याद है, विवाह की पहली रात के अभिनय में प्रेम के दृश्य में परस्पर पैर घिसने का क्लोज अप और उसी के साथ मामा की फुसफुसाहट। नि:सन्देह वे सोच रहे होंगे कि कैसे बुरे क्षण में मैं इस बच्चे को फिल्म दिखाने ले आया।

बांग्ला फिल्मों के साथ मेरा यह पहला परिचय कुछ प्रीतिकर तो था नहीं। शायद इसी कारण से मुझे याद नहीं कि तब मुझे बांग्ला फिल्में देखने की कोई खास ललक महसूस हुई थी। इसके अलावा बच्चों के लिए उपयोगी बांग्ला फिल्में तब क्या बन भी रही थीं? शायद नहीं।

बोलती फिल्मों के युग में जब 'न्यू थिएटर्स' की हाथी मार्का फिल्मों की बहुत ख्याति थी, मेरे दो काका नितिन और मुकुल बोस निर्देशक थे, कैमरामैन और साउंड-रिकॉर्डिस्ट के रूप में सुप्रतिष्ठित थे, उसी वक्त से मैंने कभी-कभी बांग्ला फिल्में देखने की शुरुआत की थी। हॉलीवुड का उस वक्त स्वर्ण युग चल रहा था। कलकत्ता में 1935 में 'मेट्रो' और उसके एक वर्ष बाद 'लाइट हाउस' प्रेक्षागृह के उद्घाटन ने फिल्म-व्यवसायियों में विशेष हलचल मचा दी थी। दोनों सिनेमाघरों में एकदम ताजा नई फिल्में दिखाई जा रही थीं। उन सब फिल्मों की तारिकाओं का जुलूस, हॉलीवुड के विज्ञापनों की तड़क-भड़क, हॉलीवुड की चमक-दमक, शिल्प-चातुर्य और कला-कौशल—इन सबके सामने बांग्ला फिल्में कैसे खड़ी रह सकेंगी? स्वाभाविक रूप से ही हॉलीवुड की तुलना में हमारी फिल्में निष्प्रभ प्रतीत होती थीं। लगता था, हमारे सीखने को अभी बहुत कुछ बाकी है। ऐसा भी लगता था कि कला, साहित्य, संगीत में अग्रसर बंगाली शायद पश्चिम की देन इस यान्त्रिक कला में माहिर नहीं हो पा रहे हैं और शायद भविष्य में भी नहीं हो पाएँगे, कारण यह चीज ही उनके रक्त में नहीं है। सच कहा जाए तो उन दिनों बांग्ला फिल्में अनमने भाव से देखनी पड़ती थीं और उन पर विचार करने में जिस मानदंड का व्यवहार करना पड़ता था, वह विदेशी फिल्मों से भिन्न था।

उन दिनों (मैं विशेष रूप से सवाक फिल्मों के पहले दो दशकों के सन्दर्भ में बात कर रहा हूँ) हॉलीवुड की तरह ही बंगाल में प्राय: सभी निर्देशकों ने यह मान लिया था कि फिल्में होती हैं, सभी जनों के देखने के लिए, सभी स्तर के दर्शकों को खुश करने के लिए। चलचित्र भी एक सीरियस आर्ट हो सकता है, गम्भीर कथ्य, सूक्ष्म मनोविज्ञान, दोष-गुण से युक्त जटिल चरित्र—बांग्ला के सफल उपन्यासों में जो तत्व हमें मिलते हैं—ये सब तत्व चलचित्रों में भी जगह पा सकते हैं, इसे कोई

मानता नहीं था। हॉलीवुड की तरह बंगाल में भी उन दिनों कई विख्यात साहित्यकार और कहानीकार, पटकथा-लेखकों के रूप में चलचित्रों के साथ जुड़े हुए थे। शुरुआती दौर में ऐसे साहित्यकारों में प्रेमांकुर आतर्थी और शरदिन्दु बन्द्योपाध्याय के नाम याद आ रहे हैं। और भी आगे चल कर इसमें सहयोग किया था प्रेमेन्द्र मित्र और शैलजानन्द मुखोपाध्याय ने। तीस के दशक में चलचित्र के सम्बन्ध में बांग्ला में पहली प्रामाणिक पुस्तक साहित्यकार नरेन्द्र देव ने लिखी थी। लेकिन इन सब साहित्यकारों का सान्निध्य भी बांग्ला फिल्मों को कला की गरिमा नहीं दे सका। इसकी सीधी वजह यह है कि ये लोग भी चलचित्र को जन्मजात एक कला के रूप में नहीं मानते थे। बांग्ला के अन्यतम, श्रेष्ठ साहित्यकार विभूतिभूषण बन्द्योपाध्याय के सिनेमा के लिए लिखे उपन्यास 'दम्पती' को जिन्होंने पढ़ा है, वे मेरी इस बात की सच्चाई को समझेंगे। बांग्ला फिल्मों के उपादान क्या होने चाहिएँ, इस बारे में उस जमाने के साहित्यकारों की धारणा का स्पष्ट संकेत इस उपन्यास में मिल सकता है। यहाँ पर मैं अपने एक अनुभव के बारे में बता रहा हूँ। एक बार मैंने एक प्रथम श्रेणी के साहित्यकार से उनकी एक कहानी पर फिल्म बनाने की इच्छा प्रकट की थी। उन्होंने बड़े अचरज के साथ कहा—"मेरी यह कहानी तो एक साहित्यिक कहानी है महाशय, ऐसी कहानी से फिल्म कैसे बन सकेगी?" दरअसल चलचित्रों को उन दिनों पॉपुलर आर्ट के रूप में देखा जाता था और पॉपुलर आर्ट की रचना करने के लिए जिस माल-मसाले की जरूरत पड़ती है, उसे फिल्म में इस्तेमाल करने की तरफ निर्देशक लोगों की निगाह रहती थी।

यह भी ध्यान में रखने की जरूरत है कि उस जमाने में बंगाल में फिल्मों और प्रेक्षालयों की संख्या बहुत कम थी और दर्शकों की माँग भी थोड़ी अन्य तरह की थी। हिन्दी फिल्मों के नाच-गाने, एक्शन, मेलोड्रामा

के फॉरर्मूले का उद्भव उस वक्त भी नहीं हुआ था। उस जमाने की बांग्ला फिल्मों को सामाजिक, पौराणिक और धार्मिक फिल्में, इन तीन श्रेणियों में विभाजित किया जाता था। हाँ, यह अवश्य है कि आज भी यह नहीं कहा जा सकता कि यह नियम खारिज हो गया है और गत कई वर्षों में जो देखने को मिला है, उससे लगता है कि सामान्य दर्शकों की माँग में बहुत ज्यादा परिवर्तन नहीं हुआ है। लेकिन इस समय बाजार और टेलीविजन में तीस के दशक की कुछ बांग्ला फिल्मों को नए रूप में देखकर मेरी यह धारणा बनी है कि उपर्युक्त तीन श्रेणियों के अन्तर्गत आने वाली आज की बांग्ला फिल्में पहले की तुलना में बहुत घटिया स्तर की हैं। सवाक युग के शुरुआती दौर में बांग्ला, विशेषकर 'न्यू थिएटर्स' के, कलाकारों ने फिल्म के यान्त्रिक पक्ष पर जो अधिकार प्राप्त किया था, कैमरा, साउंड और सम्पादन के काम में जिस अनुशीलन का परिचय दिया था, लैबोरेटरी के काम में जैसी सफाई बरती गई थी, वैसी आज की प्राय: किसी भी फिल्म में दिखाई नहीं देती। इन सब गुणों के विचार से मुझे उस जमाने की बांग्ला फिल्में काफी आगे बढ़ी हुई लगी थीं।

इस जगह यह याद रखना होगा कि वह युग रियलिज्म अर्थात यथार्थवाद का युग नहीं था। कृत्रिम उपायों से वातावरण-निर्माण में हॉलीवुड उन दिनों सिद्धहस्त था। अधिकांश काम स्टूडियो में ही होता था। आर्क लाइट उस वक्त सूर्य के प्रकाश का स्थान ले लेती थी। रास्ता-घाट, घर-बाड़ी, वन-बनानी—सभी सेट बनाकर, स्टूडियो के (फ्लोर) चबूतरे पर तैयार किए जाते थे। इसमें काम की तो सुविधा थी ही और दर्शक भी इसी प्रथा के अभ्यस्त थे। मंच के दर्शक जिस प्रकार छतहीन तीन दीवारों वाले निवास स्थान को घर मान लेते हैं, वैसे ही सिनेमा के दर्शक इस कृत्रिम वातावरण को स्वीकार कर लेते थे। हाँ, यह जरूर था कि हॉलीवुड में कभी-कभी इसका व्यतिक्रम देखने को मिल जाता था, जैसे 'वेस्टर्न' किस्म की

फिल्मों में खुला, बाहरी, उन्मुक्त इलाका, जहाँ घोड़ा निर्बाध गति से दौड़ सकता है। यह चीज स्टूडियो में तैयार करना हॉलीवुड के लिए भी असम्भव था। इस कृत्रिम वातावरण के होते हुए भी पटकथा, अभिनय और निर्देशन की गुणवत्ता के कारण हॉलीवुड की श्रेष्ठ फिल्में यथासाध्य विश्वसनीय और आनन्द देने योग्य हो जाती थीं।

दु:ख का विषय यह है कि ये तीन गुण पर्याप्त मात्रा में न होने के कारण बांग्ला फिल्में उस वक्त की हॉलीवुड की फिल्मों के स्तर पर नहीं पहुँच सकीं, यद्यपि कई मामलों में हॉलीवुड का अनुकरण बांग्ला फिल्मों में सीधे-सीधे किया जाता था। जहाँ पृष्ठभूमि आधुनिक और विषय-वस्तु सामाजिक हो, वहाँ यह अनुकरण सबसे अधिक दिखाई देता था। पहनावे में सूट-हैट अथवा ड्रेसिंग गाउन, फैशन वाले सामान से भरे हुए हॉल, कमरे के भीतर से ऊपर को जाती हुई चक्करदार सीढ़ियाँ, दीवारों का रंग सफेद न होकर धूसर वर्ण का (अथवा क्षेत्र विशेष में फूल-पत्तीदार वॉल पेपर), उच्च-मध्यवर्ग की बैठक में ग्रैंड पियानो और उस पियानो को बजाते हुए नायक-नायिका का गाना—ये सब चीजें हॉलीवुड की नकल पर होती थीं। दीदी, जीवन-मरण, प्रतिश्रुति, मुक्ति, रजत जयन्ती, डॉक्टर, नर्स, सीसी, इत्यादि—उन दिनों की बहुप्रशंसित लोकप्रिय फिल्मों की सभी कोटियों में यह अनुकरण लक्षित किया जा सकता है। दरअसल बंगाली जीवन के स्वाभाविक चेहरे पर एक विलायती पॉलिश किए बिना उसे दर्शकों के सामने प्रस्तुत करने का साहस उस समय बहुत कम निर्देशकों में था, हालाँकि 'इंगबंग' (अंग्रेज छाप बंगाली) जीवन के वास्तविक चेहरे को उजागर करने का प्रयास किसी निर्देशक ने किया हो, ऐसा याद नहीं आता।

यहाँ पर एक अपवाद का उल्लेख करना बेहद जरूरी लग रहा है। बोलती फिल्मों के प्रारम्भिक दौर में चारु राय द्वारा बनाई गई पहली बंगाली फिल्म मैंने दस वर्ष पहले देखी थी। इस फिल्म में निर्देशक ने विस्तार से

मध्यमवर्गीय जीवन का जैसा ब्योरेवार चित्रांकन किया था, वैसा उस जमाने की किसी भी फिल्म में देखने की मुझे याद नहीं है। खेद का विषय है, चारु राय की और कोई फिल्म देखने का मुझे अवसर नहीं मिला, हालाँकि उनकी उन सब फिल्मों के कुछ फोटो देखकर मुझे लगा था कि चारु राय अपनी फिल्मों में हॉलीवुड के प्रभाव से बच सके थे।

दो श्रेणियों की फिल्मों में हॉलीवुड की छाप अपेक्षाकृत कम दिखाई देती थी। एक तो थीं धार्मिक फिल्में, जैसे देवकी वसु की 'विद्यापति' अथवा 'चंडीदास' और एक थीं विशुद्ध बंगाली उपन्यासों के आधार पर बनाई गई कुछ फिल्में, जैसे 'काशीनाथ,' 'पल्लीसमाज' (देहाती दुनिया), 'गोरा,' 'आँख की किरकिरी,' जहाँ पर उपन्यासों के अनुकरण की निष्ठा ने हॉलीवुड को उनके ज्यादा नजदीक नहीं आने दिया था। लेकिन इन सब फिल्मों का बंगालीपना सिर्फ इनकी विषय-वस्तु में ही सीमित है। इन फिल्मों की बिम्बात्मक भाषा में ऐसा कोई जीवन्त वैशिष्ट्य नहीं था जिससे लगे कि इस भाषा की जड़ें बंगाल की जमीन में हैं। असल में इस भाषा का उत्स बंगाल के थियेटर में था।

इन थियेटरों के रास्ते पर चलते हुए ही बांग्ला फिल्मों में गीतों का प्रवेश हुआ। इसमें कोई सन्देह नहीं है कि जब बांग्ला फिल्में प्रौढ़ता के पथ पर बढ़ रही थीं, तब जो यत्र-तत्र गानों का प्रयोग हुआ उसने एक मुख्य बाधा का काम किया। 'चंडीदास' अथवा 'विद्यापति' में गानों का प्रयोग शायद उतना असंगत नहीं था, लेकिन किसी भी निर्देशक की चाहे जैसी फिल्म हो अगर उसमें गाना आ टपके तो उसे एक सनक के दायरे में डालने के अलावा और कोई उपाय नहीं रहता। इस सनक के चलते ही कुन्दनलाल सहगल को उनके गैर बंगाली होते हुए भी नायक के आसन पर बैठा दिया गया और उन्होंने 'न्यू थियेटर्स' की कुछ फिल्मों की आर्थिक सफलता का मार्ग सहज कर दिया। दरअसल बंगाली दर्शक फिल्मों में गाना पसन्द करते

हैं और अगर मनपसन्द गाने उन्हें मिल जाएँ तो वे निर्देशक के सात खून माफ कर देते हैं।

तीस के दशक की अधिकतर फिल्में यथार्थ के अभाव, पटकथा की शिथिलता और संवादों की गतिहीनता के कारण, आज मन को अधिक प्रभावित नहीं करती हैं। कई अपवादों को छोड़कर, उपर्युक्त कारणों से शायद इन सभी फिल्मों का अभिनय जड़ अथवा मंचों जैसा लगता है। उस जमाने में प्रमथेश बरुआ की ख्याति एक संयमी अभिनेता की थी। उनका अभिनय मंच के प्रभाव से मुक्त था, यह बात आज भी कही जा सकती है। मंच पर अभिनय का अभ्यास और बांग्ला भाषा पर सोलह आने अधिकार न होने के कारण, यही स्वाभाविक था कि अभिनय में मंच की छाप न हो। प्रमथेश बरुआ शायद कोशिश करके भी मंच-सुलभ अति-अभिनय (ओवर ऐक्टिंग) नहीं कर पाते थे। ऐसा भी हो सकता है कि विदेशों की शिक्षा ने उन्हें बांग्ला फिल्मों के मुद्रा-दोषों (बार-बार किसी चीज को दुहराना) से बच कर चलने में सहायता की थी। स्टूडियो में प्रकाश और कैमरे के प्रयोग से विदेशी शिक्षा के फलस्वरूप प्रमथेश बरुआ बांग्ला फिल्मों में कोई चकित करने वाली विशेषता पैदा कर सके थे या नहीं, या अगर कर सके थे तो उसके फलस्वरूप बांग्ला फिल्मों का स्तर ऊँचा हो सका था या नहीं, यह आज बताना मुश्किल है। हाँ, इतना जरूर कह सकता हूँ कि 'मुक्ति,' 'शेष उत्तर,' 'शापमुक्ति,' इत्यादि फिल्मों में यान्त्रिक कला-कौशल का जो रूप था, वह आज नजर नहीं आ रहा है; जो नजर आ रहा है, वह है फिल्मों का समग्र रूप से दो आँसुओं वाला भाव।

चालीस के दशक में पहली बांग्ला फिल्म में नए दृष्टिकोण का परिचय मिला। उस जमाने की सबसे अधिक हलचल मचाने वाली फिल्म 'उदयेर पथे' (उदय के पथ पर) ने ही दर्शकों को इस नए नजरिये का

परिचय दिया था, इसमें कोई सन्देह नहीं। इस फिल्म की विषय-वस्तु में सामाजिक चेतना का जो परिचय मिलता है, उसके लिए अवश्य कहानीकार ज्योतिर्मय राय उत्तरदायी हैं, लेकिन इसके अलावा भी इस फिल्म में कई विशेषताएँ हैं, जिनके कारण प्रशंसा का कुछ अंश फिल्म-निर्देशक विमल राय को भी मिलना चाहिए। विमल राय ने ही पहली बार स्टार-सिस्टम को अस्वीकार कर, एकदम नए, कोरे अभिनेता-अभिनेत्रियों को नायक-नायिका की भूमिका में उतारने का साहस दिखाया था। इस फिल्म का परिवेश भी उस जमाने की अन्य फिल्मों की तुलना में बहुत हद तक यथार्थ के अनुकूल था। उनकी पटकथा एकदम गठी हुई और अभिनय और कथा-विन्यास का ढंग चलचित्रों के लिए उपयोगी था। लेकिन आज नई दृष्टि से देखने पर ऐसा लगता है कि 'उदय के पथ पर' भी परीक्षण में टिक नहीं सकी। इसके लिए चरित्र और विषय-वस्तु का अति सरलीकरण और एक ऐसे किस्म के संवाद जिम्मेदार हैं जिनके बारे में तीखे विशेषण तो प्रयुक्त किए जा सकते हैं, लेकिन रक्त-मांस के मनुष्यों की आम बातचीत के साथ जिनका कोई मेल नहीं है।

विमल राय ने अपनी श्रेष्ठ फिल्म 'दो बीघा जमीन' बनाई थी हिन्दी में, बम्बई जाने के बाद। बम्बई पहुँच कर अच्छी फिल्म और बांग्ला फिल्म बनाने का दावा जो कर सकते हैं, वे हैं नितिन बोस। 'रजनी' अथवा 'नौका डूबी' फिल्म में नितिन बोस ने 'न्यू थिएटर्स' द्वारा बनाई गई फिल्मों की तुलना में बहुत अधिक कौशल दिखाया था। 'उदय के पथ पर' के कहानीकार ज्योतिर्मय राय काफी समय तक चलचित्रों के साथ जुड़े रहे थे, पहले पटकथा-लेखक और बाद में उसके साथ-साथ निर्देशक के रूप में। बंगाली नागरिक जीवन का जो संवेदनशील चेहरा 'उदय के पथ पर' में मिला था, वही चेहरा ज्योतिर्मय राय द्वारा बनाई गई 'अभियात्री,' 'दिनेर परे दिन' (दिन प्रतिदिन) और 'शंख वाणी' जैसी फिल्मों में भी मिला था।

दु:ख का विषय यह है कि इन सब फिल्मों को नई तरह से परखने का कोई समय ही नहीं आया।

कलकत्ता में रहते हुए इन्हीं दिनों जिन व्यक्तियों ने उल्लेखनीय बांग्ला फिल्में बनाई थीं, उनमें से तीन लोगों का नाम लिया जा सकता है—हेमेन गुप्त, सत्येन बसु और निर्मल दे। सत्येन बसु की 'वरयात्री' आज दोबारा देखने पर तकनीक की दृष्टि से अपरिपक्व लगने पर भी, इसका सोलह आना बंगाली मिजाज और आश्चर्यजनक, सहज और रसीले संवाद (इसमें बसु महाशय ने कहानीकार विभूतिभूषण मुखोपाध्याय के मूल संवादों को प्राय: ज्यों-का-त्यों रखकर अपनी विवेक बुद्धि का परिचय दिया था) और इसका कलात्मक अभिनय (इस फिल्म में कोई स्टार अभिनेता नहीं था) तथा अनगिनत हास्योद्दीपक घटनाओं का आकर्षण आज भी फीका नहीं पड़ा है।

हेमेन गुप्त को मैं भूला नहीं हूँ और ''42' का सबसे बड़ा गुण था, निर्देशक की आन्तरिकता। इसके अतिरिक्त विषय-वस्तु की दृष्टि से भी दोनों फिल्में उस समय मौलिकता का दावा कर सकती थीं। देसीपन का जो तत्व इन दोनों फिल्मों में मिलता है, वह निर्देशक का ही निजी तत्व है, कोई उधार लिया हुआ नहीं, उसे कहना नहीं पड़ता है और यही तत्व अन्त में फिल्म की अनेक त्रुटियों के बावजूद दर्शकों के मन को छू लेता है।

मेरे मत से निर्मल दे की तीन फिल्में—'बसु परिवार,' 'साढ़े चौहत्तर' और 'चाँपाडाँगा की बहू'—बोलती फिल्मों के युग के पहले दो दशकों की फिल्मों में सिनेमैटोग्राफी के लिहाज से सबसे अधिक समृद्ध हैं। यह जरूर है कि इन फिल्मों में भी उच्च स्तर की कला और गम्भीर तथ्यों का प्रश्न नहीं आता। उस वक्त हॉलीवुड के अधिकांश निर्देशकों की तरह निर्मल दे का भी मुख्य लक्ष्य था अनेक स्तर के दर्शकों का मनोरंजन। लेकिन यह काम भी उन्होंने जितने करीने और सुरुचिपूर्ण ढंग से किया, वैसा और किसी ने नहीं

किया था। आजकल बांग्ला फिल्मों को अगर हिन्दी फिल्मों से संघर्ष करते हुए जीवित रहना पड़ रहा हो, तो इस तरह की अनेक फिल्मों का निर्माण जरूरी है। सिर्फ कलात्मक फिल्मों के द्वारा इंडस्ट्री नहीं बचेगी और बम्बई की नकल करने पर बांग्ला फिल्में न इधर की रहेंगी, न उधर की। अलबत्ता, यह भी एक प्रश्न है कि निर्मल दे की तरह काम जानने वाले लोग आज कितने हैं। फिल्मोपयोगी कहानी अथवा अच्छी पटकथा लिखने वाले का अभाव इस देश में चिरकाल से है। इसके ऊपर आजकल जिस चीज का मुख्य अभाव देखा जा रहा है, वह है चलचित्र को सभी दृष्टियों से जानने वाले, जिम्मेदार निर्देशक का। यह अभाव कैसे दूर होगा, पता नहीं, हालाँकि बिना दूर हुए एक सामूहिक संकट तो सब पर है और मुझे भारी सन्देह है कि केवल सरकारी आर्थिक कृपा से यह संकट दूर हो पाएगा।

आनन्दलोक, शारदीय; 1978

बांग्ला चलचित्रों की कलात्मक दिशा

चलचित्रों के कलात्मक पक्ष पर विचार करने पर उनके व्यवसाय का पक्ष भी स्वाभाविक रूप से सामने आ जाता है। प्रारम्भ में ही रुपया-आना-पाई का प्रसंग उठाने पर मुझे शर्म आ रही है, लेकिन सच्चाई यही है कि इन तीन चीजों के अभाव में चलचित्र-निर्माण में आगे बढ़ने का कोई मार्ग नहीं है। यान्त्रिक युग की देन यह कला-रूप—सिनेमा—व्यवसाय की छाया पड़ने से ऐसी अवस्था में आ पहुँचा है कि खूब पैसे खर्च किए बिना फिल्म बनाना एकदम असम्भव हो गया है। फिल्म बनाने जाएँ तो उसके प्रारम्भिक उपकरण अर्थात कैमरा और फिल्म ही के दाम बहुत अधिक हैं। उसके बाद अभिनेता और अभिनेत्रियाँ और कुशल कर्मियों का परिश्रमिक रहता है, स्टूडियो का किराया रहता है, वेश-भूषा, साज-समान इत्यादि का भी काफी खर्चा होता है। फिल्म समाप्त होने पर भी खर्च से छुटकारा नहीं मिलता। कारण, विज्ञापन का खर्चा तो बना ही रहता है। कुल मिला कर एक सादी तड़क-भड़क से रहित मामूली फिल्म का खर्चा भी लाखों पार कर जाता है, फिर अगर तड़क-भड़क वाली फिल्म बनानी हो, तब तो खर्चे का पूछना ही क्या! भारी व्यय पर निर्भर यह सिनेमा-व्यवसाय पूँजीपति व्यवसायियों से हाथ मिलाने को बाध्य हो गया है।

कलाकार जानते हैं कि अगर उन्हें अपनी परियोजना को साकार करना हो तो उन्हें धन की जरूरत पड़ेगी। और व्यवसायी लोग जानते हैं कि फिल्म

बनाना उनका अपना काम नहीं है, यह काम तो कलाकार का है। दोनों ने अपनी इस परस्पर निर्भरता को स्वीकार कर लिया है। व्यवसायी अर्थात प्रायोजक अर्थ का निवेश करता है, कलाकार अर्थात फिल्म-निर्देशक उस धन की सहायता से फिल्म तैयार कर प्रायोजक के हाथों सौंप देता है। प्रायोजक उस फिल्म को प्रेक्षागृहों की मार्फत जनता के सामने उपस्थित कर देता है। सामान्य दर्शक अगर उस फिल्म को आदरपूर्वक स्वीकार लेते हैं, अर्थात अधिक संख्या में टिकट खरीदकर उस फिल्म को देखते हैं, तभी उस फिल्म को आर्थिक दृष्टि से सफल समझना चाहिए। यदि व्यावसायिक सफलता के साथ कहीं कलात्मक सफलता का समन्वय हो जाए, फिर तो सोने में सुहागा हो जाता है। लेकिन एक सफलता मिलने पर, दूसरी सफलता भी मिलेगी, ऐसी कोई बात नहीं है। कई अच्छी फिल्में, लोकप्रिय फिल्में नहीं हो पाई हैं। और लोकप्रियता कला के उत्कर्ष का कोई पर्याय भी नहीं है। अगर ऐसा होता तो रवीन्द्रनाथ की कई रचनाएँ साहित्य के रूप में खारिज कर दी जातीं। जिस देश में शिक्षा का प्रसार इतना सीमित है, उस देश में कला के समझने वाले भी कम संख्या में होंगे, इसमें क्या आश्चर्य! इसलिए एक अच्छी फिल्म अगर पैसा न भी दे, तो इसमें एक कलाकार के रूप में निर्देशक की असफलता निहित नहीं है। लेकिन इससे व्यवसायी के रूप में एक प्रायोजक के मन में आशंका उत्पन्न हो सकती है। एक प्रायोजक की दृष्टि में फिल्म की सफलता का मतलब उसकी आर्थिक सफलता है। फिल्म कलात्मक है या नहीं, इससे एक प्रायोजक का कुछ बनता-बिगड़ता नहीं है। फिल्म से पैसा पैदा हुआ था नहीं—यही उसका प्रथम और मुख्य लक्ष्य है। जब निर्देशक ऐसे ही प्रायोजक पर निर्भर है, तब उसके व्यावसायिक दृष्टिकोण को वह किस साहस के साथ अस्वीकार कर सकता है? सिर्फ अपनी कल्पना और खुशी को चरितार्थ करने के लिए एक कलात्मक रचना की जाती है। इसका सुअवसर एक कवि को है, संगीतकार अथवा एक वादक को है, लेकिन एक फिल्म-निर्देशक को नहीं

है। उसे जैसे कला का पक्ष देखना पड़ता है, वैसे ही देखनी होगी व्यवसाय की जरूरत, जनता की माँग। इस माँग को पूरा करने के लिए यदि आर्ट को विसर्जित करना पड़े, तब फिर जरूर आक्षेप करने का कारण बनता है। लेकिन चलचित्रों के इतिहास में ऐसे अनेक दृष्टान्त हैं, जिनमें कला के साथ लोकप्रियता का भी चमत्कारपूर्ण समन्वय घटित हुआ है। उदाहरणस्वरूप चार्ली चैपलिन की फिल्मों का उल्लेख किया जा सकता है। हाँ, यह जरूर है कि यह समन्वय इतना सहज नहीं है, और इसका कोई फॉर्मूला भी नहीं है। लेकिन अतीत में इसके कई दृष्टान्त मिलते हैं, इसलिए इसकी भविष्य में भी काफी सम्भावना है।

जो निर्देशक व्यवसाय की सीमा में कलात्मक फिल्म बनाने का प्रयास करते हैं, उन्हें इसकी अन्तर्निहित सम्भावना ही प्रेरणा देती रहती है। चलचित्र के जो श्रेष्ठ उदाहरण हैं, उन सब फिल्मों का निर्माण इसी सीमा में रहकर हुआ है। हाँ, यह जरूर है कि एक वर्ग ऐसे फिल्म-निर्माताओं का भी है, जिनका पहला और मुख्य उद्देश्य जीविकोपार्जन होता है। यह उद्देश्य अच्छा नहीं है, यह बात मैं कैसे कह सकता हूँ। लेकिन फिल्म-कला की चर्चा में इस किस्म के निर्देशकों का कोई स्थान नहीं है। कारण कला-सृजन इनका उद्देश्य ही नहीं है।

अब असली बात पर आया जाए।

एक अच्छी फिल्म किसे कहते हैं? अच्छी कहानी ही क्या अच्छी फिल्म का अर्थ है? कई लोगों को ऐसा कहते हुए मैंने सुना है। लेकिन अगर ऐसा होता, तो बांग्ला फिल्मों के इतिहास में अच्छी फिल्मों का इतना अभाव क्यों हुआ? वाल्मीकि, वेदव्यास से लेकर आधुनिक युग के श्रेष्ठतम साहित्यकारों की कितनी ही अच्छी कहानियाँ फिल्म के रूप में देखने को मिलती हैं। कहानी का दैन्य तो उन फिल्मों में था नहीं। तो फिर, किसके दैन्य, किसके अभाव ने उन्हें कलात्मक सफलता से वंचित

कर दिया? दरअसल हर कहानी के दो पक्ष होते हैं। एक है—उसकी विषय-वस्तु यानी कथ्य, और दूसरा है—उसकी भाषा। इन दोनों को ही मिला कर कहानी बनती है। कहानी की कला इस कथन-भंगिमा में ही है। अच्छी कहानी भी कहने के दोष से नष्ट हो जाती है, और सामान्य कहानी भी कहने के गुण के कारण कला-मंडित हो उठती है। चलचित्र की कला भी उसकी भाषा, उसके विन्यास-कौशल में है। जहाँ भाषा दुर्बल होती है, वहाँ अच्छी कहानी होते हुए भी एक फिल्म कलात्मक सफलता पाने में असमर्थ रहती है। चलचित्रों की यह भाषा बिम्बों की भाषा होती है। एक निर्देशक को इस भाषा की जानकारी होनी चाहिए, इसका व्याकरण उसे सीखना पड़ता है। लेकिन भाषा पर अधिकार होने पर भी, उसे रूप देना और व्यक्त करना अकेले निर्देशक का ही काम नहीं है। जो लोग नियमित रूप से फिल्म देखते हैं, उन्होंने लक्ष्य किया होगा कि पर्दे पर कहानी शुरू होने के पहले कलाकारों की एक परिचयात्मक विस्तृत सूची दी जाती है। इससे यह सहज ही समझा जा सकता है कि चलचित्र एक सामूहिक कला है। बहुतों के समवेत प्रयास से ही एक फिल्म तैयार होती है। इन लोगों में कोई कलाकार होता है, कोई कारीगर; कभी-कभी कोई व्यक्ति कलाकार और कारीगर एक साथ होता है। इन दोनों को सहजता से विभाजित किया जा सकता है। एक वे लोग होते हैं जो कैमरे के सामने रहते हैं, अर्थात जो अभिनय में भाग लेते हैं, और एक वे होते हैं कैमरे के पीछे रहते हैं, जो नेपथ्य में काम करने वाले होते हैं, जैसे—पटकथा-लेखक, निर्देशक, कैमरामैन, ध्वनि देने वाले, कला-निर्देशक, संगीत-निर्देशक और सम्पादक। ये होते हैं दूसरी कतार के कर्मचारी। पटकथा-लेखक का पहला काम होता है, कहानी का चुनाव। वह कहानी को चलचित्र के साँचे में ढाल कर सजाता है। यह काम लिखने का काम होता है, लेकिन इस लेखन का कोई साहित्यिक मूल्य नहीं होता है और इस न होने से इसका कुछ बनता-बिगड़ता नहीं है। एक चित्र-नाट्य (पटकथा, स्क्रीन-प्ले) की

भाषा, बिम्बों-चित्रों में लिखी गई संकेत मात्र होती है। इसका मूल्य सिर्फ ढाँचे अथवा 'स्केलेटन' के रूप में होता है। मंच के नाटक की तरह यहाँ भी कहानी को अंकों और दृश्यों में बाँटना पड़ता है। लेकिन दृश्यों में दृष्टिकोण अथवा शॉट परिवर्तन का तरीका अपनाया जाता है। उसके साथ नाटक की कोई समानता नहीं है। यह सिनेमा की एकदम अपनी रीति है। सिनेमा के व्याकरण का अध्ययन किए बिना इस रीति को सीखना सम्भव नहीं है।

वस्तुत: पटकथा लेखन का काम एक निर्देशक का सहज और वांछित कर्तव्य है। लेकिन कई बार पात्रानुसार संवाद-रचना में असमर्थ होने के कारण निर्देशक को एक साहित्यकार की सहायता लेनी पड़ती है। फिल्म की भाषा का जो संकेत पटकथा में दिया गया होता है, उसे कैमरे के माध्यम से व्यक्त करना पड़ता है। कैमरे से ली गई तसवीरों को बाद में जोड़ने पर फिल्म में कहानी का एक समग्र चेहरा उभर आता है। कहानी में जो कुछ ब्योरा होता है, नायिका का रूप, नायक का पौरुष, गाँव की हरियाली, बस्ती की सीमा, घर-द्वार, रास्ता-घाट, युद्ध-विग्रह—इन सब चीजों को एक कैमरे की दृष्टि से देखना पड़ता है। मनुष्य की आँख जो कुछ देखती है, कैमरे की आँख उसकी अपेक्षा कुछ अधिक ही देखती है, कम नहीं। आवश्यकतानुसार छोटे को बड़ा, दूर को पास, असुन्दर को सुन्दर...यहाँ तक कि दिन को रात तक दिखाना कैमरे की शक्ति के भीतर है। इसलिए कैमरा निर्देशक के हाथ में पहला और मुख्य हथियार होता है। यह जो कैमरे का दृष्टिकोण है, इसका भी एक ठीक-बेठीक पक्ष होता है। इसमें भी संगति-असंगति रहती है।

कहानी के भाव को प्रस्फुटित करने में जो सहायता करे, वक्तव्य को जो प्रस्फुटित करे, वही दृष्टिकोण ठीक है, वही कलासम्मत भी है। कहानी की जरूरत के बाहर कैमरे की जो कुछ कारगुजारी होती है,

फिल्म की समग्रता के विचार से उसका कोई मूल्य नहीं है। कैमरामैन में अगर कला-बोध या नाट्यबोध का अभाव हुआ तो फिर उसके लिए निर्देशक के उद्देश्य को पूरा करना सम्भव नहीं होगा। उसका काम फिर कारीगरी में ही सीमित होकर रह जाएगा, उसकी अक्षमता के अनुपात में फिल्म की भाषा भी कमजोर हो जाएगी। ध्वनि रिकॉर्ड करने वाला, कला-निर्देशक, सम्पादक, संगीत-निर्देशक—इन सभी को निर्देशक के उद्देश्य को समझ कर, उसके दृष्टिकोण के साथ सामंजस्य बैठा कर, कहानी के उत्कर्ष की दिशा को ध्यान में रखकर काम करना पड़ता है। इनकी सफलता में ही फिल्म की सफलता है। उदाहरण के लिए कला निर्देशक को लिया जाए। नायक के रहने के लिए वह जो कमरा तैयार करेगा, उस कमरे की आकृति, आयतन, उसकी चीजें, दीवार पर लगी तसवीरें, उसकी सजावट अथवा बिखरापन अर्थात उस कमरे के समग्र चेहरे का मेल अगर इस कहानी के चरित्र के साथ न बैठे, तो वह कमरा चाहे जितना सजा-बजा क्यों न हो, कला के हिसाब से, जहाँ तक इस फिल्म का सवाल है, उसका कोई मूल्य नहीं है। अभिनय के सिलसिले में भी यही बात लागू होती है।

बंगाल में अभिनय की एक परम्परा है और वह है, मंच पर अभिनय की। मंच का अभिनय एक चलचित्र में देखने में सिर्फ खराब ही नहीं लगता है, वह कला-विरुद्ध भी होता है। मंच का परिवेश तो वास्तविक परिवेश होता नहीं। मंच के तीन दीवारों वाले कमरे को कोई वास्तविक कमरा तो मानेगा नहीं। मंच का अभिनय और पात्रों का व्यवहार भी कोई वास्तविक जीवन का व्यवहार तो हो नहीं सकता। इसकी कोई अपेक्षा भी नहीं करता है। लेकिन सिनेमा के यथार्थ परिवेश में यह अति-अभिनय (ओवर एक्टिंग) अत्यन्त पीड़ादायक होती है। इसके लिए अभिनेता को उत्तरदायी ठहराना अन्याय है। किस कहानी के किस पात्र के अभिनय

को किस लय में बाँधना होगा, इसका बोध निर्देशक को होना चाहिए। सिर्फ यही नहीं, अभिनेता में भी वह बोध पैदा हो सके, इसकी क्षमता भी निर्देशक में होनी चाहिए। अपनी जरूरत के अनुसार उस अभिनेता से उसे अभिनय की अदायगी भी करा लेनी पड़ती है। फिल्म के दोष अथवा गुण, कला के हिसाब से असफलता अथवा सफलता, दोनों के लिए अधिकतर निर्देशक को ही उत्तरदायी माना जाता है। जब दर्शक और समीक्षक फिल्म के गुणावगुण पर विचार करने जाएँ, तो उन्हें यह बात याद रखनी होगी। फिल्म की कहानी अच्छी नहीं है, यह कहकर कहानीकार को दोष देने से काम नहीं चलेगा। आखिर, उस कहानी का चुनाव निर्देशक ने किया क्यों? अभिनय में अगर कोई त्रुटि है, तो एक निर्देशक की दृष्टि से वह छूट कैसे गई? विन्यास की त्रुटि क्या सम्पादक की है, अथवा पटकथा के विन्यास में ही दोष है? हाँ, यह जरूर है कि गलती कहाँ है, इसे ठीक-ठीक पकड़ने के लिए चलचित्र की रीति-नीति के सम्बन्ध में अच्छी तरह वाकिफ होना चाहिए। सिर्फ इतना ही नहीं, बांग्ला फिल्मों की अगर समालोचना करनी हो, तो किस हालत में वह फिल्म तैयार की गई, इसे जानना होगा। खराब फिल्मों के अनुपात में अच्छी फिल्मों की संख्या कम है—इस मुद्दे को लेकर आरोप लगाने से कोई लाभ नहीं है। दुनिया के किसी भी देश में किसी भी कला-सृष्टि के सम्बन्ध में यह कथन लागू होता है। चलचित्र के सम्बन्ध में तो होता ही है। दरअसल एक कलाकार की अनुपस्थिति में कला-सृष्टि की आशा करना ही भूल है।

प्रतिभा सभी कालों में, सभी देशों में विरल होती है। फिर भी विदेशों में कला के प्रशिक्षण की सुविधाएँ हैं। वहाँ चलचित्र के विद्यालय हैं। अभिनय, निर्देशन, कैमरे का काम—इन सबके सीखने की व्यवस्था है। अच्छी फिल्में देख कर उनका व्याकरण, उनकी भाषा, उनकी रीति-नीति का विश्लेषण करने के अवसर वहाँ बहुत हैं। दुर्भाग्यवश बंगाल में इस

सब के लिए कोई अवसर ही नहीं है, यहाँ शिक्षा की कोई व्यवस्था ही नहीं है। इतना होने पर भी, बांग्ला फिल्मों की सफलता, उनके अभिनय का स्तर, उनके कलाकारों का कृतित्व—इन सब को लेकर गर्व किए बिना नहीं रहा जा सकता। ऐसी ही हालत में और किसी देश में इतनी दूर तक ये सारी बातें सम्भव होतीं या नहीं, इस सम्बन्ध में अन्ततः मुझे सन्देह है।

—आकाशवाणी कलकत्ता से प्रसारित

बेतार जगत, शारदीय; 1978

चलचित्र रचना : उपादान, भाषा और भंगिमा

चलचित्र एक कला है या नहीं, इस सम्बन्ध में तर्क-वितर्क आज भी उठता रहता है। जो लोग इसे कला का दर्जा देने के कारण नाराज हैं, उनका कहना है कि चलचित्र की निजी सत्ता जैसी तो कोई वस्तु है ही नहीं, यह तो और पाँच कलाओं और साहित्य के पँचमेल से बनी एक किम्भूत जैसी वस्तु है।

दरअसल, यह झंझट इस 'कला' शब्द के कारण पैदा हुआ है। 'कला' न कह कर अगर 'भाषा' कहा जाता, तो शायद चलचित्र का स्वरूप और स्पष्ट हो जाता और तर्क के लिए भी फिर जगह न रहती।

लेखक के पास जैसे उक्ति और वृत्तान्त प्रमुख साधन होते हैं, वैसे ही एक चलचित्र-निर्माता के प्रमुख साधन हैं—बिम्ब (इमेज) और शब्द (साउंड)। इन दोनों को मिलाने से जो भाषा बनती है, अगर उसके प्रयोग में निपुणता का अभाव हुआ, उसका व्याकरण अगर फिल्म-निर्माता ने सीखा न हो और कुल मिला कर फिल्म के वक्तव्य में अगर जोर न हुआ, तो फिर एक अच्छी फिल्म कैसे बनेगी? इतना जो लिखा जा रहा है, उसमें कितना साहित्य हो पाता है? कलाकार पहले है, उसके बाद आती है उसकी कला। जहाँ पर कलाकार न हो, वहाँ कला के उपकरण होते हुए भी कला का उद्‌भव सम्भव नहीं हो पाता।

चलचित्र में अन्य कलाओं और साहित्य के तत्त्व होते हैं, इसमें कोई

सन्देह नहीं। नाटक का द्वन्द्व, उपन्यास की कथा-वस्तु और परिवेश-चित्रण, संगीत की गति और छन्द, चित्रकला की प्रकाश और छाया की व्यंजना, इन सब चीजों को चलचित्र में स्थान मिला हुआ है। लेकिन बिम्ब (इमेज) और ध्वनि (साउंड) की जो भाषा है, दिखाने और सुनाने की सीमा के बाहर जिसकी अभिव्यक्ति नहीं है, वह एकदम स्वतंत्र भाषा है। फलस्वरूप इन सब कलाओं का कथ्य एक होते हुए भी अभिव्यक्ति की भंगिमा के कारण इनमें अन्तर होना अनिवार्य है। कहने की यह भंगिमा चलचित्र की विशेष भंगिमा है। इसीलिए चलचित्र में अन्य कलाओं और साहित्य के तत्त्व होते हुए भी यह उन सबसे विशिष्ट और अनन्य होता है।

इमेज और ध्वनि—बिम्ब और आवाज। इमेज का यहाँ आशय सिर्फ बिम्ब— तसवीर—से ही नहीं है। वाङ्मय छवि—सशब्द, ध्वनिमय चित्र से है। अर्थात बिम्ब का बिम्बत्व न तो उसका अन्त है, न प्रारम्भ। जैसे प्रारम्भ और अन्त चित्रकला में होता है। यहाँ पर मुख्य होता है चित्र का अर्थ। एक-एक चित्र एक-एक वाक्य होता है, सब चित्र मिलाकर पूरा एक वक्तव्य हो जाता है। मूक फिल्मों के जमाने में भी तसवीरें अर्थ वहन करती थीं। इनकी भाषा संवाद-रहित होती थी।

और ध्वनि? ध्वनि बिम्ब ही की पूरक होती है। एक के बिना दूसरे का कोई अस्तित्व नहीं है। आँख और कान दोनों अगर सजग न रहें तो चलचित्र की भाषा समझ में नहीं आती। अगर किसी दृश्य में ध्वनि न हो, तो उसका न रहना ही व्यंजक हो उठता है। नि:शब्दता ही उसका वक्तव्य हो जाता है।

लेखक की विषय-वस्तु और उसकी शैली के अनुसार जैसे रचना का श्रेणी-विभाजन हो जाता है, चलचित्र में वैसा सम्भव नहीं है। उपन्यास, काव्य, नाटक, जीवनी, शिक्षामूलक विवरण—इन सबकी रचना चलचित्र में हो सकती है। हम लोग वर्तमान चर्चा के लिए सिर्फ एक श्रेणी की तरफ ही अपनी नजर रखेंगे और वह है कहानीमूलक चलचित्र। इन्हीं फिल्मों से

लोग सबसे अधिक परिचित हैं। दुनिया की अधिकांश श्रेष्ठ फिल्में इसी श्रेणी में आती हैं।

फिल्म-निर्माण के काम को मोटे तौर पर तीन चरणों में बाँटा जा सकता है। पहला चरण है चित्रनाट्य अर्थात पटकथा (सिनेरियो) की रचना। दूसरा चरण होता है, उस चित्रनाट्य के अनुसार विभिन्न स्थानों (लोकेशन) का चुनाव अथवा स्टूडियो में कृत्रिम दृश्य (सेट) तैयार कर उस परिवेश के चरित्र के अनुसार लोगों से अभिनय कराके उनका फिल्मांकन (शूटिंग)। तीसरे चरण को सम्पन्न किया जाता है—खंड-खंड रूप में खींचे गए इन दृश्यों को चित्रनाट्य के अनुसार मिलाकर एक तरतीब में सजाकर (एडिटिंग)। चित्रनाट्य होता है फिल्म का ढाँचा। दृश्यों (इमेज) और ध्वनि के द्वारा पर्दे पर जो कुछ व्यक्त होगा, वह होता है उसका लिखित संकेत। इस ढाँचे के आधार पर फिल्म के अभिनेतागण संचालक के निर्देशानुसार समवेत रूप में काम करके इस फिल्म को साकार, सजीव कर देते हैं। इसीलिए चित्रनाट्य अवहेलना की वस्तु नहीं है। इसमें अगर कोई त्रुटि बनी रहे, तो फिल्म के अंग-सौष्ठव में उसका झलक उठना अनिवार्य है, फिर उसका निर्देशन चाहे कितना सुन्दर क्यों न हो। इसके अलावा, चित्रनाट्य के अच्छे होने पर भी निश्चिन्त नहीं रहा जा सकता क्योंकि निर्देशन की दुर्बलता की वजह से पटकथा नष्ट हो सकती है।

पटकथा-लेखन के अलावा फिल्म के अन्य सब कामों में यंत्रों का प्रयोग अपरिहार्य है। चलचित्र एकान्तिक रूप से यंत्र-युग की भाषा है। अगर कैमरा नामक यंत्र का आविष्कार न होता, तो इस भाषा की सृष्टि न होती, यह निःसन्देह कहा जा सकता है और फिल्म की भाषा के साथ ध्वनि की भाषा का जो संयोग सवाक युग में सम्भव हुआ, वह भी ध्वनि-यंत्र (साउंड रिकॉर्डिंग मशीन) के आविष्कार के कारण।

शूटिंग में कैमरे और साउंड रिकॉर्डिंग मशीन की सहायता से चित्रों और

आवाज की जो फिल्म खींची जाती है, उसे पूरी तरह से तैयार (डिवेलपिंग एंड प्रिटिंग) करने के लिए लैबोरेटरी के सभी यंत्रों की सहायता लेनी पड़ती है। उसके बाद दृश्यों और आवाजों के इन टुकड़ों को मोवीओला नामक मशीन पर बार-बार चलाकर देखा जाता है। उनमें से खराब अंशों को कैंची से काटकर अच्छे अंशों को फिल्म सीमेंट से जोड़ने का दायित्व सम्पादक (एडिटर) का होता है। सबसे अन्त में पार्श्व-संगीत (बैक-ग्राउंड म्यूजिक) दिया जाता है। वाद्य-यंत्रों को साउंड रिकॉर्डिंग मशीन पर रिकॉर्ड कर उसको री-रिकॉर्डिंग (पुन: ध्वनि अंकन) करने वाले यंत्र पर अन्यान्य ध्वनियों, संवादों आदि के साथ संगीत का सन्तुलन रखते हुए मिश्रित कर देने के जटिल अध्याय को पूरा करने के बाद मशीन के हाथ से फिल्म को मुक्ति मिल जाती है।

कहना न होगा कि इन सब यंत्रों के पीछे जो व्यक्ति रहते हैं, वे भी अगर यंत्रवत काम करें, उनमें यदि कला-बोध और कला-विवेक न हो, तो वे भी एक लम्बी फिल्म के मार्ग में एक बाधा बन कर खड़े हो जाते हैं।

जो व्यक्ति फिल्म देखते हैं—अथवा ऐसा कौन है जो फिल्म न देखता हो?—वे लोग यह लक्षित कर रहे होंगे कि फिल्म के अधिकांश दृश्यों को एक ही दृष्टिकोण से न दिखाकर तोड़-तोड़ कर विभिन्न अंशों को विभिन्न दृष्टिकोणों से दिखाया जाता है। इन खंडों को शॉट कहा जाता है और इस तरह से खंड-खंड कर दिखाने का ढंग चलचित्रों का अपना निजी ढंग है। इसके पहले किसी भी कला में इसकी जरूरत नहीं थी। न तो यह खामख्याली से भरा ढंग है और न ही इसका एकमात्र उद्देश्य वैचित्र्य लाना है। इसका एक कलागत उद्देश्य है, इसकी एक भाषागत सार्थकता है।

एक पटकथा के एक विशेष अंश को उद्धृत कर उसके शॉटों—खंड-खंड दृश्यों—का विश्लेषण करके इस रीति के उद्देश्य और सार्थकता को कुछ समझाया जा सकता है। उसके साथ-साथ चलचित्र की अन्यान्य

छोटी-बड़ी समस्याओं का भी कुछ संकेत दिया जा सकता है। यह कहने की बात नहीं है कि इस उदाहरण से ऐसे किसी तत्त्व का सन्धान न मिल सकेगा, जिसका व्यापक प्रयोग किया जा सके। अन्यान्य कलाओं की तरह चलचित्र की भी कोई अचूक, अमोघ थ्योरी या फॉर्मूला नहीं है। कहानी और निर्देशक के व्यक्तित्व के अनुसार चलचित्र का ढंग बदलता रहता है। फिर, एक ही कहानी का एक ही दृश्य विभिन्न निर्देशकों के भाषाई प्रयोग के बदलाव से विभिन्न रूप ग्रहण करेगा, यह भी है।

उदाहरणस्वरूप, 'पथेर पांचाली' फिल्म का एक दृश्य-क्रम लेकर इस विषय की विवेचना की जा सकती है। उपन्यास में विभूतिभूषण ने इस दृश्य का चित्रण इस प्रकार किया है —

"अपने देस के स्टेशन पर उतर कर, तीसरे पहर पैदल चलते-चलते वह अपने गाँव आ पहुँचा। रास्ते में एक तो किसी जान-पहचान के व्यक्ति से कोई खास भेंट ही नहीं हुई, और अगर किसी से हुई भी, तो भी वह तेजी से चलता हुआ, उद्विग्न-चित्त, बिना किसी की तरफ ध्यान दिए, सीधा अपने घर की ओर चलता रहा। दरवाजे में घुसते-घुसते उसने मन-ही-मन कहा—आह, देखो, यह कांड तो देखो, बाँस का झाड़ बिलकुल चारदीवारी पर ही झुका पड़ा है। भुवन काका ने इसे कटवाया भी नहीं है, अच्छी मुश्किल हो गई है।...बाद में घर के सहन में आकर पुराने अभ्यास के अनुसार बड़े आग्रह से उसने पुकारा—अरी बेटी दुग्गा (दुर्गा)...ओ ... ओ...अपू ऊ ऊ ऊ !

उसकी आवाज सुन कर सर्वजया कमरे से बाहर निकल आई। हरिहर हँसकर बोला—घर के सभी लोग कुशल से तो हैं? ये सब बच्चे आखिर कहाँ चले गए? लगता है घर में नहीं हैं?

सर्वजया ने बड़े शान्त भाव से आकर पहले पति के हाथ से भारी पोटली ले ली, फिर बोली—आओ, पहले कमरे में चलो। स्त्री का अभूतपूर्व शान्त भाव देखकर हरिहर के मन में कोई खटका नहीं हुआ। उसकी

कल्पना की धारा उस वक्त बड़े वेग से दूसरी तरफ दौड़ी जा रही थी... अभी-अभी दोनों बच्चे दौड़े आएँगे...दुर्गा आकर कहेगी—क्या है इस पोटली में बाबा? बस, वैसे ही हरिहर झटपट पोटली खोल कर बेटी के लिए लाए कपड़े, आलता का पत्ता और 'सचित्र चंडी माहात्म्य' अथवा 'कालकेतु का उपाख्यान' और टिन की रेलगाड़ी दिखाकर भौंचक्का कर देगा। उसने कमरे में घुसते-घुसते कहा—इस बार मैं बेल, कटहल से बना चकला-बेलना लाया हूँ। बाद में कुछ निराशा-भरे सतृष्ण नेत्रों से चारों तरफ देखकर बोला—लगता है अपू-दुग्गा ये सभी कहीं निकल गए हैं...

"सर्वजया फिर अपने को किसी भी तरह सँभाल न सकी। उच्छ्वसित सुर में दहाड़ मारकर रोने लगी। ओ माँ, क्या दुग्गा अब और है यहाँ...बेटी तो हम लोगों को धोखा देकर चली गई...अब तक तुम कहाँ थे?"

'पथेर पांचाली' की पटकथा में उपर्युक्त घटना इस क्रम से विन्यस्त की गई थी—

1. बादलों-भरा दिन। कच्चा रास्ता।

लॉन्ग शॉट (दूर से) : अपू गहरे रंग की चादर ओढ़े, किरोसिन की खाली बोतल हाथ में लिए, रास्ते पर चलता हुआ दूर चला जाता है।

(पार्श्व-संगीत चलता रहता है)

2. बादलों-भरा दिन। इन्दिर दादी का चबूतरा।

क्लोज अप (पास से) : चूल्हे पर रखी हँड़िया में भात पक रहा है। उबाल आने पर उसका फेन उफन कर बाहर निकला पड़ रहा है। हँड़िया का ढक्कन उठ-गिर रहा है। टिल्ट अप (कैमरा ऊपर को उठता है) सर्वजया का चेहरा उद्भासित हो उठता है। दाहिनी हथेली पर अपनी ठुड्डी टिकाये वह घुटना मोड़े बैठी हुई है। दृष्टि उदास और निष्पलक है।

(पार्श्व-संगीत चल रहा है)

3. बादलों-भरा दिन। सर्वजया के घर का सहन।

मीडियम शॉट (मध्य दूरी से) : सहन के दरवाजे से एक 10-12 वर्ष की लड़की (विनी) घुसती है। उसके हाथ में सब्जी की डलिया है।

वह सर्वजया के चबूतरे की बगल में आकर खड़ी हो जाती है।

(सर्वजया दिखाई नहीं पड़ रही है।)

विनी : नई काकी माँ!

(पार्श्व-संगीत चल रहा है)

4. बादलों-भरा दिन । दृष्टिकोण : सहन से इन्दिर के चबूतरे की तरफ।

मीडियम शॉट : विनी दाहिनी तरफ फोर ग्राउंड (सामने की भूमि) में। पीठ कैमरे की तरफ। सर्वजया बाईं ओर दूर विनी की तरफ पीठ किए हुए उसी तरह बैठी हुई है।

विनी : नई काकी माँ!

सर्वजया चुप रहती है।

विनी : माँ ने यह सब्जी भेजी है। यहाँ, यहीं इसे रख देती हूँ।

विनी हाथ से सब्जी की डलिया चबूतरे पर उतार कर रख देती है।

(पार्श्व-संगीत चल रहा है)

5. बादलों भरा दिन।

क्लोज शॉट (पास से) : विनी डलिया को रख कर, सर्वजया की ओर ताकते-ताकते, दरवाजे की तरफ पीछे हटती जाती है।

(पार्श्व-संगीत मन्द पड़ता जाता है)

डिजॉल्व टू : ऊपर का दृश्य विलीन हो जाता है।

6. बादलों-भरा दिन। हरिहर के घर के पिछवाड़े बाँस-वन।

लॉन्ग टॉप शॉट (दूर और ऊँचाई से) : हरिहर दूर से आता दिखाई देता है।

हरिहर : अपू!

7. बादलों-भरा दिन। इन्दिर का चबूतरा।

क्लोज अप : हरिहर की आवाज सुनकर सर्वजया की प्रतिक्रिया—गाल हाथ से थोड़ा हट जाने से शंख की चूड़ी अलग होकर थोड़ा नीचे की तरफ आ गई है।

8. बादलों-भरा दिन। हरिहर के घर की दक्षिण की ओर की चारदीवारी के पास।

मीडियम शॉट : हरिहर आते ही ठमककर खड़ा हो जाता है। आम की एक डाल ने टूटकर चारदीवारी पर गिरकर उसके थोड़े-से हिस्से को दहा दिया है।

हरिहर (स्वगत) : इस्स, और कुछ दिन धीरज न रखा गया?

हरिहर डाल को उठाए हुए आगे आता जाता है, कैमरा साथ-साथ पैन करता है।

हरिहर आगे आकर घर की तरफ मुँह करके खड़े-खड़े अपने भग्न कोठे की तरफ देखता रहता है। उसके बाद सहन के दरवाजे की ओर फिल्म की सीमा से बाहर चला जाता है। कैमरा फिर उसे पैन नहीं करता।...फूटी चारदीवारी के पीछे फूटी गोशाला में पशु जुगाली कर रहे हैं। उसके पीछे हरिहर का चबूतरा है।

(नेपथ्य में हरिहर का दरवाजा खुलने और किसी के घुसने का शब्द)

कुछ पल बाद हरिहर लॉन्ग शॉट में—दूर से—अपने चबूतरे पर पहुँचते हुए दिखाई देता है।

वह बड़ी उद्विग्नता से इधर-उधर ताकता है।

हरिह (उद्विग्न स्वर में) : खोका! दुर्गा!

सर्वजया हरिहर की बगल से जाकर सीढ़ियों से होकर चबूतरे पर चढ़ती है।

हरिहर : ओह...तुम हो।

सर्वजया : आओ...

हरिहर जीने से ऊपर चढ़ना शुरू करता है।

9. बादलों-भरा दिन। हरिहर का चबूतरा

मीडियम शॉट (मध्यम दूरी से) : हरिहर ने सीढ़ियों से ऊपर जाकर हाथ से लोहे की चदरे की पेटी और पोटली को चबूतरे के फर्श पर रख दिया है। उसके बाद वह अपनी हथेलियाँ रगड़ कर धोती के छोर से अपना पसीना पोंछता है।

हरिहर : कैसी हो?

सर्वजया लोटे से हरिहर के पैर धोने के लिए झारी में जल डालती है, उसके बाद कमरे से एक-एक कर खड़ाऊँ, पटा और गमछा लाकर झारी के पास रख देती है।

हरिहर : लगता है ये सब कहीं बाहर निकल गए हैं?

सर्वजया कुछ भी कहे बिना, सीढ़ियों की तरफ बढ़ती है। हरिहर उसके कन्धे पर हाथ रखकर उसे रोक लेता है।

हरिहर : अरे, तुम कहाँ चलीं? मैं जो चीजें लाया हूँ, जरा एक बार देखो तो?

सर्वजया रुक जाती है। हरिहर उकड़ूँ बैठकर पोटली की गाँठ खोलना शुरू कर देता है।

10. बादलों-भरा दिन। हरिहर का चबूतरा।

मीडियम क्लोज शॉट (मध्यम दूरी से पास का फिल्मांकन) : सर्वजया सामने, कैमरे की तरफ फिर कर, खड़ी हुई है। उसके पीछे हरिहर चबूतरे पर बैठा-बैठा पोटली खोल रहा है।

हरिहर : अगर मैं पहले आ पाता तो क्या आता नहीं?...अरे बाबा क्या मैं कम भटका हूँ?...अन्त में विष्णुपुर पहुँच कर मेरे भाग्य खुल गए...इसीलिए, ये देखो, चड़क के मेले से लक्ष्मी का पट लाने को तुमने कहा था? कैसे काँच में मढ़वा कर लाया हूँ और ये कटहल की लकड़ी से बनीं चीजें...

चकला-बेलन रख कर हरिहर डोरिया की एक साड़ी सर्वजया की तरफ बढ़ा देता है।

हरिहर : और यह देखो...

11. बादलों-भरा दिन।

क्लोज अप : ...दुर्गा के लिए डोरिया की साड़ी।

हरिहर (नेपथ्य में) : दुर्गा के लिए कैसी रहेगी...

सर्वजया के हाथ साड़ी को चपेट लेते हैं। साड़ी समेत हाथ ऊपर की ओर उठते हैं, कैमरा इसके साथ-साथ ऊपर उठता जाता है।

सर्वजया का चेहरा रुलाई के आवेग में विकृत हो जाता है। वह दाँतों से साड़ी को भींचते हुए रोती-रोती बैठ जाती है।

(रोने की आवाज के बदले सितार और शहनाई का तार-सप्तक पर संगीत)

12. बादलों-भरा दिन।

मीडियम क्लोज शॉट, शॉट नं.-10 का ही कोण। (शॉट 10 वाले कोण से मध्यम दूरी से पास का फिल्मांकन)—सर्वजया रोती हुई बैठ जाती है। हरिहर तीव्र उद्वेग के साथ सर्वजया की ओर झुक पड़ता है।

सर्वजया फर्श पर लुढ़क पड़ती है।

(सितार-शहनाई का पार्श्व-संगीत)

13. बादलों-भरा दिन।

क्लोज शॉट : सर्वजया रोते-रोते फर्श पर लेट जाती है। हरिहर उसके कन्धों को झकझोरता हुआ उसे हिलाता है।

भाव यह है : बताओ क्या हुआ? क्या हुआ?

सर्वजया इनकार में सर हिलाती हुई कहती है—दुर्गा नहीं है। कैमरा ट्रैक फॉरवर्ड (कैमरा आगे बढ़ता हुआ हरिहर के चेहरे की तरफ आता है।)

हरिहर समझ जाता है। वह मानो हक्का-बक्का होकर उठने की चेष्टा करता है...बाद में धप्प से बैठ जाता है और रुलाई के वेग से गिरने लगता है। कैमरा ट्रैक बैक करता है (कैमरा पीछे हटकर पहली जगह पर आ जाता है।)

हरिहर आर्तनाद कर उठता है...

हरिहर : दुग्गा! दुग्गा! बिटिया।

(सितार-शहनाई का संगीत)

14. हरिहर के कच्चे घर के पिछवाड़े का सरोवर।

मीडियम शॉट : अपू तेल से भरी बोतल हाथ में लिए खड़ा है।

हरिहर (नेपथ्य में) : दुग्गा बेटी!

अपू उसी जगह स्थिर खड़ा रहता है...कैसा तो असहाय है, किंकर्तव्यविमूढ़ जैसा भाव है। कैमरा जल्दी ट्रैक फॉरवर्ड करता है (कैमरा तेजी से अपू के चेहरे की तरफ जाता है।)

यह दृश्य फेड आउट (धूमिल) हो जाता है।

(सितार-शहनाई का संगीत धीरे-धीरे मन्द हो जाता है)

अपू के पाठशाला जाने के दिन से प्रारम्भ कर दुर्गा की मृत्यु तक, एक वर्ष के समय की कल्पना करके पटकथा की घटनाओं को ऋतु के अनुसार विभाजित किया गया था। चैत की पहली वर्षा में भीग जाने से दुर्गा बीमार हो गई। उस समय से हरिहर के वापस आने के दिन तक की सभी घटनाओं का फिल्मांकन मेघों से घिरे दिन में किया गया था। ऐसा नहीं है कि वर्षा के बीच-बीच में धूप नहीं होती, लेकिन उपन्यास के इस भाग में निरन्तर जो विषाद-भरा, बोझिल मूड है, मनोभाव और माहौल है, फिल्म के आलोक में उसका प्रतिबिम्बन मेघाच्छन्न दिन में फिल्मांकन के बिना सम्भव नहीं

था। फिल्म में समय की दृष्टि से घटनाओं की लम्बाई पाँच मिनट की है।

तीन दिन की शूटिंग में इस दृश्य का फिल्मांकन हुआ था। हर शॉट लगभग दो या तीन बार लिया गया था। यह चलचित्र-निर्माण का स्वाभाविक नियम है।

अब इन शॉटों यानी फिल्मांकित दृश्यों को सूक्ष्म दृष्टि से देखा जाए। लॉन्ग शॉट (लम्बी दूरी से फिल्मांकन) : दृश्यवस्तु से कैमरे की दूरी के अनुसार फिल्माये जाने वाले दृश्यों के विभिन्न नाम प्रचलित हैं। मनुष्य की ठोड़ी से सर तक अथवा और भी कम भाग को फिल्म में दिखाना हो तो उसे बिग क्लोज अप अर्थात काफी नजदीक से फिल्माया गया शॉट कहते हैं। सर से कमर तक के भाग को क्लोज अप (नजदीक से फिल्माया गया दृश्य) कहा जाता है और पैर तक भाग दिखाना हो तो उसे मीडियम शॉट (मध्यम दूरी से फिल्माया गया दृश्य) कहते हैं। इसके बाद मीडियम लॉन्ग शॉट और लॉन्ग शॉट (मध्यम दूरी से और दूरी से लिया गया दृश्य) कहा जाता है।

1. इस दृश्य में अपू का अकेलापन और असहाय भाव प्रकट करने के लिए खुले मैदान के परिवेश में यह लॉन्ग शॉट लिया गया है। ठीक इसी मैदानी राह से एक वर्ष पहले अपू को दुर्गा का हाथ पकड़े, पाठशाला जाते हुए दिखाया गया था। इसलिए दुर्गा का अभाव दर्शकों के सामने और भी प्रकट हो उठता है।

2. इसके पहले के शॉट और इस शॉट के बीच समय का व्यवधान समझाने के लिए डिजॉल्व (विलीनीकरण) पद्धति का प्रयोग किया गया है। डिजॉल्व में एक चित्र धीरे-धीरे गायब हो जाता है और दूसरा चित्र उसकी जगह उभरता है। इस पद्धति से न चलकर सीधे-सीधे शॉट से शॉट में जाया जाए तो उसे 'कट' कहते हैं। 'कट' की अपेक्षा डिजॉल्व पद्धति से किया गया परिवर्तन सहज ही थोड़ा लम्बा होता है।

हँड़िया के ढक्कन का उठना-गिरना, सर्वजया की आँखों की उदास दृष्टि, अगर इन चीजों को पास से न दिखाया जाए, तो इन्हें समझाना सम्भव न होगा, यह सोच कर यहाँ क्लोज अप का व्यवहार किया गया था। इसके अलावा इसके पहले के शॉट के खुले मैदानी दृश्य के फैलाव के बाद क्लोज अप के इस संकुचन ने एक ही करुण सुर से छन्द में वैचित्र्य लाने में सहायता की थी।

कैमरे की दृष्टि को ऊपर-नीचे अथवा अगल-बगल घुमाने का इन्तजाम रहता है। पहले को टिल्टिंग और दूसरे को पैनिंग कहा जाता है। इस शॉट में ढक्कन से दबे खौलते भात को सर्वजया के शोक-दग्ध रुद्ध-मन की एक सहज उपमा देने का अवसर मिल गया था।

3. विनी को इस दृश्य में लाने का मुख्य कारण यह था कि सर्वजया के दुर्दिनों में उसके पड़ोसी लोग उसकी सहायता कर रहे थे, यह तथ्य दर्शकों को पता चल सके।

विनी को हम पहले देखते हैं मीडियम शॉट में। उसके बाद जब वह चलती हुई आगे बढ़ आती है, बढ़ती हुई चबूतरे की बगल में आकर खड़ी हो जाती है, तब वह लगभग क्लोज अप की हालत में है। विनी सर्वजया को बुलाती है, पर उसे कोई उत्तर नहीं मिलता। सर्वजया की प्रतिक्रिया क्या है, हम यह भी नहीं जान पाते क्योंकि इस दृश्य में सर्वजया दिखाई नहीं दे रही है। उसके साथ विनी की दूरी कितनी है, इसे अवगत कराने का भी कोई उपाय नहीं है।

इन दो बातों के सम्बन्ध में कुतूहल निवारण के लिए इसके बाद का शॉट लिया गया है।

4. इस शॉट में सर्वजया और विनी को एक साथ (टू शॉट) देख पाने के सबब से उनका आपसी सम्बन्ध समझ में आ गया। दोनों लोगों के

बीच पर्याप्त दूरी है, फिर भी दोनों लोगों को एक साथ दिखाया जाना है। इस कारण से इसे मीडियम लॉन्ग शॉट में फिल्माने की जरूरत हुई। विनी के बुलाने पर सर्वजया निरुत्तर रहती है, जिससे उसके शोक की गम्भीरता व्यक्त होती है।

इस शॉट में विनी का चेहरा नहीं दिखाई दे रहा है। लेकिन हम लोगों को यह जानने की उत्सुकता होती है कि सर्वजया के इस अस्वाभाविक व्यवहार से विनी के चेहरे का भाव कैसा हो गया है अर्थात कैमरे के दृष्टिकोण को परिवर्तित करके अब उसे विनी के चेहरे की तरफ लाना पड़ेगा। एक शॉट से दूसरे शॉट में जाने के पल को भी बड़ी सावधानी से चुनना होगा।

5. हम लोगों ने शॉट परिवर्तन किया, विनी के डलिया रखने के बीच की दशा में। इसमें रखने की पहली अवस्था हम देखते हैं एक शॉट में, और बाकी अवस्था बाद के शॉट में। शूटिंग करते समय जरूर दोनों शॉट में डलिया रखने के एक्शन (क्रिया) को पूरा कर लिया गया था। सम्पादक ने बाद में बढ़े हुए भाग को काट कर अलग कर दिया था।

इस तरह दिखाने के कारण सुविधा यह हो गई कि डलिया नीचे उतार कर रखने की तरफ दृष्टि रहने के कारण कैमरे का दृष्टिकोण कब बदल गया, दर्शक इसका ख्याल ही नहीं करते हैं।

निर्देशक को यह ध्यान रखना पड़ता है कि चलचित्र के यंत्रों की कारगुजारी की भनक दर्शकों को न लगे। सम्पादक की निपुणता इस कारगुजारी को छिपाए रखने में बड़ी सहायता करती है।

विनी की आँखों की चितवन और उसके पीछे हटने की भंगिमा देखकर हम लोग समझ जाते हैं कि वह भौंचक्की रह गई है, शायद थोड़ा

डर भी गई है।

6. इसके पहले के शॉट और इस शॉट के मध्य एक और डिजॉल्व है। इस डिजॉल्व से यह सूचित होता है कि विनी के चले जाने के कुछ समय बाद हरिहर चला आ रहा है। हरिहर आते ही दुर्गा के मरने की खबर पाएगा—इस नाटकीय क्षण के लिए स्वभावत: ही दर्शकगण बड़ी उत्सुकता से प्रतीक्षा करते हैं। हरिहर आ रहा है, दर्शकों को यह खबर देकर और दुर्गा की मृत्यु की सूचना वाले संवाद के चरम क्षण को विलम्बित रखकर नाट्य-रस को प्रगाढ़ करने का सुअवसर यहाँ उपस्थित है।

सोलह फुट ऊँचे बाँस के मचान के ऊपर से लॉन्ग शॉट में पहले यह दिखाया गया कि हरिहर दूर से बाँस-वन की राह से घर की तरफ चला आ रहा है। पार्श्व से गीत रुक जाने के कारण एक ठहराव का भाव आप ही आप किसी हद तक आ ही जाता है। कोई आवाज नहीं है, मानो समूची प्रकृति श्वास रोक कर चरम त्रासद क्षण की प्रतीक्षा कर रही है।

इस नि:शब्दता के बीच सहसा दूर से बच्चों का नाम लेकर हरिहर का स्नेहपूर्वक बुलाना। सर्वजया क्या वह पुकार सुन रही है?

7. हाँ, सुन रही है। यहाँ पर उसकी प्रतिक्रिया कैसे व्यक्त होगी? सीमा तोड़ कर कुछ बढ़-चढ़ कर होना तो असम्भव है, कारण रोने का बाँध इतनी आसानी से तो टूट नहीं सकता। इसी कारण मामूली हलचल और इसी कारण क्लोज अप की जरूरत है। सफेद शंख की चूड़ी हाथ से गाल के साथ दबी थी। जरा हाथ हिलाते ही शंख की चूड़ी वहाँ से हटकर इंच भर नीचे उतर आती है। इतना भर काफी है क्योंकि इसके पहले दीर्घ समय तक हमने इसे अचल अवस्था में देखा है। शंख की चूड़ी का यह हिलना मानो उसके हृदय का डोलना है। अब तक आखिर हरिहर कहाँ है?

8. वह अपने घर की चारदीवारी के किनारे है। चारदीवारी की हालत देख कर वह एक शिकायत-भरी स्वगतोक्ति करता है...जितनी स्वाभाविक

है, उतनी ही। (उपन्यास में कुछ अधिक है)। नाट्य-रस और भी गाढ़ा हो जाता है। हरिहर समझ रहा है उसकी कोठरी का भग्न हो जाना ही उसकी चरम त्रासदी है।

इस नाट्य-क्षण को विलम्बित करने के लिए शॉट को लगभग डेढ़ मिनट तक का रखा गया था। इस दृश्य में कोई घटना नहीं थी...सिर्फ जानवरों का जुगाली करना।...जैसे यह तूफान के पहले की अवस्था हो।

शॉट के प्रारम्भ में हरिहर मीडियम शॉट में है, शॉट के अन्त में वह चलते-चलते लॉन्ग शॉट में चला जाता है।

वह उस समय सीढ़ियों से होकर चबूतरे पर चढ़ रहा है। उसके इस चबूतरे पर चढ़ने के बीच की हालत में हम लोगों ने शॉट-परिवर्तन कर दिया।

9. अब हम लोग एकदम चबूतरे पर आ गए। जीने की दो सीढ़ियाँ एक शॉट में और शेष दो सीढ़ियाँ बाद के शॉट में फिल्माते समय चढ़ने के कोण में जो परिवर्तन किया गया, उसे दर्शकों की आँखें पकड़ नहीं पाईं। इस शॉट में हरिहर के इधर-उधर के प्रश्न और सर्वजया के लम्बे समय तक चलने वाले क्रिया-कलाप—पानी उड़ेलना, पटा लाना, गमछा लाना, खड़ाऊँ लाना, इत्यादि - दर्शकों को अधीर बना देते हैं। वे सोचते हैं कब, कैसे हरिहर इस आघात पहुँचाने वाले संवाद को जान पाएगा?

10. हरिहर के पोटली खोलने की शुरुआत से ही शॉट में बदलाव। इस बार हम लोग सर्वजया का चेहरा सामने से देखने लगते हैं। लेकिन क्लोज अप का वक्त अभी नहीं आया है।

हरिहर दुर्गा के लिए लाई साड़ी सबसे पहले नहीं दिखाता। दो चीजें दिखाने के बाद साड़ी की बारी आती है।

11. अब साड़ी। यही तो क्लोज अप का वक्त है। हरिहर दुर्गा के लिए साड़ी लाया है और दुर्गा अब है नहीं। हरिहर को इसका पता नहीं है।

वह अम्लान वदन उस साड़ी को सर्वजया की तरफ बढ़ा देता है। अब तक जो सहन-शक्ति सर्वजया को टूटने नहीं दे रही थी, उसे क्या अब भी बनाए रखना सम्भव है?

रोने की आवाज में कैसी तो एक वीभत्सता रहती है, उससे बचने के उद्देश्य से इस दृश्य में रोने के सहज शब्द के बदले सितार और शहनाई के तार-सप्तक पर दीपक राग में एक करुण ध्वनि बजाई गई थी। वह मानो रोने में ही शामिल थी। मुझे विश्वास है, इससे करुण रस और घनीभूत हो गया था।

12. इस शॉट में संगीत के अलावा और कोई ध्वनि नहीं रखी गई थी।

13. हरिहर जिस क्षण दुर्गा की मृत्यु से अवगत होता है, उस क्षण पर जोर देने के लिए इस दृश्य में कैमरे को उसके चेहरे की तरफ ले जाया गया था। हरिहर के भी फूट-फूट कर रोने के साथ ही यह दृश्य लगभग खत्म हो जाता है। लेकिन दृश्य का अन्त यहाँ न कर और एक अतिरिक्त शॉट यहाँ दिया गया।

14. अपू से इस दृश्य की शुरुआत होती है और अपू से ही अन्त।

यद्यपि यह शॉट अन्य शॉटों के बहुत बाद में फिल्माया गया था, भावों की दृष्टि से एकात्म होने और हरिहर का आर्तनाद अपू के शॉट के ऊपर आ पड़ने से यह अनायास ही इसके पहले के शॉट के साथ स्वाभाविक रूप से जुड़ गया था।

इस शॉट के अन्त में फेड आउट का अर्थ था, इस प्रसंग की समाप्ति। चित्र और शब्द (इस जगह पार्श्व-संगीत) धीरे-धीरे विलीन हो जाता है और कुछ क्षण अँधेरा बने रहने के बाद फिर एक नया चित्र, एक नया प्रसंग शुरू हो जाता है।

चलचित्र, वार्षिकी; 1959

ब्योरों के सम्बन्ध में दो-चार बातें

अमूर्त अथवा ऐब्स्ट्रैक्ट कला के अलावा सभी कलाओं में विषय-वस्तु का प्रयोग होता है। संगीत और चित्रकला में जो अमूर्त रूप सम्भव है, वह साहित्य और चलचित्र में सम्भव है या नहीं, या अगर सम्भव हो तो वह उच्च स्तर की कला हो सकती है या नहीं इस विषय में सन्देह है।

मैं जिस डिटेल अर्थात ब्योरे की बात कहना चाहता हूँ, अमूर्त कला में उसका स्थान नहीं है। विषय-वस्तु को प्रकट अथवा समृद्ध करना ही ब्योरों का उद्देश्य है। स्थान, काल, पात्र, घटना, मन के भाव, सब कुछ के वर्णन में ब्योरों की जरूरत पड़ती है और कलाकार की अनुभूति पर ही इसके प्रयोग की सार्थकता निर्भर करती है।

कलाकार का आँख से देखना या कान से सुनना या मन से अनुभव करना सामान्य लोगों की अपेक्षा निःसन्देह सूक्ष्म और सघन होगा। अगर ऐसा न हो तो वह कलाकार ही क्योंकर होगा? कलाकार की यह इन्द्रिय-ग्राह्य सूक्ष्म अनुभूति इन्हीं ब्योरों के माध्यम से अभिव्यक्त होती है और इनके सार्थक प्रयोग से ही विषय-वस्तु को रंग और रेखाएँ भरकर निखारा जाता है।

हमारे देश में अधिकांश फिल्मों में ब्योरों का दैन्य लक्ष्य करके दु:ख होता है। कारण यह कि भारतीय कला-साहित्य में विस्तृत ब्योरों को जो महत्त्व दिया गया है, विश्व-साहित्य में उसकी तुलना बहुत कम है। सिनेमा-पूर्व युग के कला-साहित्य की बात ही मैं और बलपूर्वक कह रहा हूँ।

चलचित्र को एकान्त रूप से बीसवीं शताब्दी का कला-रूप कहने पर भी उसकी रचना-रीति आंशिक रूप से प्राचीन शिल्प-साहित्य में अन्तर्निहित है, इस विषय में कोई सन्देह नहीं है।

यहाँ पर चलचित्रोपयोगी डिटेल कहने से मेरा क्या आशय है, इसे स्पष्ट करने की जरूरत है। हमारे प्राचीन साहित्य में उपमा के प्राचुर्य की बात सभी जानते हैं। यह उपमा नामक वस्तु एकदम साहित्य की चीज है। कालिदास से एक उदाहरण दे रहा हूँ। 'रघुवंश' में अज और इन्दुमती के विवाह का वर्णन है। स्वयंवर-सभा में इन्दुमती ने अज के गले में माला पहना दी। कालिदास कह रहे हैं...

> तब उस स्वयंवर-सभा में एक ओर आनन्द से विकसित वरपक्षीय व्यक्तिगण, दूसरी तरफ भग्न-मनोरथ नृपति मंडली अवस्थित है। ऐसा प्रतीत होता है, मानो प्रात:काल सरोवर के एक ओर विकसित पद्म-कानन हो और दूसरी तरफ मुरझाया कुमुद-वन विद्यमान हो।

यह तो हुई काव्य की उपमा। चलचित्र में इस तरह का प्रयोग स्वाभाविक नहीं होगा। लेकिन इस घटना के ठीक बाद कालिदास विवाह की शोभा-यात्रा का ब्योरा दे रहे हैं और एक-के-बाद-एक चौंकाने वाले, हालाँकि अत्यन्त स्वाभाविक, बिम्बधर्मी ब्योरों की सहायता से इस घटना को प्राणवन्त कर देते हैं। नगरवासियों के मन में इस शोभा-यात्रा ने कैसी चंचलता का संचार कर दिया था, इसी को हृदयंगम कराना कालिदास का उद्देश्य था—

> कोई रमणी द्रुत गति से गवाक्ष के पास पहुँच गई थी, इस हड़बड़ाहट में उसका कबरी बन्धन खुल गया और उससे स्खलित होकर पुष्पमाला नीचे गिर गई, वह हाथ से उसे पकड़े रही, उसे पुन: वेणी में लपेटकर बाँधना होगा, यह विचार उसके मन में आया ही नहीं। प्रसाधन करने वाली अपने हाथ से किसी रमणी के पैरों में आलता लगा रही थी,

वह उन्हीं गीले पैरों से शोभा-यात्रा के आकर्षण से अपनी विलास गति को विसर्जित कर गवाक्ष के पास पहुँच गई, गवाक्ष तक पूरा मार्ग लाक्षारंजित चरण-चिह्नों से रँग गया। किसी रमणी की दाईं आँख में काजल लग चुका था, बाईं आँख काजलरहित थी। वह उसी हालत में कज्जल-शलाका लिए गवाक्ष के निकट जा पहुँची। किसी रमणी के आधी गूँथी गई स्वर्ण-माला के साथ त्वरित वेग से उठ कर चलने के कारण पग-पग पर स्वर्णमाला से सारी मणियाँ नीचे गिरने लगीं, अन्त में उसके अंगुष्ठ मूल में सिर्फ धागा बचा रह गया...

इत्यादि।

रामायण-महाभारत आदि महाकाव्यों के विपुल आकार का एक प्रमुख कारण है—उनमें ब्योरेवार वर्णनों का प्राचुर्य। विशेष रूप से महाभारत को चलचित्रों के लिए सुलभ वर्णनों की स्वर्ण-खदान कहा जा सकता है। कुरुक्षेत्र में युद्ध के अन्त में गान्धारी अपने दिव्य नेत्रों से रण-भूमि की अवस्था देखकर कृष्ण के सामने उसका वर्णन सुना रही है—

देखो, ग्यारह अक्षौहिणी सेना का स्वामी दुर्योधन अपनी गदा से लिपटा रक्त से लथपथ देह लिए लेटा हुआ है। मेरे पुत्र की मृत्यु की प्रतीक्षा से भी कष्टकर प्रसंग यह है कि स्त्रियाँ अपने मृत पतियों का दाह-संस्कार कर रही हैं। लक्ष्मण-जननी दुर्योधन की पत्नी अपना माथा पीटती हुई पति के वक्षस्थल पर गिर पड़ी है। मेरी पति-पुत्रहीन पुत्र-वधुएँ बाल बिखेरे हुए रण-भूमि में इधर-उधर दौड़ती भटक रही हैं। मुंडहीन देह अथवा देहहीन मुंड देखकर कई तो मूर्छित होकर गिर पड़ी हैं। वह देखो—मेरे पुत्र विकर्ण की तरुणी पत्नी मांसलोभी गिद्धों को भगाने की चेष्टा कर रही है, लेकिन उन्हें भगा नहीं पा रही है।...

भारतीय चित्रकला में भी वर्णनात्मकता की यह परम्परा बहुत दिनों

तक अक्षुण्ण थी। बाघ, अजन्ता की गुफाओं में इसके उदाहरण मिलते हैं। मुगल-राजपूत मिनियेचर व्यक्ति-चित्रों में भी इसके नमूने विद्यमान हैं। नैचुरलिज्म (प्रकृतिवाद) के पथ पर गए बिना भी मनुष्य और प्रकृति के साहचर्य भाव को ब्योरों की सहायता से कैसे प्रकट किया जा सकता है, उसके चमत्कृत करने वाले दृष्टान्त इन सब चित्रों में विद्यमान हैं। आकाश के ऊपर मात्र पाँच-सात समानान्तर नीचे जाती हुई बूँदों की लाइनें खींच कर लघुचित्रकार हमें वर्षा का एहसास करा देते हैं। नायिका की ओढ़नी की उड़ने वाली भंगिमा से वे आँधी का बोध करा देते हैं। प्रेम, विरह, आनन्द, विषाद, क्रोध, लज्जा, ईर्ष्या, इत्यादि सूक्ष्म-से-सूक्ष्म मन के भावों को सिर्फ कायिक अनुभावों के ब्योरों से समझा देते हैं। इन सब पुराने चित्रों में इसीलिए फिल्म-निर्देशकों के लिए बहुत कुछ सीखने को है।

बंगाल के प्राचीन साहित्य में भी ब्योरों और वर्णनों के असंख्य उदाहरण विद्यमान हैं। भारत चन्द्र कवि के 'अन्नदामंगल' में मानसिंह की सेना के प्रसंग में आँधी-वर्षा का वर्णन उल्लेखनीय है :

...साँतारिया फिरे घोड़ा डूबे मरे हाती।
पाँके गाड़ा गेल गाड़ि ऊँट तार साथी॥
फेलिया बन्दूक जामा पाग तलवार।
ढाल बुके दिया दिल सिपाई साँतार॥

बकरी बकरा मरे कुकड़ी कुकड़ा।
कुजरानी कोले करि भासिल कुजड़ा।
घासेर बोझाय बसि घेसेड़ानी भासे।
घेसेड़ा मरिल डूबे ताहार हावासे॥

डूबे मरे मृदंगी मृदंग बुके करि।
कलोयात भासिल वीणार लाउ धरि॥

[तैरकर घोड़ा बच गया, पर हाथी (नदी में) डूबकर मर गया। कीचड़ में गाड़ी अपने साथी ऊँट के साथ फँस गई। सिपाही बन्दूक, अपने कपड़े और तलवार फेंककर ढाल छाती से लगाकर तैरकर पार उतर गया।

बकरी-बकरा और मुर्गी-मुर्गा मर गए। कुजड़न को गोद में उठाकर तैर गया कुजड़ा। घास के गठ्ठर पर बैठकर घसियारिन तो बहती हुई पार उतर गई, पर घसियारा अपनी मूर्खता से डूबकर मर गया।

मृदंग बजाने वाला मृदंग को छाती से लगाने के कारण उसके बोझ में डूब मरा, पर वीणा बजाने वाला उसके तूम्बे के सहारे बहता हुआ पार उतर गया।]

'डिटेल' कहने का मतलब सिर्फ आँखों से देखी गई वस्तुओं के ब्योरेवार वर्णन से है, ऐसा नहीं है। चुने गए शब्दात्मक वर्णन भी ब्योरे के अन्तर्गत आते हैं और वहाँ बोलने वाली फिल्मों के साथ सीधे-सीधे सम्बन्ध स्थापित करने की आवश्यकता है। प्यारी चाँद के उपन्यास 'अलालेर घरेर दुलाल' से एक उदाहरण दे रहा हूँ :

हे सखि, श्याम का तो पता ही नहीं चला, इस मार्मिक आघात से मैं तो मरी जा रही हूँ...टक्-टक्, पटास्-पटास्...मियाँजान गाड़ीवान कभी गाना गाने लगता है, कभी टिटकारी मार कर बैल हाँक रहा है और साले बैल चल नहीं पा रहे हैं, इसलिए उनकी पूँछ मरोड़ता हुआ सपाक-सपाक पनेठी मार रहा है। धीरे-धीरे मेघ घिर आए, धीरे-धीरे वर्षा होने लगी...दोनों बैल एक छकड़ा गाड़ी को पीछे छोड़कर हनहनाते हुए दौड़ने लगे। उस छकड़ा गाड़ी में प्रेमनारायण मजूमदार यात्रा कर रहे थे, छकड़ा हवा से हिल रहा था, दोनों घोड़े जैसे वात

के रोगी घोड़े के बाप थे, पक्षिराज गरुड़ के वंश के...डगर-मगर होते हुए चल रहे थे...सटासट-सटासट उनकी पीठ पर चाबुक पड़ रहे थे। लेकिन किसी भी तरह उनकी चाल में कोई परिवर्तन नहीं आ रहा था। प्रेमनारायण दो कौर भात खाकर सवार हुए थे...गाड़ी के हिचकोले खाते-खाते उनके प्राण होंठों तक आ गए थे। बैलगाड़ी आगे निकल जाने से वे और भी दु:खी हो गए...।

ध्वन्यात्मक शब्दों के ब्योरों द्वारा यह कॉमिक चित्रण और भी रसीला हो गया है, क्या इसमें कोई सन्देह है? फिल्मों में भी इस किस्म का ब्योरा ठीक इसी रूप में आएगा, इसका भी अनुमान लगाया जा सकता है।

चलचित्र युग के पहले के साहित्यकारों में विवरण के प्रति विशेष रूप से दो साहित्यकारों की जागरूकता का उल्लेख करना पड़ेगा। वे हैं बंकिमचन्द्र और अवनीन्द्रनाथ। 'विषवृक्ष' उपन्यास में नगेन्द्रनाथ दत्त के घर के सहन का लगभग पूरे एक पृष्ठ का विवरण है। कहाँ तक कहा जाए, यहाँ पर लेखक का आग्रह कलात्मकता की अपेक्षा तथ्य प्रस्तुत करने की ओर कुछ ज्यादा ही है। लेकिन बंकिम को पता था कि कहानी के काल्पनिक होने पर भी पाठकों के मन में उसे विश्वसनीय बनाने के लिए विवरणों की सहायता से उसकी एक पृष्ठभूमि बना लेना ठीक होता है।

अवनीन्द्रनाथ को मुख्य रूप से जिस शिल्प-विधि ने प्रभावित किया था, उसके मूल में थी बंगाल की रूपक कथाएँ। उनकी स्वयं की सारी रचनाएँ इन्हीं रूपक कथाओं के वर्ग में आती हैं। रूपक कथाओं में विस्तृत विवरण नामक वस्तु की आवश्यकता सबसे अधिक पड़ती है, क्योंकि उनमें जिन कल्पनाओं को रूप दिया जाता है, विवरण के अलावा उनमें से अधिकांश का कोई अस्तित्व ही नहीं होता है। राक्षस नामक वस्तु वास्तव में नहीं होती, इसे हम सभी मानते हैं, लेकिन बच्चे के मन में राक्षस का एक विवरण-सहित चेहरा स्पष्ट रूप में होता है—

पीठखाना तार कूलो
दाँतगुलो तार मूलो, कान दुटो तार नाटा नाटा
चोख दुटो आगुनेर भाँटा।
[उसकी पीठ पर कूबड़ है,
उसके दाँत मूली जैसे हैं, दोनों कान उसके छोटे-छोटे,
आँखें दोनों आग का गोला हैं।]

हमें पता है कि रूप कथा का राजा सिर्फ बड़ा ही नहीं होता, 'उसके हाथीखाने में हाथी, घुड़साल में घोड़े, भंडार में माणिक, कोठरी भर मोहरें भी होती हैं।' हमें पता है कि सुयोरानी—राजा की प्रिय रानी—की 'देह स्वर्ण शैया पर और पैर चाँदी की शैया पर रहते हैं' और 'गर्व के मारे उसके पैर जमीन पर नहीं पड़ते।' राजा का अगर भय हो तो हम जानते हैं उसके प्रभाव से उसके राज्य में 'बाघ और गाय एक ही घाट पर पानी पीते हैं।' एक-एक भाव की अभिव्यक्ति के लिए एक-एक ब्योरा, एक-एक डिटेल। एक-एक चित्र की सहायता के बिना भाव की अभिव्यक्ति नहीं हो सकती है, यह कहा जा सकता है। रूपक कथा के अलावा गीति-काव्य में भी डिटेल-वर्णन की प्रचुरता देखी जा सकती है। लेखक, कथावाचक, कविवाला (हरिबोला), पांचालीकार—सभी ने भाव-प्रकाशन के लिए बार-बार चित्रों का सहारा लिया है। ऐसी हालत में चित्र रचना ही जिनका काम है, वे चित्रों की बात भूल जाएँगे, सूक्ष्म और विस्तृत वर्णन अर्थात डिटेल की बात भूल जाएँगे, इससे बड़े खेद का विषय क्या हो सकता है?

देश, विनोदन; 1968

चलचित्र : संवादों के प्रसंग में

हम लोग सामान्य रूप से जिन फिल्मों को देखते हैं, उनमें से अधिकतर फिल्में संवादों से भरी, यथार्थवादी, फिल्में होती हैं। सवाक फिल्मों के इतिहास में भी संवादहीन फिल्मों के उदाहरण न हों, ऐसा नहीं है; लेकिन उनकी संख्या इतनी कम है कि उन्हें प्रचलित पद्धति में कतई नहीं गिना जा सकता। कुछ फिल्में ऐसी होती हैं, जैसे कार्टून फिल्में अथवा गीति-नाट्यमूलक फिल्में अथवा रूपक-कथामूलक कल्पना-आश्रित फिल्में, जिनमें यथार्थधर्मी संवादों की कोई कलात्मक आवश्यकता ही नहीं होती। लेकिन अधिकांश फिल्मों में हम यथार्थधर्मी संवादों को ही सुनते हैं अथवा सुनने की उम्मीद लगाए रहते हैं।

चलचित्रों में संवादों के दो मुख्य काम होते हैं। एक, कहानी कहना; दूसरा, स्त्री-पुरुष पात्रों के चरित्रों को व्यक्त करना। साहित्यिक कहानी में कथा से जो काम होता है, वह काम चलचित्र में तसवीर और कथा को मिला कर साधा जाता है। परिवेश के वर्णन के लिए कथा की जरूरत नहीं पड़ती, तसवीरें ही वह काम कर देती हैं। चरित्र-चित्रण में आकृति से जुड़ा पक्ष तसवीरों से ही व्यक्त होता है। उसकी प्रकृति कैसी है, इस दिशा का उद्घाटन कुछ तो अभिनेताओं की भाव-भंगिमा और बाकी उनके संवादों से होता है। तसवीरों के द्वारा जो कहना सम्भव

नहीं है, सिर्फ उसी को संवादों के माध्यम से कहने का प्रयास करना उचित है। नए पटकथा-लेखक सदा इस बात को याद नहीं रखते। इसी कारण उनके काम में अतिकथन का दोष देखने को मिलता है। संवादों की मात्रा का निर्णय करना वैसे भी कठिन काम है। अगर एक बार मात्रा का यह बोध सीख लिया जाए, तो पटकथा लिखने का काम सहज हो जाता है।

बांग्ला फिल्मों में बहुत दिनों से चटपटे संवादों का एक रिवाज चला आ रहा है। इस तरह के संवाद फिल्मों की अपेक्षा नाटकों में ही अच्छे लगते हैं। नाटकों में वार्तालाप ही सब कुछ है, फिल्मों में ऐसा नहीं है। नाटकों के परिवेश के साथ वास्तविक परिवेश का इतना कम मेल होता है कि नाटक के दर्शक पात्रों के मुँह से वास्तविक जीवन के स्वाभाविक कथोपकथन की कोई आशा नहीं करते। परिवेश के साथ संगति रख कर चलने वाले संवाद भी यहाँ एक सरलीकृत, नाट्य सर्वस्व का रूप ले लेते हैं। हमारे देश के पटकथा-लेखक कई बार इस अन्तर को याद नहीं रखते। विशेष रूप से नायक-नायिका के मुँह से जो संवाद कहलाए जाते हैं, वे संवाद फिल्मों की अपेक्षा नाटक में ही अच्छे लगते हैं। नाटक में तो कथोपकथन ही सब कुछ है। वैसा फिल्म में नहीं है। नाटक की माँग के कारण इन सब नायक-नायिकाओं के पैर डगमगा जाते हैं, फिर भी इनके संवाद स्फुरण में कमी नहीं होती।

संवाद अगर सहज न हों, तो अभिनय का स्वाभाविक होना मुश्किल है। वास्तविक जीवन में मनुष्य एक ही मन्तव्य विभिन्न अवस्थाओं में विभिन्न शब्दों में व्यक्त करता है। एक ही बात अलस क्षण में एक प्रकार से, कर्मरत अवस्था में दूसरी तरह, यहाँ तक कि ग्रीष्म में, पसीने से लथपथ अवस्था में एक प्रकार से और ठंड से

काँपती हालत में दूसरे प्रकार से व्यक्त की जाती है। निश्चिन्त अवस्था में मनुष्य की बात की लय होती है विलम्बित, उत्तेजित अवस्था में मनुष्य की बातें टूट-टूट कर टुकड़ों में होती हैं, नि:श्वास के बीच-बीच में वाक्य ऊपर को उठने लगते हैं।

मनुष्यों में वर्गगत अन्तर के साथ-साथ भाषा में भी अन्तर आ जाता है। साधारण शिक्षित बंगाली, बांग्ला भाषा में अँग्रेजी मिला कर बात करता है। देश के स्वतंत्र होने के बाद कुछ लोग अँग्रेजी शब्दों से परहेज करने का अभ्यास कर रहे हैं, लेकिन ऐसे लोग संख्या में नगण्य हैं। शिक्षित बंगालियों की बातचीत में इसीलिए अँग्रेजी शब्दावली का प्रयोग अत्यन्त स्वाभाविक है।

पटकथा लिखने की आदर्श स्थिति शायद यह है कि पटकथा-लेखक अपनी सत्ता का पूर्ण विलय करके, चरित्रों के अन्तर में प्रवेश कर उन चरित्रों की सत्ता को संवादों के द्वारा प्रकट कर दे। एक और जरूरी बात याद रखनी चाहिए कि चलचित्र में समय का मूल्य बहुत अधिक है। जितने कम शब्दों में जितना अधिक कहा जा सके, उतना ही अच्छा है और अगर बातचीत के बदले इशारे का प्रयोग किया जा सके, फिर तो कहना ही क्या।

बंगाल के लेखकों में यथार्थधर्मी संवाद-रचना में कई लोग दक्ष हैं, हालाँकि ऐसा नहीं है कि उन संवादों को सदा अपरिवर्तित रूप में चलचित्र में प्रयोग किया जा सकता है। लेकिन कोई पटकथा-लेखक यदि साहित्यिक संवादों से शिक्षा लेने की जरूरत महसूस करता है, तब मैं एक साहित्यकार का नाम बिना किसी दुविधा के बता सकता हूँ। वे हैं स्वर्गीय विभूतिभूषण बन्द्योपाध्याय। पटकथा के संवाद लिखने के लिए इतना बड़ा गुरु और कोई नहीं है। विभूतिभूषण के संवाद पढ़कर ऐसा लगता है, जैसे सीधे-सीधे लोगों के मुँह से बातें लेकर कागज पर

बैठा दी हों। ये संवाद इतने चरित्रानुकूल, इतने रिवीलिंग, इतने उजागर करने वाले हैं कि लेखक खुद चरित्रों की आकृतियों का कोई ब्योरा नहीं देता, फिर भी मात्र संवादों के माध्यम से ही चरित्रों के चेहरे मानो हमारे सामने प्रस्फुटित हो जाते हैं। इस तरह के संवाद असाधारण पर्यवेक्षण-शक्ति और स्मृति के बल पर ही सम्भव हैं। कहना न होगा कि एक पटकथा-लेखक के लिए ये दोनों गुण अपरिहार्य हैं।

आनन्द बाजार पत्रिका, शारदीय; 1963

धारावाहिक पार्श्व-संगीत के प्रसंग में

सिनेमा के आदिकाल में, अर्थात मूक फिल्मों की शैशवावस्था में, धारावाहिक पार्श्व-संगीत नाम की कोई वस्तु नहीं थी। फिल्म देखते समय उस जमाने के दर्शकगण सिर्फ प्रोजेक्टर यंत्र की घर-घर की आवाज सुन पाते थे। यह देख कर कि यह आवाज रस-ग्रहण में बाधा पैदा कर रही है, उस आवाज को दबाने के लिए पियानो अथवा ऑर्गन बजाने का चलन शुरू हुआ। या कहें कि ऐसे वाद्य-संगीत की तरफ ध्यान देने की जरूरत महसूस की जाने लगी, जो फिल्म के भावों के साथ संगति बनाए रख सके। इस संगति-रक्षा का भार था, प्रेक्षागृह के वेतन पर नियुक्त पियानो अथवा ऑर्गन बजाने वाले के ऊपर। फलस्वरूप, एक ही फिल्म को विभिन्न प्रेक्षागृहों में दिखाते समय विभिन्न प्रकार का पार्श्व-संगीत बजाया-सुनाया जाता था।

ग्रिफिथ ही शायद वह पहला निर्देशक था, जिसने पार्श्व-संगीत देने की इस रीति से असन्तुष्ट होकर एक नई पद्धति का आविष्कार किया। ग्रिफिथ संगीत को समझता था, फिर भी वह संगीतकार नहीं था। इसी कारण मौलिक संगीत-रचना की तरफ न जाकर, वह बीथोवन और मोत्सार्ट जैसे विख्यात संगीतकारों की रचनाओं से अपनी आवश्यकताओं के अनुकूल अंशों को चुनकर, अपनी फिल्मों में बजाने के लिए एक सम्पूर्ण स्वर-लिपि तैयार कर लेता था। इस स्वरलिपि का अविकल रूप से अनुसरण हो सके, इसके लिए वह कड़े निर्देश भी देता था।

किस देश की किस फिल्म में धारावाहिक पार्श्व-संगीत के रूप में पहली बार मौलिक स्वरलिपि तैयार की गई, इसकी जानकारी मुझे नहीं है, फिर भी मूक फिल्मों के जमाने में सर्वाधिक विख्यात धारावाहिक पार्श्व-संगीत वह था, जो आइजेनस्टाइन की फिल्म 'बैटलशिप पोटेमकिन' के लिए जर्मन संगीतकार कम्पोजर एडमंड माइजेल ने तैयार किया था। समसामयिक विवरण से पता चलता है कि बर्लिन शहर में पोटेमकिन के पहले प्रदर्शन के दौरान फिल्म और संगीत के जबरदस्त समावेश ने दर्शकों में अभूतपूर्व उत्तेजना पैदा कर दी थी। हालाँकि माइजेल के संगीत को व्यापक रूप से प्रसिद्ध होने का मौका नहीं मिला क्योंकि वह संगीत-रचना ऑर्केस्ट्रा के लिए थी और दुनिया के बहुत कम प्रेक्षागृहों में एक सम्पूर्ण ऑर्केस्ट्रा रखना सम्भव हो पाता था।

बोलती फिल्मों के जमाने में धारावाहिक पार्श्व-संगीत में ऑर्केस्ट्रा का प्रयोग एक अपरिहार्य अंग के रूप में स्वीकृत हो गया था। संगीत के मामले में प्रेक्षागृहों का और कोई दायित्व नहीं रह गया था। ऑर्केस्ट्रा के पोषण का दायित्व स्वयं फिल्म-प्रायोजकों ने ले लिया था। हॉलीवुड के हर स्टूडियो में स्थाई रूप से एक ऑर्केस्ट्रा की नियुक्ति की गई। यूरोप के संगीतकारों ने अमेरिकी डॉलरों के आकर्षण से खिंच कर हॉलीवुड में अपना-अपना डेरा डाल दिया। पार्श्व-संगीत के कायदे-कानून इन संगीतकारों ने जरूरत की वजह से थोड़े समय में ही सीख लिए।

बोलती फिल्मों के युग की शुरुआत से आगे लगभग बीस वर्ष तक इस धारावाहिक पार्श्व-संगीत में ऑर्केस्ट्रा के प्रयोग को लेकर किसी ने कोई प्रश्न नहीं उठाया। धीरे-धीरे हॉलीवुड की किसी-किसी फिल्म में इन नियमों में व्यतिक्रम दिखाई देने लगा।

कैरल रीड की 'द थर्ड मैन' फिल्म में सिर्फ एक वाद्य-यंत्र का संगीत ही सुनाई दिया। 'ज़ाइदर' और 'हाई नून' फिल्मों में पुरुष स्वर में गाया

गीत और लोक संगीत सुनने को मिला। किसी-किसी फिल्म में (लूइस डी रोशेमौं द्वारा प्रायोजित 'बूमरैंग,' 'हाउस ऑन दी नाइंटी-सेकेंड स्ट्रीट,' '31 रू मैडेलिन') ऐसा भी देखने को मिला है कि उनमें निरन्तर चलनेवाला पार्श्व-संगीत पूरी तरह से वर्जित कर दिया गया था। यहीं से वह फार्मूला भंग होना शुरू हो गया।

गत दस वर्षों में फिल्मों की रीति और प्रकृति में आमूल-चूल परिवर्तन हो चुका है। विषय-वस्तु की परिधि बहुत विस्तृत हो गई है। फलस्वरूप अभिव्यक्ति का ढंग, कैमरे का प्रयोग, सम्पादन के कायदे-कानून, सभी बदल गए हैं। इसी बदलाव के साथ ताल मिलाते हुए, पार्श्व-संगीत का ढंग बदल गया। आज के जमाने में संगीतकार जानते हैं कि फिल्म का मिजाज ही पार्श्व-संगीत के रूप को निर्धारित करता है। कोई शास्त्रीय नियम अथवा शास्त्रीय व्याकरण यहाँ नहीं चल पाता।

इसीलिए निर्देशक का दायित्व बहुत बड़ा है। फिल्म का मूल सुर निर्देशक के अलावा अच्छी तरह से कौन जान सकता है? विशेष रूप से फिल्म जब नई विषय-वस्तु के साथ, नए कलात्मक ढंग से बनाई गई हो, तब उस फिल्म में पार्श्व-संगीत की आवश्यकता है या नहीं, या अगर है तो उसकी प्रकृति क्या होगी, यह बात एक निर्देशक को ही तय करनी चाहिए। कोई शक्तिशाली निर्देशक अगर स्वतंत्र रूप से कोई सफल फिल्म बना लेता है, तो निःसन्देह कहा जा सकता है कि उस फिल्म का पार्श्व-संगीत निर्देशक के ही निर्देश पर तैयार हुआ है। एक संगीतकार को निर्देशक से निर्देश लेने ही पड़ते हैं क्योंकि संगीत यहाँ सिर्फ सुरों की कोई परिपाटी मात्र नहीं है। आदियुग के पियानो या ऑर्गन-वादक की तरह आज की फिल्मों के संगीत-निर्देशक का एकमात्र लक्ष्य होना चाहिए—फिल्म के भावों के साथ मेल बैठाते हुए संगीत की रचना करना।

यह भाव सिर्फ फिल्म की विषय-वस्तु में ही व्यक्त होता हो, ऐसा नहीं

है। एक ही विषय-वस्तु को आधार बनाकर विभिन्न किस्म की फिल्मों का निर्माण हो सकता है—जैसे एक ही कथा को लेकर विभिन्न लेखक विभिन्न मिजाज के साहित्य की सृष्टि कर सकते हैं। साहित्य की तरह फिल्म की किस्म निर्भर करती है, रचनाकार के दृष्टिकोण और भाषा के प्रयोग पर। पात्रों के संवाद, अभिनय का ढंग, कैमरे और शब्दों का प्रयोग, फिल्म का छन्द और लय, सब कुछ फिल्म के भाव-प्रकाशन में सहायता करते हैं। पार्श्व-संगीत की रचना का काम इसीलिए फिल्म का अन्तिम काम होता है क्योंकि तब संगीत-निर्देशक के लिए फिल्म के निर्देशक की सहायता से फिल्म के मूल सुर को समझना असम्भव नहीं रह जाता है।

यहाँ पर संगीतकार को एक बात याद रखनी पड़ेगी, वह यह कि फिल्म मुख्य रूप से आँखों से देखने वाली वस्तु है। दृश्य वस्तु के अलावा फिल्म में जो कुछ होता है, उसमें मुख्य होता है संवाद; कहानी का बहुत-सा अंश संवादों के माध्यम से ही व्यक्त होता है, और कुछ कहा जाता है ध्वनि की सहायता से। इसे व्यक्त करने के काम में पार्श्व-संगीत का काम सबसे बाद में होता है, क्योंकि संगीत में व्यंजना तो है, लेकिन उसकी कोई साफ-साफ भाषा नहीं है। यहाँ पर जुड़ाव का प्रश्न जरूर उठता है। सारी बातों में संगीत ठीक नहीं बैठता है। गाना वही सार्थक होता है, जहाँ सुर भाषा का व्यंजक होता है। अगर ठीक-ठीक प्रयोग किया जाए, तो चलचित्र का पार्श्व-संगीत भी व्यंजक की भूमिका निभाता है।

यहाँ पर यह प्रश्न उठ सकता है कि फिल्म संगीत की आवश्यकता ही क्या है? किस चीज की कमी को पार्श्व-संगीत पूरी करता है।

यदि निर्देशक अनुभव करता है कि वास्तव में दृश्य वस्तु, कथा और ध्वनि की सहायता से फिल्म में जो कहा गया, उसके ऊपर संगीत का लेप लगा कर इस कहे गए को और भी प्रस्फुटित करने अथवा और भी आवेगमय बनाने की आवश्यकता है तभी वह पार्श्व-संगीत का सहारा लेता

है। अनावश्यक पार्श्व-संगीत का प्रयोग हानि के अलावा और कुछ नहीं करता। और यह भी सच है कि पार्श्व-संगीत का प्रयोग फिल्म की किसी त्रुटि को ढँक नहीं पाता। करुण दृश्य में अगर एक निर्देशक के दोष से करुण रस पैदा न हो पाया हो, तो फिर बेहाला अथवा तारशहनाई-वादक का करुणतम स्वरोच्छ्वास भी उस अभाव को नहीं पूरा का सकता।

फिल्म की भाषा जहाँ अच्छी तरह व्यक्त है, वहीं संगीतकार का दायित्व बढ़ जाता है। कारण यह कि एक अच्छी फिल्म को नष्ट करना हो, तो उसका अचूक उपाय है निरर्थक पार्श्व-संगीत। आधुनिक रीति से रचित आधुनिक मनोभावों वाली फिल्म में पुरातनपन्थी फार्मूला-संगीत का प्रयोग भी फिल्म को नष्ट कर सकता है। वियोग के दृश्यों में अवसाद-भरा संगीत, मिलन के दृश्यों में खुशी का संगीत, आकस्मिक नाटकीय क्षणों में धमाकेदार संगीत, 'अब क्या होगा, अब क्या होगा' वाले उत्कंठा बढ़ाने वाले क्षणों में सस्पेंस म्यूजिक—संगीत के ये सभी फार्मूले आज भी हमारी फिल्मों में प्रचलित हैं। एक तरह के साँचे में बनाई गई फिल्मों में इसके अलावा और कोई गति नहीं है, लेकिन जो निर्देशक नई विषय-वस्तु को आधार बनाकर, नए कलात्मक उपादानों के माध्यम से फिल्म बनाते हैं, उन्हें इस किस्म के पार्श्व-संगीत को छोड़ना ही होगा।

बांग्ला फिल्मों में पार्श्व-संगीत का जो पैटर्न इतने दिन से चालू था, वह कुछ तो विदेशी फिल्मों और कुछ जात्रा नाटकों (बंगाल का लोक नाटक) से लिया गया था। कई जात्रा नाटकों को देखने का मुझे सौभाग्य मिला था, जिससे ऐसा अनुभव हुआ कि 'जात्रा संगीत' का प्रयोग एक रूढ़िबद्ध कला के रूप में विकसित हो गया था। केवल देशी वाद्य-यंत्रों के प्रयोग से सदा नाटकीय क्षणों के उपयुक्त संगीत की सृष्टि करना सम्भव नहीं है, इसे जात्रा के संगीतकारों ने बहुत पहले ही समझ लिया था। बेहाला, क्लैरिनेट, कॉर्नेट, पिकोलो, आदि विशुद्ध विदेशी वाद्य-यंत्रों का प्रयोग बहुत दिनों से

जात्रा में होता आ रहा था। इन सब यंत्रों पर जो धुनें बजाई जाती थीं, वे थीं राग-संगीत की गतें। संगीत के हिसाब से वे गतें सार्थकता प्राप्त नहीं कर पाईं क्योंकि विलायती वाद्य-यंत्रों पर अगर देशी गत बजाई जाए तो 'श्रुति' और 'मीड़' को छोड़ने के अलावा और कोई उपाय नहीं है। लेकिन उससे कुछ आता-जाता नहीं। संगीत के हिसाब से पार्श्व-संगीत की जात बरकरार रखने की कोई अनिवार्यता नहीं रहती है। जात्रा के संगीतकार का मुख्य उद्देश्य था, अभिनेता के उदात्त कंठ से साथ संगति रखते हुए जोरदार संगीत-रचना। हालाँकि एक सरोद और बाँसुरी को छोड़ कर सभी भारतीय वाद्य-यंत्रों की आवाज अत्यन्त मृदु है। सरोद का प्रयोग संकट से खाली नहीं क्योंकि सरोद की टंकार और संवाद के व्यंजन वर्णों के संघर्ष के फलस्वरूप इस बात का खतरा है कि स्वर विकृतियों का समूह हो जाएँगे। इधर एकमात्र बाँसुरी के द्वारा पूरे नाटक का काम चलता नहीं। इसी कारण, जात्रा के संगीतकारों ने बिना किसी दुविधा के विलायती वाद्य-यंत्रों का सहारा लिया। इसके फलस्वरूप, भारतीय संगीत की विरासत के क्षरित होने पर भी पार्श्व-संगीत के रूप में उसकी कार्यसिद्धि का पथ प्रशस्त ही हुआ है।

पार्श्व-संगीत के प्रयोग को संगीत के शास्त्रीय व्याकरण पर कसना एकदम निरर्थक है क्योंकि विशुद्ध संगीत के रूप में पार्श्व-संगीत के मूल्यांकन की कोई आवश्यकता नहीं है। जिस किसी वाद्य-यंत्र द्वारा छन्द अथवा सुर का उत्थापन सम्भव है, उसी का प्रयोग पार्श्व-संगीत में किया जा सकता है। मेरी ही किसी फिल्म की संगीत-रचना रविशंकर ने सितार, सरोद, पखावज के साथ घंटियाँ कटोरियाँ, प्याला, तश्तरी बजाकर की थी। संगीत की महफिल में इस किस्म का प्रयास नीति-विरुद्ध पागलपन प्रतीत होता था। लेकिन इसी के फलस्वरूप, जिस पार्श्व-संगीत की रचना हुई, वह अगर फिल्म के साथ ताल बनाए रखने में सक्षम हो, तो वह संगीत फिर संगीत नहीं रहता, रसोत्तीर्ण करने वाला हो जाता है।

क्या सचमुच ऐसा कहा जा सकता है कि राग-रागिनियों के शास्त्रीय रूपों का अविकृत प्रयोग करने का सुअवसर फिल्मों में प्राय: नहीं होता? राग-रागिनियों की एक निजी सत्ता होती है। किसी फिल्म के पीछे कोई परिचित राग अगर प्रचलित मार्ग पर विस्तृत होता रहे, तभी वह राग संगीत श्रोता के मन को छवि से हटा कर संगीत के मार्ग पर खींच ले जाना चाहेगा। अगर ऐसा हो, तो पार्श्व-संगीत का वह उद्देश्य पूरा नहीं होगा—यह सहज में ही समझ में आने वाली बात है। फिर भी आंशिक रूप से राग-रागिनियों का प्रयोग फिल्मों में प्रचुर मात्रा में हुआ है और सार्थक रूप में ही हुआ है। किसी-किसी राग-रागिनी के प्रति संगीतकारों में स्वभावत: ही एक पक्षपात देखने को मिलता है। कुछ खास प्राकृतिक अवस्थाओं और मानसिक भावों को प्रस्फुटित करने में कोई-कोई राग-रागिनी एकदम अद्वितीय ठहरती है। उदाहरण के रूप में प्रभात के कुछ रागों का उल्लेख किया जा सकता है। यह ठीक है कि आज के नागरिक जीवन में सबेरे के विशेष रूप को पकड़ पाने की सम्भावना धीरे-धीरे कम होती जा रही है। लेकिन उन्मुक्त प्राकृतिक परिवेश में दिन के पहले उजाले का आभास, जिन्होंने देखा है और अपनी समस्त सत्ता द्वारा अनुभव किया है, वे निश्चय ही ललित, भैरव, टोडी, रामकली, खट आदि रागों की अतुलनीय भाव-व्यंजना के सम्बन्ध में सन्देह व्यक्त नहीं करते।

सन्ध्या के रागों के विषय में भी यही बात लागू होती है। पूरे दिन में सुबह और शाम की सन्धि-बेला के दोनों मुहूर्त शायद मनुष्य के मन के लिए सर्वाधिक अर्थपूर्ण होते हैं। इसी कारण श्रीपूरबी, धानेश्री इत्यादि रागों में सन्ध्या के उदास, विषण्ण भाव को इतने आश्चर्यजनक ढंग से व्यक्त करना सम्भव हो सका है। दिन के अन्य पहरों का वैसा कोई विशेष चरित्र नहीं है। इसी कारण सारंग राग सुनकर दोपहर अथवा विहाग सुनकर रात्रि की याद उतने निश्चित रूप से नहीं आती है।

छह ऋतुओं में जो दो सर्वाधिक काव्यमय और वैशिष्ट्यपूर्ण हैं—बसन्त और वर्षा—इन्हीं दो का रूप राग-रागिनियों में सबसे साफ-साफ प्रस्फुटित हुआ है। कहना न होगा, इन दो ऋतुओं ने मनुष्य के मन में जिन विशेष भावों का संचार किया है, राग-रागिनियाँ भी उन्हीं भावों को प्रतिफलित करती हैं। चलचित्रों के संगीतकार भी इन विशेष भावों को प्रस्फुटित करने में इन्हीं विशेष रागों की सहायता लेते हैं।

अब अपने व्यक्तिगत अनुभव की कुछ बातें कहकर मैं अपने इस निबन्ध को समाप्त करूँगा। 'पथेर पांचाली' से लेकर 'चारुलता' तक, हमें पार्श्व-संगीत की अनेक समस्याओं का सामना करना पड़ा है, और यथाशक्ति उनके समाधान का हमने प्रयास भी किया है। 'पथेर पांचाली' एक ग्रामीण परिवेश की कहानी थी। लेकिन महज इसी कारण से उसे लोक साहित्य नहीं कह सकते। उसकी भाषा, उसके मिजाज में यथारीति सोफिस्टीकेशन (परिष्कृति) है। उसके चरित्र-चित्रण में आधुनिक मनोविज्ञान की छाप है। फिल्म में भी उसके अनुरूप सुघड़ता लाने का प्रयास किया गया था, इसलिए हमें नहीं लगा कि उसके पार्श्व-संगीत में सिर्फ ग्रामीण वाद्य-यंत्रों पर ग्राम्य संगीत बजाने की कोई सार्थकता हो सकती है। वंशी, इकतारा, ढोल, आदि के साथ सितार, सरोद, पखावज मिलाने में इसीलिए रविशंकर को कोई दुविधा नहीं हुई।

'तीन कन्या' की 'पोस्टमास्टर' भी ग्राम्य परिवेश की फिल्म है, लेकिन इसकी भाव-भंगिमा, इसकी कहानी के उपादान, इसके पात्रों का आचरण और बातचीत—सभी कुछ अत्यन्त सरल थे, इसलिए इसके पार्श्व-संगीत में, बाँसुरी, दोतारा और सारंगी—इन तीन वाद्य-यंत्रों के अलावा और किसी वाद्य-यंत्र के प्रयोग की आवश्यकता महसूस नहीं हुई।

'जलसाघर' के आभिजात्य जमींदारी के मिजाज ने इस फिल्म के पार्श्व-संगीत के चरित्र का निर्धारण किया था। इस विशेष परिवेश के साथ

राग पर आधारित संगीत का एक ऐतिहासिक योगसूत्र बना हुआ था और उस योगसूत्र के सम्बन्ध में हम सभी सचेत थे। संगीतकार विलायत खाँ ने इस फिल्म में सितार, सुरबहार, सरोद, सारंगी आदि वाद्य-यंत्रों पर खानदानी राग-रागिनियों का प्रयोग अत्यन्त निपुणता से किया था।

'जलसाघर' की संगीत-रचना करते समय एक तथ्य का आविष्कार किया गया था। वह यह था कि पार्श्व-संगीत में रागाश्रित सुर का प्रयोग होने पर भी, उसके साथ तबले की संगत एकदम निश्चित थी। तबले की आवाज एक महफिली मिजाज को संकेतित करती है, जिसके परिणामस्वरूप संगीत का उद्‌देश्य ही बहुत अंशों में विफल हो जाता है। सीखने योग्य एक विषय और है, पार्श्व-संगीत में राग पर आधारित सुरों के प्रयोग में शास्त्रीय विधि-निषेधों को मानने की कोई अनिवार्यता नहीं है। अगर यह देखने को मिले कि राग को अविकृत रखने से फिल्म का भाव ठीक-ठीक प्रस्फुटित हो जाएगा तो फिर रागों को अविकृत रखना ही उचित है। लेकिन कई बार यह देखने को मिलता है कि फिल्म के किसी दृश्य में एक भाव से दूसरे भाव में जाने के पल में, पार्श्व-संगीत में भी एक राग से दूसरे राग में जाने की आवश्यकता पड़ती है। रागमाला के निपुण प्रस्तुतीकरण से जिस आश्चर्यजनक नाट्य-रस की सृष्टि होती है, उसे सिर्फ संगीत के रसिक ही जान सकते हैं। फिल्म संगीतकार राग-परिवर्तन की इस नाटकीयता का चमत्कारिक प्रयोग कर सकते हैं। फिर किसी विशेष क्षण में ऐसा भी अनुभव हो सकता है कि किसी राग में अचानक बिना सधे गले का प्रयोग ही शायद उस क्षण को प्रस्फुटित करने का श्रेष्ठ उपाय है। यहाँ पर भी दुविधा का कोई कारण नहीं है। महफिल में जो नया है, वही नीति-विरुद्ध है, फिल्म में उसी के समीचीन और कला-सम्मत होने में कोई बाधा नहीं है। असली बात जो एक संगीतकार को याद रखनी पड़ेगी, वह यह कि उसकी जवाबदेही मुख्य रूप से फिल्म के शिल्प के प्रति है, न कि संगीत के शास्त्र के प्रति।

'महानगर' अथवा 'कांचनजंघा' जैसी फिल्मों में कई नई समस्याओं का सामना करना पड़ा था। 'कांचनजंघा' की कहानी बंगाल के एक विशेष वर्ग के आसपास घूमती है। इस वर्ग की वेश-भूषा, बोल-चाल में 'इंगबंग' (अंग्रेज छाप बंगाली) के उच्च-मध्यवर्ग की छाप बहुत स्पष्ट है। कहानी का घटना-स्थल है दार्जिलिंग शहर। एक तरफ पहाड़, दूसरी तरफ 'इंगबंग' का भाव—इन्हीं दोनों मूल सूत्रों से 'कांचनजंघा' फिल्म के पार्श्व-संगीत की उत्पत्ति हुई थी। पहाड़ी लोक-संगीत की धुन को इच्छानुसार तोड़ कर देसी और विलायती वाद्य-यंत्रों को अकेले और समवेत रूप में बजाकर पार्श्व-संगीत का मेल इस फिल्म के मिजाज से बैठाने का प्रयास किया गया था।

'कांचनजंघा' की तरह 'महानगर' में भी मुख्य समस्या, दो भावों को मिलाने की थी। इस कहानी का मुख्य चरित्र एक निम्न-मध्यवर्गीय घर की बहू, आरती है। नौकरी उसे घर से बाहर ले जाती है। इसके बाद पृष्ठभूमि परिवर्तनशील शहरों की सड़कों-मुहल्लों, ट्राम-बस, रेस्टोरेंट, फिरंगी सहकर्मियों के घर, अलीपुर का अभिजात परिवेश, व्यापारिक संस्था का आधुनिक साफ-सुथरा, वातानुकूलित ऑफिस—ये सब घूम-फिर कर उस फिल्म में आते हैं। इसके अलावा है चरित्रों का मानसिक द्वन्द्व, घात-प्रतिघात, बूढ़े बाप से जुड़ी हुई उपकथा और भी बहुत कुछ। एक तो उपादानों की प्रचुरता, उस पर बार-बार पट-परिवर्तन। इस फिल्म के कन्धों पर पार्श्व-संगीत का अतिरिक्त बोझ डालकर दर्शकों के मन को पीड़ित करना उचित नहीं रहेगा, ऐसा मुझे लगा था। अन्त में जो कुछ मामूली संगीत प्रयुक्त हुआ, वह कुछ तो नाटक की खातिर था और कुछ था मूड-सृष्टि के उद्देश्य से।

आज तक जिन कुछ फिल्मों में मैंने खुद संगीत-रचना का भार लिया है, उनमें 'चारुलता' का संगीत मुझे अपेक्षाकृत, सुन्दर, सटीक और सही लगा है। हाँ, इसका एक कारण जरूर मेरा संगीत सम्बन्धी अनुभव है। पार्श्व-संगीत के काम में अनुभव का बहुत मूल्य है। फिल्म के मिजाज

के सम्बन्ध में एक स्पष्ट धारणा होने पर भी किस दृश्य में कौन-कौन-से वाद्ययंत्र और उन पर कौन-से सुर, कौन-सी लय, कौन-से ताल पर बजाने पर संगीत उस फिल्म के मिजाज के साथ मिल जाएगा, यह ज्ञान सहजता से प्राप्त होने वाला नहीं है। इसीलिए संगीत के काम में आज भी त्रुटियाँ रह जाती हैं। आज भी बहुत कुछ सीखने को है। विशेषकर बंगाल में, जहाँ के राष्ट्रीय जीवन में व्यक्तियों के पहनावे-ओढ़ावे में, बातचीत में, घर-द्वार के चेहरों का कोई स्पष्ट चरित्र ही नहीं है, सभी जहाँ पर पंचमेल खिचड़ी है, उस देश की पृष्ठभूमि में आधुनिक फिल्मों के पार्श्व-संगीत की रचना करना एक दुरूह कार्य है। हालाँकि इस चुनौती से बचकर नहीं चला जा सकता।

इधर विदेशों में संगीत के सम्बन्ध में सब तरह के वैज्ञानिक परीक्षण चल रहे हैं। वाद्य-यंत्रों को हटा कर ध्वनि-विज्ञान की सहायता से कृत्रिम उपायों द्वारा इलेक्ट्रॉनिक संगीत की रचना हो रही है। कहने की बात नहीं है कि सभी किस्म की फिल्मों में यह संगीत फबता नहीं है। इसलिए, वाद्य-यंत्रों के भविष्य के सम्बन्ध में चिन्तित होने का कोई कारण नहीं है। लेकिन इन सब परीक्षणों के फलस्वरूप चलचित्रों के संगीतकारों को कई नए रास्तों का सन्धान मिल रहा है। तेजी से बदलते इस युग में सिनेमा के सम्बन्ध में कोई अन्तिम टिप्पणी बेशक नहीं की जा सकती, फिर भी एक बात बलपूर्वक कही जा सकती है कि भारतवर्ष में पार्श्व-संगीत-रचनाकारों की समस्या दैन्य की समस्या नहीं है। समस्या है प्राचुर्य की।

देशाटन, शारदीय; 1964

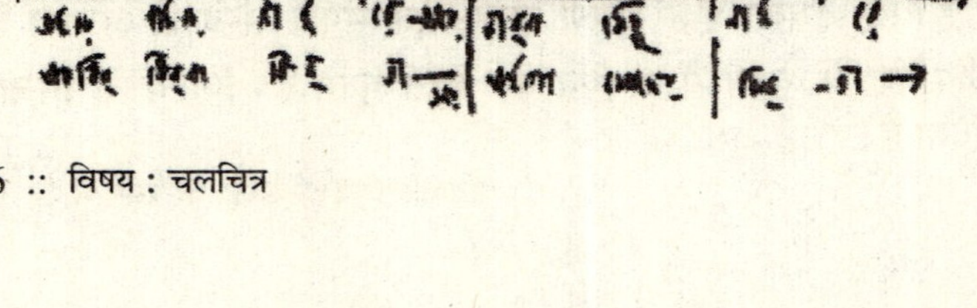

दो समस्याएँ

जो साहित्य-रचना करते हैं, उनके सृजन का मार्ग तभी बन्द होता है, जब उनके पास कहने को कुछ नहीं रह जाता। जो पेंटिंग करते हैं, वे लोग हो सकता है कि मँहगाई की वजह से अच्छे रंग और तूलिका के अभाव में जिस-तिस चीज से अपना काम चला लें। रंग न होने पर खड़िया है, खड़िया न होने पर कलम-पेंसिल तो है ही, नन्दलाल बोस को मैंने दातुन से चित्र बनाते हुए देखा है।

कला-साहित्य जिनका व्यवसाय है, उनके एक ही किस्म के काम की माँग कम हो जाने पर, वे अपने काम करने के ढंग में बदलाव करके बाजार को नई तरह से ठोंक-बजाकर देख सकते हैं। ढंग बदलने का अर्थ होता है, एक तरह का समझौता। ऐसा नहीं भी हो सकता है और अगर समझौता हो गया, तो शिल्प की क्षति भले ही हो गई, पर काम तो बन्द नहीं हुआ और बाहर के दबाव में काम बन्द हो जाने का जो मामला है, वह तो किसी भी कला में अकसर घटित हो सकता है। यह तो जानी हुई बात है। इसके बारे में नया कुछ कहने को है ही नहीं। मैं दो समस्याओं के बारे में कहना चाहता हूँ, जो एकदम सोलह आने फिल्म की ही समस्याएँ हैं और जिनका अस्तित्व बंगाल में ही सर्वाधिक अनुभव किया जा रहा है। इनमें से एक समस्या ने विशेष किस्म की किन्हीं-किन्हीं फिल्मों का मार्ग बन्द कर दिया है। दूसरी समस्या काम के बीच में अपना सिर उठाकर रुकावट

पैदा कर रही है और अगर कुछ न बने, तो काम को समझौते के रास्ते पर ले जा रही है।

सभी जानते हैं कि बंगाल में थियेटरों में आजकल अनेक नए नाट्य-दल, नए-नए किस्म के नाटकों को प्रस्तुत कर रहे हैं। और कुछ प्रतिष्ठित नाट्य-दल भी नई विषय-वस्तु और नए कलात्मक उपादानों को उलट-पलट कर देख रहे हैं और बड़े साहस के साथ उन्हें मंचित भी कर रहे हैं। इसी के साथ-साथ जो घट रहा है, वह यह कि एक किस्म की प्राचीन अभिनय-प्रणाली लुप्त होती जा रही है। जिस अभिनय-शैली की बात मैं कर रहा हूँ, उसका सूत्रपात हुआ था, गिरीश घोष के युग में और पूर्ण विकास हुआ था, शिशिर भादुड़ी के अभिनय में। ऐसा नहीं है कि यह कोई साँचे में ढली हुई अभिनय-प्रणाली थी। शिशिर भादुड़ी, नरेश मित्र, मनोरंजन भट्टाचार्य, योगेश चौधुरी—ये सभी समकालीन थे। एक ही आबो-हवा में पले-बढ़े। क्षमतावान रंगकर्मी होते हुए भी, इनमें से हरेक के अभिनय का एक स्वतंत्र वैशिष्ट्य था। फसल में अन्तर होने पर भी, जमीन एक ही थी। इसका एक मुख्य कारण यह है कि ये लोग इस बात को जानते थे और मानते थे कि अभिनय एक कला है और उसी कला के कई नियमों के माध्यम से उसका विकास हुआ है। आजकल के अभिनेतागण कोई नियम नहीं मानते, मैं ऐसा नहीं कह रहा, लेकिन उस जमाने के श्रेष्ठ अभिनय में एक अतिरिक्त तत्त्व मिलता था, वह था, विगत युग के बंगालीपने का ऑथेंटिक, प्रामाणिक चेहरा। इस अभिनय की परम्परा अगर सुरक्षित बनी रहती, तो इस बंगालीपने के चेहरे को भी इस अभिनय-प्रणाली द्वारा जीवित रखना सम्भव हो जाता। यहाँ तो परम्परा ही गायब हो बैठी है।

एक फिल्म-निर्देशक के लिए यह एक बहुत बड़ी क्षति है क्योंकि ऐसे अनेक चरित्रों के बारे में सोचा जा सकता है, जिन्हें ठीक इसी प्रकार के अभिनय के अलावा और किसी तरीके से उजागर करना सम्भव नहीं है।

छोटे फैलाव वाली भूमिका में, अगर चेहरा और बोलने का लहजा एकदम फबने वाला हुआ, तो फिर कोरे, नौसिखिया अभिनेताओं से भी काम चलाया जा सकता है, लेकिन चरित्र अगर 'जलसाघर' के विश्वम्भर राय जैसा हुआ, अथवा 'देवी' के कालीकिंकर जैसा, तो फिर क्या ऐमेच्योर या अपरिपक्व अभिनेता से काम चलाया जा सकता है? वहाँ पर छवि विश्वास की शरण में जाने के अलावा और कोई गति नहीं है।

छवि बाबू के चले जाने के पहले, मैं यह समझ ही नहीं सका था कि बांग्ला फिल्में कितनी बुरी तरह उनके ऊपर निर्भर थीं। आज भी अगर कोई कहानी या उपन्यास पढ़ने बैठता हूँ और कोई रोबीला जमींदार पात्र अथवा एक तरह का दुर्धर्ष, भारी-भरकम डील-डौल वाला बंगाली अथवा 'इंग-बंग-कलिंग' व्यक्ति सामने पड़ जाता है, तो अत्यन्त दु:ख के साथ मन-ही-मन कहना पड़ता है कि इस चरित्र को मूर्त रूप प्रदान करने के लिए कोई उपयुक्त अभिनेता आज बंगाल में नहीं है। सच कहें तो ऐसा एक भी अभिनेता नहीं है, जिसे ऐसे किसी चरित्र का रूप दिया जा सके, जो अंग्रेजी में 'मॉन्यूमेंटल' अर्थात स्मरणीय कहलाता है।

तुलसी चक्रवर्ती ने भी इस दुनिया से जाकर बांग्ला फिल्मों को एक और दृष्टि से अन्धा बना दिया है। केवल कॉमिक चेहरा होने से ही तो कॉमेडियन नहीं बना जा सकता। चेहरे के साथ एक विशेष तरह के हास्य-रस का बोध अथवा 'कॉमिक सेंस' और दुर्दान्त अभिनय-सामर्थ्य हो तभी तुलसी चक्रवर्ती जैसा हास्य अभिनेता होना सम्भव है। यहाँ पर भँड़ैती के लिए स्थान नहीं है, हालाँकि दुर्भाग्यवश यह काम भी तुलसी बाबू को करना पड़ा था। दर्शकों ने अकसर एक बहुविध-सम्पन्न अभिनेता के सिर्फ एक गुण को चुनकर, उसका समर्थन करके, उसे उसी साँचे में ढाल कर उसके पूर्ण विकास को रोकने का अपकर्म इस देश में रंगमंच और चलचित्र के क्षेत्र में इतने लोगों के साथ किया है

जिनकी कोई गिनती नहीं है। भाँडगीरी में हो अथवा जन्मजात कॉमेडी में, ठीक-ठीक तुलसी बाबू की जगह ले सके, बंगाल में ऐसा और कोई नहीं है। इसीलिए साहित्य के कई कॉमिक चरित्रों का फिल्मांकन आज सम्भव नहीं है। 'पथेर पांचाली' ही क्या आज के दिनों में सम्भव है? नहीं। कारण, चूनीबाला जैसी अभिनेत्री का आविर्भाव तो रोजमर्रा की घटना नहीं हो सकती।

यह तो हुई कहानी चुनने के मार्ग में आने वाली बाधा की चर्चा। इसके अलावा फिल्म-निर्माण के मार्ग में (और उसी के साथ कहानी चुनने के मार्ग में भी) एक बाधा कुछ दिन से दिमाग पर बोझ की तरह लदी हुई है, जिसे कैसे हटाया जा सकता है, इसका उपाय मुझे मालूम नहीं है।

सत्यजित राय किसी समसामयिक शहरी समस्या को लेकर फिल्म नहीं बनाते हैं—इस तरह का एक मत बाजार में प्रचलित है। ऐसा मुझे सुनने को मिलता है। यह बात सभी व्यक्ति स्वीकार करेंगे कि नागरिक जीवन को फिल्माते-फिल्माते शहर के लोगों के साथ-साथ नगर के चेहरे को भी फिल्माना पड़ेगा। अर्थात, उस फिल्म की कहानी को स्टूडियो की चौहद्दी में ही बन्द रखने से काम नहीं चल सकता, कभी-कभी उसे शहर के गली-मुहल्लों में भी ले जाना पड़ता है। नाटक में नेपथ्य में घटने वाली घटनाओं की जिस रीति पर लोग हजार वर्षों से चलते आए हैं, चलचित्र ने एकदम शुरू से ही उस रीति को त्याग दिया है। इसके अतिरिक्त चलचित्र में, विशेषकर समस्यामूलक आधुनिक कहानियों में, यथार्थवाद ही शिल्प का ढंग हो गया है। इसलिए स्टूडियो में कृत्रिम उपाय से शहर के बाहरी चेहरे को व्यक्त करने के प्रयास की विफलता तय है। इसीलिए कैमरा लेकर रास्ता-घाट पर शूटिंग करने के अलावा और कोई उपाय नहीं है। गत पाँच-सात वर्षों में जिसने एक बार भी यह काम करने का प्रयास किया है, वही जानता है कि यह कितना दुष्कर काम है।

दरअसल फिल्म बनाने का काम निर्देशक और उसके सहकारियों के लिए तो एक कलात्मक काम होता है, लेकिन जो लोग बाहर से इस काम को देखते हैं, उनके लिए यह एक तमाशा हो जाता है। ऊपर से अगर इस तमाशे में कहीं कोई लोकप्रिय अभिनेता जुड़ गया हो, तब तो सोने में सुहागा है। बिना पैसे के ओपेन एयर थियेटर (खुला नाटक) देखने का लोभ कौन संवरण कर पाएगा? इसीलिए शहर अथवा शहर के निचले हिस्से में दस मील के भीतर जहाँ कहीं कैमरा खड़ा किया जाएगा, वहाँ क्षण भर में एक जन-समुद्र उमड़ पड़ेगा।

भीड़ के ये लोग सिर्फ शूटिंग देखने ही नहीं आते। जिस दृश्य को फिल्माया जाना है, उसमें भाग लेने की इच्छा भी इनमें से अनेक के मन में होती है। यहाँ पर भाग लेने का अर्थ होता है, कैमरे में एक बार अपना चेहरा दिखाना। जो लोग ऐसा करते हैं, वे जरूर यह सोच कर करते हैं कि वे उस चेहरे को फिर से प्रेक्षागार के पर्दे पर देख सकेंगे। बार-बार कहने पर भी उन्हें मैं यह नहीं समझा पाता हूँ कि यह सौभाग्य उन्हें नहीं मिल पाएगा।

विदेशों में जब खुले में सड़क-चौराहे पर शूटिंग होती है, तब उसे देखने के लिए उत्सुक जनता को शूटिंग के क्षेत्र से बाहर रखने के काम में पुलिस सहायता करती है। इस देश में पुलिस का प्रयोग हित के विरुद्ध होने की सम्भावना ही अधिक है, यह कहने की जरूरत नहीं। पेरिस में नई लहर के निर्देशकों की बदौलत काफी दिनों से शहर के इस-उस स्थान पर शूटिंग का रिवाज शुरू हो गया है। वहाँ पर जनसाधारण इसके इतने अधिक अभ्यस्त हो गए हैं और इस सम्बन्ध में इतने सचेत भी, कि सम्भवत: इस काम में भीड़ लगा कर रुकावट डालने से किसी तरह का नुकसान हो सकता है, अत: भीड़ वहाँ जमती ही नहीं है। मैंने शाँसे-लीसे जैसी सड़क पर निर्विघ्न रूप से शूटिंग चलते देखी है। आसपास सिर घुमाने पर पुलिस का चिह्न तक मुझे नहीं दिखाई दिया। जनसामान्य का यह मनोभाव इस देश

में सपने में भी नहीं सोचा जा सकता।

'चिड़ियाघर' पर फिल्म बनाने के लिए मैंने शहर से काफी दूर ग्रामीण अंचल में गुलाब कॉलोनी का सेट तैयार करके, बिना झंझट के काम करने की बात सोची थी। जब तक उद्यान तैयार होता रहा, बस्ती बसी, कमरे बने, चारदीवारी तैयार हुई, तब तक तो कोई उत्पात नहीं हुआ। शूटिंग शुरू होने के दूसरे दिन से ही ट्रेन पर बैठकर विभिन्न स्थानों से कम-से-कम हजारेक जनों ने दोपहर तक कॉलोनी में आकर चारदीवारी और उसके पीछे आम की डालों पर चढ़ कर तमाशा देखना शुरू कर दिया। पूरी दोपहर वे धूप सिर पर झेलते हुए बैठे रहे। बच्चे-बूढ़े, स्त्री-पुरुषों ने कुछ न करते हुए भी काम का भारी नुकसान किया। उसके बाद शाम को धूप ढल जाने पर पेड़ और चारदीवारी से उतर कर फिर स्टेशन की तरफ लौट गए। काम कैसे हुआ, इसे हमीं लोग जानते हैं और यह भी जानते हैं कि जब तक बंगाल के शहरी लोग फिल्म बनाने वालों की सुख-सुविधा के बारे में नहीं सोचेंगे और फिल्म-निर्माण में होने वाले भारी खर्च और श्रम को नहीं समझेंगे, तब तक और चाहे जो हो, आधुनिक नागरिक जीवन को लेकर फिल्म बनाना सम्भव नहीं होगा।

देश; 30.12.1967

निर्देशक की नजर में समालोचक

'देश'[1] की प्रश्नावली के आधार पर

निर्देशक और समालोचक के आपसी सम्बन्धों के बारे में मैं जो कुछ कहूँगा, वह मेरी अपनी निजी बात होगी। साधारणत: मेरे वक्तव्य का कोई मूल्य है या नहीं, इसे मैं नहीं जानता।

1955 में 'पथेर पांचाली' के प्रदर्शन से पहले फिल्म-समालोचकों में एक निर्देशक के रूप में मेरी कोई पहचान ही नहीं थी। अर्थात 'पथेर पांचाली' का निर्माण हुआ था, समालोचना से पूरी तरह निरपेक्ष रह कर। समालोचकों का प्रभाव अगर मेरी रचनाओं पर कभी पड़ा हो, तो वह 'पथेर पांचाली' के बाद से ही पड़ा होगा। लेकिन आज भी जब अधिकांश समालोचक यह कहते हैं कि 'पथेर पांचाली' ही मेरी श्रेष्ठ फिल्म है, तब स्वाभाविक रूप से यह प्रश्न उठता है कि समालोचनाओं का प्रभाव क्या मेरी कला के लिए कल्याणकर नहीं सिद्ध हुआ?

यह प्रश्न समालोचकों के मन में किसी तरह का संशय न पैदा करे, इसलिए मैं शुरू में ही यह कह देना चाहता हूँ कि मेरे मत से समालोचनाओं ने मेरी फिल्मों पर कोई प्रभाव नहीं छोड़ा है। इन दस वर्षों में अगर मेरे शिल्प में कोई उन्नति नहीं हुई है, तो उसके लिए मैं खुद ही उत्तरदायी हूँ।

---

1. 'देश'– बांग्ला की चर्चित पत्रिका

कुछ नए फिल्म-निर्देशक विलक्षण समालोचकों की त्रुटि-सुधारक सलाहों का अनुसरण करके निश्चय ही लाभान्वित हो सकते हैं। लेकिन निर्देशक अगर सचेत कलाकार है, तो फिर वह अपनी रचना के गुण-दोष से अपरिचित नहीं रह सकता। दोषों के कारण निन्दा और गुणों के कारण प्रशंसा उसके लिए सहज में ही प्राप्त है। लेकिन समालोचकों की निन्दा अथवा प्रशंसा के पीछे अगर यथार्थ की मुहर न हो, तो फिर वह निर्देशक में विरक्ति उत्पन्न करने के अलावा उसके किसी और काम नहीं आती। एक निर्देशक समालोचक से अपनी रचना के सम्बन्ध में किसी नई जानकारी की अपेक्षा नहीं करता। जिसकी वह आशा करता है, वह है उस सम्बन्ध में उसकी व्यक्तिगत धारणा का समर्थन।

यहाँ पर यह प्रश्न उठ सकता है कि निर्देशक के लिए आखिर इस समर्थन का मूल्य क्या है? मेरे विचार में इसका मूल्य बहुत है। मैं फिल्म बनाऊँगा—अपने दृष्टिकोण से, अपने विचार-चिन्तन का अनुसरण करके। एक समालोचक अगर रस-बोध के कारण उस फिल्म के मर्म को समझ सकता है, तब वह एक रसज्ञ, आस्वादक और मित्र का काम एक साथ करता है, इसे मैं कैसे अस्वीकार करूँ?

समालोचक में अगर सचमुच समझदारी हो, तो वह फिल्म के गुण-अवगुण के विश्लेषण का अधिकारी हो सकता है। समझदारी से अभिप्राय यह है कि वह एकदम पटकथा से शुरू करके सम्पादन के अन्तिम चरण तक चलचित्र-निर्माण के हर काम को समझने की क्षमता रखता हो। अर्थात एक समालोचक को सदा स्मरण रखना चाहिए कि चलचित्र एक सामूहिक कला है। एक निर्देशक, सर्वेसर्वा होने पर भी, यह दावा कभी नहीं कर सकता कि फिल्म के सभी गुण सोलह आने उसके कृतित्व की देन हैं। उलटे, त्रुटि के लिए काफी मात्रा में उसे ही उत्तरदायी ठहराया जा सकता है। कई समालोचकों की उक्तियों से ऐसा भी लगता है कि इस सामूहिक कला

के आयाम के बारे में उनकी कोई साफ धारणा नहीं है। 'पटकथा सुन्दर है, हालाँकि संवाद कमजोर हैं' अथवा 'निर्देशन चुस्त-दुरुस्त है, लेकिन सम्पादन का काम त्रुटिपूर्ण है'—इस प्रकार के परस्पर विरोधी मन्तव्यों से भरी हुई समालोचनाएँ कभी-कभी देखने को मिलती हैं। संवाद पटकथा के अन्तर्गत होते हैं और अगर सम्पादन में किसी तरह की त्रुटि है, तब उसकी जिम्मेदारी एक निर्देशक को भी लेनी होगी।

फिल्म के किसी दोष अथवा गुण के लिए किसे कितना जिम्मेदार ठहराया जा सकता है, इसे सिर्फ वही लोग जानते हैं, जो किसी फिल्म से गहराई से जुड़े हुए हैं। एक समालोचक के लिए इसी कारण से निन्दा-प्रशंसा का बाँट-बटखरा करने का मामला खतरे से खाली नहीं है और एक निर्देशक की दृष्टि में वह कई बार हास्यप्रद हो जाता है। समालोचक कहेगा, अमुक के अभिनय की सहज-स्वाभाविक भंगिमा विशेष रूप से लक्षित करने योग्य है, लेकिन एक निर्देशक जानता है कि उस कलात्मकता के पीछे उसी के दीर्घकालीन अथक परिश्रम का हाथ है और प्रशंसा का सोलह आना न सही तो बारह आना अंश उसी को मिलना चाहिए।

उपन्यास या कहानी को पटकथा का रूप देते समय शिल्प के कारण जो परिवर्तन करना पड़ता है, वह बहुत समय से विदेशों में भी स्वीकृत है। लेकिन हमारे देश के समालोचक आज भी इस परिवर्तन के शिल्पगत प्रयोजन को स्वीकार नहीं कर पाए हैं। अपू-त्रयी अथवा रवीन्द्रनाथ की कहानियों के नाट्य-रूपान्तर करने के बाद मुझे इसलिए हर बार समालोचकों का तिरस्कार सहना पड़ा है और हर बार मैंने यही अनुभव किया है कि आँखों के सामने नाट्य-रूपान्तर और हाथों के पास मूल कहानी रहने के कारण दोनों के अन्तर की सूची दे कर, समालोचकगण अपने मूल दायित्व से पूरी तरह हट कर अनेक अप्रासंगिक, अर्थहीन बातों की सहायता से 'स्तम्भ' भरने के काम को सम्पन्न कर लेते हैं।

मेरे मत से, एक समालोचक समीक्षा जैसा काम तभी सम्पन्न करता है, जब वह एक निर्देशक और दर्शक के बीच एक सेतु बनाने में सक्षम होता है। यही होता है उसका मुख्य कर्तव्य। एक समीक्षक को समझदार होना ही पड़ेगा, कारण समीक्षा ही उसकी जीविका है। लेकिन एक दर्शक के लिए समझदार होने का आग्रह केवल व्यक्तिगत आग्रह है, इससे अधिक और कुछ नहीं। जहाँ पर अच्छी फिल्म सहज फिल्म भी होती है, वहाँ पर समालोचक का दायित्व कम होता है क्योंकि दर्शक उस अच्छाई तक सहायता के बिना ही पहुँच सकता है। लेकिन ऐसी भी कुछ उत्कृष्ट फिल्में होती हैं, जिनके रस का आस्वाद सच्चे गुणग्राही ही कर सकते हैं। वहाँ समालोचक को आगे बढ़ कर एक शिक्षक की भी भूमिका ग्रहण करनी पड़ती है।

कोई समालोचक अगर ऐसी धारणा बनाए रखे कि अच्छी फिल्म का अर्थ होगा सहज-बढ़िया, अर्थात जन सामान्य की समझ में सहज ही आने वाली अच्छी फिल्म, तब मैं उसको यह राय दूँगा कि समालोचक की भूमिका त्याग कर उसे एक दर्शक की भूमिका ग्रहण करनी चाहिए। कला की प्रेरणा से सभी निर्देशकों को सामान्य दर्शकों की अपेक्षा कई सीढ़ियाँ आगे चलने का अधिकार होता है। इस आगे चलने का अर्थ ही है कलात्मकता के मार्ग पर चलना, पर ऐसा नहीं भी हो सकता है। यह निर्णय करने का दायित्व एक समालोचक का है। उसे चाहिए कि निर्देशक के साथ-साथ कदम रखते हुए आगे बढ़ कर उसके मूल सूत्र को आत्मसात कर दर्शकों के पास पहुँचा दे। आज के दिन जब फिल्म-निर्माण की रीति-नीति का इतनी जल्दी और आमूल-चूल परिवर्तन हो रहा है, चारों ओर जब प्रयोग-परीक्षण का बोल-बाला है, तब समालोचक को हमेशा अपनी इन्द्रियों को सजग रखना पड़ेगा; नए भावों, नई भंगिमाओं को निरपेक्ष भाव से कसौटी पर कसना होगा। कहानी की परिभाषा तक आज के जमाने में बदल रही है। विज्ञान की

बदौलत यंत्रों की क्रान्तिकारी उन्नति हो रही है। विषय-वस्तु की परिधि आज इतनी विस्तृत हो रही है कि जेम्स जॉयस की 'फिनिगंस वेक' जैसी कृति भी फिल्मों में रूपायित हो रही है। समालोचकों को इसीलिए अपने दुरूह कर्तव्य का निर्वाह करना पड़ रहा है। जहाँ निर्देशक नए रास्ते पर चल रहा है, वहाँ समालोचक विशेष रूप से उसकी सहायता कर सकता है।

फिल्म चलने या न चलने के मामले में एक समालोचक का कोई हाथ हो सकता है? इसका जवाब सिर्फ 'गैलप पोल' (औचक रायशुमारी) में ही मिल सकता है। फिर भी, इस प्रसंग में अपने एक व्यक्तिगत अनुभव की बात बताता हूँ। न्यूयॉर्क के फिल्म-जगत में सब का विश्वास है कि 'न्यूयॉर्क टाइम्स' पत्रिका के फिल्म-समीक्षक वोजली क्राउदर के मतामत पर एकान्तिक रूप से फिल्म की उम्र निर्भर करती है। 'पथेर पांचाली' जब न्यूयॉर्क में दर्शकों के लिए जारी हुई, तब क्राउदर ने लिखा—यह फिल्म पश्चिमी समाज में पाँत से बहिष्कृत होगी। फिल्म के प्रस्तुतीकरण के काम में जो लोग लगे थे, उन सबने इसे समालोचक का प्रमाद समझा। यही 'पथेर पांचाली' आखिर में शत्रु के मुख पर कालिख पोतते हुए न्यूयॉर्क शहर में चौंतीस सप्ताह चली थी । क्राउदर साहब ने शायद इस कड़वी अनुभूति से शिक्षा प्राप्त कर उसके बाद के वर्ष में 'अपराजित' की बड़ी प्रशंसा की। 'अपराजित' चली मात्र आठ सप्ताह।

देश, शारदीय; 1965

‘अपूर संसार’ के प्रसंग में

सेवा में,

सम्पादक महोदय,

‘देश’

सविनय निवेदन,

‘देश’ पत्रिका के गत पहली जेठ वाले अंक में प्रकाशित ‘अपूर संसार’ (अपू का संसार) की समालोचना के पहले और अन्तिम अंश में समालोचक महोदय ने पटकथा की भूरि-भूरि प्रशंसा कर (‘भाव, रस और कलात्मक उपादानों की दृष्टि से यह फिल्म बांग्ला चलचित्र की एक अक्षय सम्पदा के रूप में बनी रहेगी,’ इत्यादि), मध्यांश में मूल उपन्यास से उदाहरण दे कर पटकथा की कई कमजोरियों को प्रमाणित करना चाहा है। पटकथा में असंगति हो या न हो, फिल्म के सम्बन्ध में समीक्षक चन्द्रशेखर के मतामत की जो असंगति इस लेख में व्यक्त हुई है, वह विस्मयकर है।

समीक्षक ने विभूतिभूषण की कृतियों से जो सब उद्धरण दिए हैं, उनसे प्रमाणित होता है कि उन्होंने ‘पथेर पांचाली’ अथवा ‘अपराजित’ में से किसी को भी अच्छी तरह से पढ़ा नहीं है और उनके उद्धरण चुनने का एकमात्र उद्देश्य था, ‘अपूर संसार’ की पटकथा की कमियाँ निकालना।

समालोचक का कहना है, 'विभूतिभूषण के साहित्यिक मन के साथ फिल्म-निर्देशक की कल्पना का असामंजस्य शायद इस फिल्म में बेहद स्पष्ट हो उठा है।' एक साहित्यकार की कल्पना, लिखित भाषा में व्यक्त होती है; निर्देशक की कल्पना (उपन्यास पर आधारित होते हुए भी) मूलत: गतिशील फिल्म के माध्यम से अभिव्यक्त होती है। दोनों में आकाश-पाताल का जो अन्तर होता है, उसे क्या समालोचक महोदय नहीं समझते? उपन्यास के आधार पर आज तक ऐसी कोई सफल फिल्म निर्मित हुई ही नहीं, जिसमें निर्देशक को अपने दृष्टिकोण और कल्पना का सहारा न लेना पड़ा हो।

हालाँकि समालोचक के मत से 'मुख्य चरित्र को प्रस्तुत करने में उन्होंने (अर्थात मैंने) निजी दृष्टिकोण और कल्पना का आश्रय जिस प्रकार से लिया है, वह फिल्म-निर्माता की दृष्टि की सिद्धि का परिचायक नहीं हो पाया है,' मेरे मत से फिल्म के अपू और उपन्यास के अपू में कोई मूलभूत अन्तर नहीं है। बल्कि इसके विपरीत, समालोचक के मनोकल्पित अपू का हमें जो संकेत मिलता है, उसके साथ विभूतिभूषण के अपू का कोई विशेष मेल नहीं है। विभूतिभूषण के अपू के सम्बन्ध में दो बातें याद रखना बहुत जरूरी है—(1) अपू के चरित्र में पर्याप्त वैचित्र्य का समावेश लक्षित किया जा सकता है, और (2) दसियों लोगों की अपेक्षा अपू अत्यधिक अनुभूति-सम्पन्न है, अर्थात दु:ख और सुख, दोनों ही उसे सामान्य लोगों की अपेक्षा अधिक विचलित करते हैं। समालोचक महोदय के मत से, 'अपर्णा की मृत्यु के बाद अपू को अपनी पत्नी की वियोग-व्यथा के कारण दाढ़ीधारी एक वियोगी के रूप में पाँच लम्बे वर्षों तक अनेक स्थानों में घूमते हुए दिखाया गया है। अपू के शोक को लेकर जिस तरह फिल्म को लम्बे समय तक खींचा गया है, उसमें विभूतिभूषण के अपू को खोज लेना अत्यन्त कठिन है।' हालाँकि अपर्णा की मृत्यु अपू

की सत्ता को किस तरह दीर्घकाल तक आच्छन्न किए रही थी, इसका स्पष्ट विवरण उपन्यास में है। अपू के मनोभाव का वर्णन करते हुए विभूतिभूषण ने कहा—"कैसी विराट शून्यता है, जैसे कोई विराट क्षति हो गई हो, जीवन में अब वह कभी पूरी होने की नहीं, कभी नहीं, किसी के भी द्वारा नहीं...सामने कोई वृक्ष नहीं है, लता नहीं है, फूल-फल नहीं हैं, सिर्फ एक रुक्ष, धूसर, बालू से भरी, विस्तृत मरुभूमि है।" (मित्रालय संस्करण, पृष्ठ 230)।

अपर्णा की मृत्यु के एक वर्ष बाद अपू अपने कलकत्ते के डेरे को छोड़ने की बात सोच रहा है क्योंकि 'अपर्णा का साहचर्य इस डेरे के साथ इतना अधिक जुड़ा हुआ है कि अपू के लिए वहाँ बने रहना असम्भव हो उठा है' (पृष्ठ 232)। और भी, 'कलकत्ता अब किसी भी तरह अच्छा लग ही नहीं रहा है। एक युक्तिहीन और आधारहीन अस्पष्ट विचार उसके मन में बनता जा रहा था कि कलकत्ता छोड़ते ही जैसे उसके सारे दुःख दूर हो जाएँगे' (पृष्ठ 234)। इसके बाद चापदानी में अध्यापन करने का ब्योरा है। यहीं पर अपर्णा की मृत्यु के दो वर्ष बाद प्रणव और अपू की भेंट होती है। विभूतिभूषण कहते हैं—"उसे (प्रणव को) लगा, अब यह पहले का अपू नहीं रहा, प्राण-शक्ति का प्राचुर्य जिसमें एक दिन उफनते हुए देखा था, वह जैसे अब प्राणहीन, तेजहीन मात्र रह गया हो। ऐसी स्थूल प्रवृत्ति अथवा सन्तोष का बोध तो अपू की प्रकृति में कभी था ही नहीं।" (पृष्ठ 236)।

पटकथा के पहले दौर में अपू की जीवन्तता और प्राण-शक्ति की प्रचुरता और उसकी तुलना में अपर्णा की मृत्यु के बाद उसकी कड़वाहट, रूखेपन और सिनिसिज्म (अनास्था) की प्रतिकूलता और उसकी नाटकीयता, विभूतिभूषण के वर्णन पर ही आधारित है।

समालोचक महोदय का एक और विचित्र मन्तव्य है—"काजल

को बेकार, अवान्तर, दूर रखने से भी फिल्म की रसहानि हुई है।" मूल उपन्यास को क्या समालोचक ने जरा भी पढ़ा है? उपन्यास में अपर्णा की मृत्यु के दो वर्ष बाद काजल के सम्बन्ध में अपू का मनोभाव इस प्रकार है : 'बच्चे से अपू मन-ही-मन कोई बहुत सन्तुष्ट नहीं था। अपर्णा की मृत्यु के लिए मानो वह बच्चे को ही उत्तरदायी मान बैठा था। सोच रहा था, पूजा के समय एक बार वहाँ जाकर देख आएगा, लेकिन जाने की कोई प्रेरणा मन में नहीं खोज पा रहा था। सामाजिक लज्जा बचाने की खातिर खोका के कपड़ों के लिए उसने पाँच रुपया मनीआर्डर से ससुराल भेज कर अपने पिता होने का दायित्व निभा दिया।' (पृष्ठ 245)।

इस घटना के लगभग एक वर्ष बाद अपू पहली बार काजल के पास जाता है। वह भी सिर्फ कुछ दिनों के लिए। 'देश' में समालोचना लिखने वाले महोदय ने टिप्पणी की है—"अपू और काजल के मधुर सम्बन्ध का जो उपाख्यान मूल कहानी में है, फिल्म में उसका बहुत थोड़ा आभास है। काजल के लिए अपने दाढ़ीधारी बाबा को पहचान न पाने के कारण ही दर्शकगण विभूतिभूषण के इस रस से वंचित हो गए हैं।" विभूतिभूषण के वर्णन के अनुसार, "पहले तो वह किसी भी तरह अपने बाबा के पास आया ही नहीं, अपरिचित चेहरा देख कर वह भय से नानी से लिपटा रहा। अपू के मन को इससे बड़ी चोट लगी। मातृहीन छोटे बच्चे को ऐसे अँधेरे में छोड़ कर, पता नहीं कहाँ उद्देश्यहीन बैठा हुआ है? ...उसके दिल में क्या दया-माया है ही नहीं?" (पृष्ठ 288)

इसके तीन वर्ष बाद अपू नागपुर से बंगाल लौटता है। पहले वह कलकत्ता जाता है। बच्चे के पास नहीं। काजल को देखने की कोई ललक उसके मन में नहीं है। वरन उसकी उत्सुकता लीला के बारे में अधिक है (पृष्ठ 300)। इसके कई महीनों बाद अपू काजल के पास जाता है। 'काजल का पहले का चेहरा अपू को याद ही नहीं था।' (पृष्ठ

319)। दूसरी बार काजल को देखने से अपू का जो मनोभाव बना, उसे विभूतिभूषण ने इस तरह व्यक्त किया है—"आज यही, सहसा देखने भर से ही अपू के दिल में स्नेह का एक गहरा समुद्र लहराने लगा। कैसे वह इतने दिन तक बेटे को भूला रहा?" (पृष्ठ 320)

पटकथा के रूप में काजल के पक्षियों को मारने के सम्बन्ध में समालोचक महोदय ने जो टिप्पणी की है, उससे उन्होंने अपने सामान्य ज्ञान के अभाव और मूल उपन्यास के सम्बन्ध में अपने अज्ञान का एक साथ परिचय दिया है। बाल मनोविज्ञान के सम्बन्ध में जिन्हें प्राथमिक ज्ञान भी है, वे जानते हैं कि क्रूरता बचपन की एक स्वाभाविक प्रवृत्ति है। विभूतिभूषण ने अपनी एकाधिक कहानी में इस प्रवृत्ति को चित्रित किया है, और उनकी डायरी में भी इसका उल्लेख है। वास्तव में पक्षी मारने की घटना 'अपराजित' उपन्यास से ही ली गई है, हालाँकि उपन्यास में इस घटना का नायक काजल नहीं है, स्वयं पंचवर्षीय अपू है—

'दुर्गा ने आकर देखा और कहा—"देखूँ, मेरे हाथ में दे दो।" बाद में उसने उस पक्षी को खुद अपने हाथ में लेकर कुतूहलवश उसे हिला-डुलाकर देखा। उसकी गर्दन टूट गई थी, मुँह से रक्त गिर रहा था, दुर्गा की उँगली में खून लग गया। दुर्गा तिरस्कार से बोली—"अच्छा, बता, तू इसे क्यों मारने गया?" अपू का विजय गर्व से प्रफुल्लित मन थोड़ा मुरझा गया।' (पृष्ठ 45)

समालोचक महोदय शायद यह कहें कि इस घटना ने अपू के चारित्रिक माधुर्य को नष्ट कर दिया है। अपू की यह मनोवृत्ति एक पितृ-मातृहीन बालक के सन्दर्भ में तो और भी आवश्यक है, यह कहना शायद अतिशयोक्ति होगी। हालाँकि समालोचक महोदय के मत से 'काजल का यह सैडिज्म' (दूसरों को दुःख देने की प्रवृत्ति) अथवा निष्ठुर प्रवृत्ति अपू-अपर्णा के पुत्र के सन्दर्भ में अचरज-भरी लगती है।

और एक बात! विभूतिभूषण का काजल सिर्फ 'कल्पनाशील, डरपोक, प्रकृति-प्रेमी' नहीं है। विभूतिभूषण के शब्दों में, "वह एक पल के लिए भी स्थिर नहीं रहता है, सदा चंचल, एक पल भी चुप नहीं रह पाता, सदा कुछ-न-कुछ कहता ही रहता है।" (पृष्ठ 313)। नाना काजल को कड़े अनुशासन में रखने का प्रयास करते हैं, जरूरत पड़ने पर बुरी तरह मारते भी हैं। (पृष्ठ 313)।

समालोचक महोदय ने पटकथा में काजल-अपू के रिश्ते में माधुर्य के अभाव को लक्षित किया है।

पटकथा का उपसंहार मधुर मिलन के सुर में हुआ है, मूल उपन्यास में काजल-अपू के रिश्ते की समाप्ति का सुर इसके पूरी तरह विपरीत है। उपन्यास के अन्त में अपू काजल को रानू के जिम्मे सौंपकर देस-त्यागी हो जाता है। "खोका, तू यहीं रह, मैं अगर तुझे यहाँ रख जाऊँ तो तू क्या यहाँ रह न सकेगा? अपनी बुआ के पास रहेगा?" काजल ने कहा, "हाँ, यहाँ मुझे छोड़कर चले जाओगे और क्या। मैं तो तुम्हारे साथ चलूँगा बाबा।" (पृष्ठ 376)

पटकथा के रूप में पिता-पुत्र के मिलन के बाद, पुनः इस विच्छेद की स्थिति (रानू और निश्चिन्दीपुर सहित) तक इस सूत्र को खींचा जाता तो फिल्म का आकार कितना बढ़ जाता, वह दिखाने योग्य लम्बाई की सीमा पार कर जाता या नहीं और वह कला-सम्मत होता या नहीं, इस सम्बन्ध में क्या समालोचक महोदय कुछ अता-पता दे सकेंगे?

और भी दो-एक विरोधी टिप्पणियाँ, जो समालोचक महोदय ने की हैं, उस सम्बन्ध में किसी प्रतिवाद अथवा किसी मन्तव्य की जरूरत है, ऐसा मैं नहीं मानता। कारण, किसी भी फिल्म के बारे में स्वतंत्र मत (अच्छा या बुरा) व्यक्त करने का अधिकार हर समालोचक को है। फिर भी, एक बात कहना बहुत जरूरी है—उपन्यास और चलचित्र का

सम्बन्ध अब तक क्या होता आया है, क्या होना उचित है अथवा क्या हो सकता है, इसके लिए अधिकांश समालोचकों को अनुशीलन की आवश्यकता है। उपन्यासों पर आधारित सफल फिल्मों के उदाहरणों का कोई अभाव नहीं है। देशज कला में अगर समालोचकों की कोई आस्था न हो, तो किसी भी विदेशी क्लासिक फिल्म से वे बहुत कुछ सीख सकते हैं। इति।

सत्यजित राय; 25.05.1959

देश; 30.05.1959

'चारुलता' के प्रसंग में

आश्विन मास का 'परिचय' खोल कर देखा कि रुद्र महाशय फिर मेरे पीछे पड़ गए हैं। मुश्किल यह हो गई है कि फिल्म-निर्माण करना एक सामूहिक कला है। अच्छी पुस्तक पढ़ना, अच्छी चित्रकला प्रदर्शनी में जाना अथवा गाने की मजलिस में बैठ कर अच्छा गाना सुनना—इन सबके आग्रही वही लोग होते हैं, जो अच्छी तसवीर, अच्छी पुस्तक अथवा अच्छे गाने की कदर करते हैं या करने का प्रयास करते हैं। लेकिन सिनेमा के मामले में देखता हूँ कि जिन व्यक्तियों ने 'संगम' देखी है, वही 'ला दोलचे विता' देखने के लिए ताक-झाँक कर रहे हैं। इसमें जरूर कुछ कहने को नहीं है क्योंकि जेब में अगर पाँच चवन्नियाँ और हाथ में तीनेक घंटा समय हो, तो कोई जिस फिल्म को चाहे देख सकता है और उसके सम्बन्ध में अपना मत भी व्यक्त कर सकता है। अगर वह मन्तव्य कॉफी हाउस अथवा मोहल्ले के चबूतरे तक सीमित हो, तब उसमें कोई आपत्ति नहीं है लेकिन राम, शाम, जदु, वगैरा, अगर पत्र-पत्रिकाओं में अपनी भयंकर विद्या का परिचय देना शुरू कर दें, तब आशंका होती है कि जब बंगाल के सभी दर्शकों में सिनेमा के विषय में जानने और सीखने का एक आग्रह देखा जा रहा है, अच्छे-बुरे के निर्णय की क्षमता का भी कुछ संकेत मिल रहा है, तब क्या ये सारे लेख कुछ पाठकों और दर्शकों को भ्रमित नहीं कर देंगे?

रुद्र मोशाय साहित्य समझते हैं या नहीं, मुझे मालूम नहीं है। लेकिन,

सिनेमा वे एकदम नहीं समझते। सिर्फ समझते नहीं, यही नहीं लेकिन, समझाने से भी नहीं समझते। जिसको कहते हैं एक बार ही बियॉण्ड रिडेम्पशन (छुटकारे से परे)। विदेशों में उन्होंने कुछ अच्छी फिल्में देखी हैं लेकिन, अच्छी फिल्में देखने से ही अच्छी फिल्में समझी जा सकती हैं, अथवा वे अच्छी फिल्मों पर लिखने के अधिकारी बन जाते हैं, यह बात उनसे किसने कह दी?

असल में लिखना रुद्र मोशाय के लिए एक सनक हो गया है। 'चारुलता' के बारे में उन्होंने कहा है—"श्री सत्यजित राय की 'चारुलता' और रवीन्द्रनाथ की 'नष्ट नीड़' कहानी में जितनी समानता है, उतनी समानता तो दुनिया की हजार-हजार कहानियों में हो सकती है।" मेरा विश्वास है 'चारुलता' फिल्म के पात्रों के नाम और घटनाओं का समय बदल कर मेरी स्वरचित पटकथा अगर बाजार में छप कर आती, तो रुद्र महाशय तत्काल उनकी (रवीन्द्रनाथ की) रचनावली का शत-वार्षिकी संस्करण खोलकर, सम्भवत: इसी 'परिचय' पत्रिका के लिए उद्धरणों से भरा हुआ एक लम्बा लेख लिखकर मेरा प्लेजियेरिस्म (साहित्यिक चोरी) सिद्ध कर देते।

श्री रुद्र ने अपने लेख में रवीन्द्रनाथ की कहानियों पर आधारित मेरी तीन फिल्मों की आलोचना की है। मैं सिर्फ 'नष्ट नीड़' को लेकर ही कुछ कहूँगा। कारण यह कि मेरा विश्वास है, इस एक उदाहरण से ही यह साफ हो जाएगा कि कहानी से फिल्म बनाने में कौन-सी समस्याएँ सामने आती हैं। कहने की जरूरत नहीं है कि सभी कहानियों में समान रूप से परिवर्तन की जरूरत नहीं पड़ती। विदेशी साहित्य में ऐसी कई अच्छी कहानियाँ हैं (चेखव-मोपासाँ में इसके उदाहरण मिल सकते हैं) जिन्हें लगभग पहले से ही तैयार पटकथा में शामिल किया जा सकता है। 'नष्ट नीड़' इस श्रेणी की कहानी नहीं है। क्यों नहीं है, आशा है यह मेरे इस लेख से ही प्रमाणित हो जाएगा। इसलिए, रुद्र मोशाय जब प्रश्न करते हैं, "इसे शुरू से आखिर तक

पूरी तरह से अपरिवर्तित अवस्था में स्क्रिप्ट में समा लेने में कोई असुविधा थी?" तब समझ में आ जाता है कि उन्हें अभी पटकथा का क-ख-ग-घ सिखाने की जरूरत है।

श्री रुद्र ने 'नष्ट नीड़' के 'सुसम्बद्ध और सुसंगत' प्लॉट की बात कही है। मेरे मत से 'नष्ट नीड़' कहानी में 'प्लॉट' नाम की वस्तु गौण है। अगर ऐसा न होता तो मूल की धारावाहिकता की रक्षा करते हुए 'नष्ट नीड़' की कहानी जबानी कहना सम्भव हो जाता। रुद्र मोशाय क्या एक बार यह काम करके देखने का प्रयास करेंगे? 'नष्ट नीड़' की मुख्य सम्पदा है—इसके चार प्रमुख चरित्रों का मनोभाव और उनके पारस्परिक सम्बन्धों का सूक्ष्म और मार्मिक विश्लेषण। इन सम्बन्धों को अभिव्यक्त करने के लिए जिन घटनाओं से सहायता ली गई है, उनसे ही कहानी का एक सूत्र बन जाता है। लेकिन, जिस विशेष घटना का आश्रय लेकर इस कहानी को परिणति के पथ पर ले जाया गया है, वह आकस्मिक और आरोपित लगने को बाध्य है क्योंकि उमापद के विश्वासघात का कोई पूर्वाभास कहानी की किसी भी घटना अथवा संवाद के माध्यम से रवीन्द्रनाथ ने नहीं दिया है।

कहानी के प्रारम्भ से ही चर्चा शुरू की जाए।

भूपति के सम्बन्ध में रवीन्द्रनाथ ने कहा है—"भूपति को काम करने की कोई जरूरत नहीं थी। उसके पास पर्याप्त रुपया था, और बाजार भी गरम था। लेकिन ग्रहों के प्रभाव से उसने एक कार्यशील व्यक्ति के रूप में ही जन्म ग्रहण किया था। इसी कारण, उसे एक अँग्रेजी का अखबार निकालना पड़ा था।"

इस वर्णन में जो मॉक-सीरियसनेस, बनावटी गम्भीरता का सुर व्यक्त हुआ है, कहानी के आदि से अन्त तक इसी सुर का आभास मिलता है। अत्यन्त सचेत भाव से रवीन्द्रनाथ ने इस कहानी-विशेष के लिए इस सुर-विशेष का चुनाव किया है। इसका कारण विश्लेषण करने से ही समझ में

आ जाता है कि इस सुर के बिना इस विशिष्ट चरित्र-समष्टि को लेकर इस कहानी को विश्वसनीय बनाना सम्भव ही नहीं हो सकता था।

'नष्ट नीड़' की पहली घटना है उमापद की बातों में आकर भूपति का अखबार निकालने के लिए प्रयासरत हो जाना। इस अखबार के काम में व्यस्त रहने के फलस्वरूप भूपति यह जान ही नहीं सका "कि कब उसकी बालिका-वधू चारुलता ने धीरे-धीरे यौवन में पदार्पण किया।" अखबार को आधार बना कर अगर फिल्म शुरू की जाती तो चारु को बालिका अवस्था से ही दिखाना पड़ता और कुछ नए दृश्यों की रचना करके भूपति का अखबार को लेकर ही मस्त रहना और चारु का यौवन में पदार्पण—यह सब दिखाना पड़ता। इन सब नए दृश्यों के सम्बन्ध में रुद्र महाशय पता नहीं क्या कहते लेकिन। एक फिल्म की शुरुआत के हिसाब से यह परिकल्पना नितान्त दुर्बल है, इसे शायद वे भी स्वीकार करते। इसीलिए, मैंने चारु की नि:संग अवस्था से ही फिल्म शुरू करने का निश्चय किया था।

यहाँ पर एक जरूरी प्रश्न उठता है। अमल क्या भूपति के घर में ही बड़ा हुआ है? कहानी के पहले परिच्छेद में जहाँ हमें अमल का पहला उल्लेख मिलता है, उसके पहले ही रवीन्द्रनाथ ने चारु के अकेलेपन की चर्चा की है—"धनी परिवार में चारुलता को कोई काम नहीं था। फल के परिणाम से रहित फूल की तरह परिपूर्ण अनावश्यकता के बीच प्रस्फुटित हो उठना ही उसके प्रयासशून्य लम्बे रात-दिनों का एकमात्र काम था?" इस कथन के कुछ बाद ही हमें पता चलता है कि "चारुलता उससे (अमल से) पढ़ लेती थी," और जरा-सा पढ़ा देने की वजह से अमल की माँगों का कोई अन्त नहीं था। उन्हें लेकर चारुलता कभी-कभी कृत्रिम रोष और विद्रोह भी कर बैठती थी; लेकिन किसी-न-किसी व्यक्ति के किसी काम में आना और स्नेहजनित परेशानियों को सहन करना उसके लिए आवश्यक हो उठा था।

अर्थात यह हुई अकेलेपन के बाद की अवस्था, जिसमें चारु अमल के साथ सख्य स्थापित करके, भूपति के सान्निध्य के अभाव को कुछ पूरा कर लेती है, तो फिर यह समझ में आया कि अगर पूरी तरह अकेलेपन के द्वारा इस फिल्म की शुरुआत की जाए, तो अमल को रखना सम्भव न हो पाएगा। अमल इसके बाद प्रवेश करेगा और इस प्रवेश करने के क्षण के लिए एक नए दृश्य की जरूरत पड़ेगी।

चारु के एकाकीपन के साथ-साथ उसे लिखने-पढ़ने और हाथ से कढ़ाई-बिनाई करने की आदत थी। उसका अन्तर्निहित बचपना (अगर उसके मन की यह दिशा न दिखाई जाती, तो फिर बाद में अमल के साथ उसके मन का मेल दिखाने में परेशानी होती), अखबार को लेकर मस्त रहने के फलस्वरूप अपनी स्त्री के प्रति भूपति की उदासीनता और चारु का उसे स्वीकार लेना—इस सबको व्यक्त करने का प्रयास मैंने किया था। इसके अलावा मेरा उद्‌देश्य था—परिवेश और पीरियड का एक संकेत देना।

कहानी में इसके बाद की घटना है—मन्दाकिनी का आगमन। मूल कहानी में इसे इस प्रकार प्रस्तुत किया गया है—"अपनी युवा पत्नी के प्रति उनका ध्यान आकर्षित करने के लिए किसी आत्मीया के द्वारा उनकी भर्त्सना करने पर भूपति ने अत्यन्त सचेत होकर कहा, 'हाँ, सच ही तो है, चारु के पास एक संगिनी का रहना उचित ही तो है...उस बेचारी के पास कुछ करने को काम भी तो नहीं है'।"

रवीन्द्रनाथ अगर 'नष्ट नीड़' कहानी की रचना पटकथा के रूप में करते तो 'यह कोई आत्मीया' उसमें स्थान पाती या नहीं, इसमें सन्देह है। कारण, सिनेमा में ऐसी अस्पष्टता के लिए कोई स्थान नहीं है। हालाँकि सिर्फ 'ध्यान आकर्षित' करने के लिए किसी नए पात्र की रचना करना भी नहीं चल सकता। तो फिर इसके लिए उपाय क्या है? एक तरह की नाटकीयता

से पूर्ण चलचित्र में मूल कहानी पर आधारित एक दृश्य की रचना कैसे की जा सकती थी, इसका एक उदाहरण देता हूँ —

भूपति (मुँह में भात का कौर देते हुए) : अरे हाँ, आज बुआ जी से भेंट हुई थी। तुम्हारी चर्चा कर रही थीं।

चारु : ओह।

भूपति : पता है, उन्होंने क्या कहा?

चारु : क्या कहा?

भूपति : बोलीं, उस दिन तुमसे बातचीत हुई थी, उससे उन्हें यह अन्दाजा हो गया है कि तुम बहुत अकेलापन महसूस कर रही हो।

चारु : ऐसा नहीं हो सकता। मैंने तो ऐसी बात उनसे कही ही नहीं है।

भूपति : बिना कहे ही वे शायद समझ गई हैं...

चारु : खैर, वह सब बातें रहने दो। और दो पूड़ियाँ दूँ?

भूपति : यद्यपि मैं इसे समझ नहीं सका? कैसा आश्चर्य है! तुम्हारे साथ कैसा अन्याय है! सचमुच, इस अपराध के लिए कोई क्षमा नहीं है।

चारु : तुम्हें खाना खाना है अथवा ये सब बेकार की बातें करना है?

भूपति : उमा से कहूँगा, मन्दा को ले आए।

मुझे किसी एक अवकाश के क्षण में भूपति के लिए चारु के इस अकेलेपन को भाँप लेना असम्भव जैसा कुछ नहीं लगा था। अपने मन के भाव को चारु चाहे जितना छिपा कर क्यों न रखे, उसकी भी तो एक सीमा है। चाहे भूपति जैसे कल्पना-शून्य व्यक्ति गिनती में हजार हों; इसके अलावा, स्त्री के प्रति विरोध का कोई संकेत भी तो मूल कहानी में भूपति के चरित्र में नहीं है।

फिल्म के पहले दृश्य की दोपहरी और दूसरे दृश्य की रात को मिला कर चारु-भूपति के जीवन के एक टिपिकल दिन की कल्पना की गई थी।

मूल कहानी में कई दिन और कई रातों की बिखरी घटनाओं के अनगिनत विवरण मिलते हैं। लेकिन, पति-पत्नी को मिला कर एक भी पूरा दृश्य नहीं है। इस अभाव के सम्बन्ध में कहानी के पाठकों के सचेत न होने पर भी, फिल्म में जहाँ चरित्र, परिवेश, घटनाओं का देश-काल—सभी एक ठोस चेहरा ग्रहण कर लेते हैं और समय के एक सूत्र को पकड़ कर कहानी का सिलसिला आगे बढ़ता रहता है। वहाँ पर अन्तत: ऐसे एक दृश्य की आवश्यकता आ पड़ती है। कार्य के दबाव में जो व्यक्ति दिन के समय अपनी स्त्री की अवहेलना करता है, काम से अवकाश मिलने पर उसका अपनी स्त्री के प्रति व्यवहार कैसा होता है, इसे जानने की एक सहज उत्कंठा दर्शकों में होना अनिवार्य है। इन सब कारणों से इस प्रथम रात्रिकालीन दृश्य की आवश्यकता थी।

रात के इस दृश्य के पहले अंश में हम भूपति को भोजन करने की अवस्था में देखते हैं। चारु उसके सामने बैठी हुई है, उसके हाथ में पंखा है। भूपति, उमापद को अपने अखबार का मैनेजर नियुक्त करने के संकल्प के बारे में चारु को बताता है। मूल कहानी में हम लोग उमापद का उल्लेख मात्र पाते हैं। प्रथम—साले उमापद ने वकालत के पेशे में हताश होकर अपने बहनोई से कहा, 'भूपति, तुम एक अंग्रेजी अखबार निकालो। तुम्हारा जिस प्रकार असाधारण...।' इत्यादि।

द्वितीय—उमापद, भूपति को अपने अखबार के साथ अन्य कई प्रकार के उपहार देने की बात समझा रहा था। उपहारों से किस प्रकार हानि होने के बजाय, लाभ हो सकता है, इसे भूपति किसी भी प्रकार नहीं समझ पा रहा था।

पहले उल्लेख से यह पता चलता है कि शायद उमापद वकालत के पेशे में असफल है। लेकिन, इससे उसके चरित्र के बारे में कोई सन्देह मन में नहीं जागता है।

दूसरे उल्लेख में मामूली-सा संकेत मिलता है कि उमापद-भूपति के बीच अखबार की पॉलिसी को लेकर एक मतभेद-सा चल रहा है, लेकिन यह पूरी तरह वैसा नहीं है।

हालाँकि, तीसरे उल्लेख में हम देखते हैं कि उमापद भूपति के साथ विश्वासघात कर रहा है।

सिनेमा में अन्य चार चरित्रों की तरह उमापद भी एक ठोस चेहरा लेने को बाध्य है। वहाँ उसके आचरण, अथवा उसके सम्बन्ध में अन्यान्य पात्रों की चर्चा में अगर किसी तरह की दुर्बलता का संकेत न मिलता हो, तो उसके विश्वासघात की घटना विश्वसनीय कैसे हो पाएगी? और भूपति उमापद पर खूब विश्वास किए हुए है, ऐसा संकेत अगर घटना अथवा संवादों में न हो, तो यह विश्वासघात दर्शकों के मन को कैसे छू पाएगा?

इन सब बातों की विवेचना करने के बाद यह स्थिर किया गया था कि भूपति उमापद की चारित्रिक दुर्बलता के सम्बन्ध में सचेत होते हुए भी, चारु के भाई के रूप में उसके ऊपर अपना विश्वास बनाए रखता है, मानो उसके सुधार के उद्देश्य से उसे अपने अखबार के प्रबन्धक के रूप में नियुक्त करने का अपना मन बना लेता है। चारु की तरफ से भी एक संकेत दिया गया है—'दादा, यह काम कर सकेंगे? उनका तो किसी काम में मन ही नहीं लगता है!'—क्योंकि उमापद उसके लिए कोई अपरिचित व्यक्ति तो है नहीं। मूल कहानी में चारु-उमापद के पारस्परिक मनोभाव का कोई इंगित नहीं दिया गया है। मन्दा अथवा अमल के संवाद में भी उमापद का कोई उल्लेख नहीं है। हालाँकि, जो चरित्र कहानी में ऐसी महत्त्वपूर्ण भूमिका अदा करेगा, फिल्म में उसे इतना अस्पष्ट, इतने समय तक नहीं रखा जा सकता।

भोजन के बाद के दृश्य में रात और भी गम्भीर है। भूपति सम्पादकीय लिखने में व्यस्त है। चारु आकर दरवाजे के पास खड़ी हो जाती है। उसके हाथ में भूपति के लिए कढ़ा हुआ रुमाल है। भूपति चारु की तरफ नजर डाल कर देख लेता है।

भूपति : और दो मिनट चारु!

चारु : तुम जल्दी काम खतम करो, इसके लिए तो मैं आई नहीं हूँ।

कहानी के इस भूमिका-पर्व में चारु की ओर से रोष, मान प्रकाशित करना तो चल नहीं सकता। अगर यह सम्भव होता तो 'नष्ट नीड़' कहानी दूसरा ही रूप ले लेती। चारु आगे बढ़कर रुमाल भूपति को दे देती है।

भूपति : यह तुमने काढ़ा है?

चारु : इस बार तुम्हारी चप्पलों में एक डिजाइन बना दूँगी।

भूपति : इतना समय तुम्हें कहाँ से मिल जाएगा?

चारु : मेरे पास क्या समय का अभाव है?

अकेलेपन को इंगित करती हुई चारु बगल के कमरे में चली जाती है। वह नहीं चाहती कि भूपति के साथ इस बात के कारण मान-मनौवल का दौर शुरू हो। उसके संकेत को भूपति समझ लेगा, चारु को ऐसी आशा भी नहीं है।

लेकिन वह संकेत भूपति की दृष्टि से बच नहीं पाता। रुमाल हाथ में लेकर कुछ पल सोचते हुए वह कहता है—"तुम्हें बहुत अकेलापन महसूस होता है न चारु?"

"उसकी तो मुझे आदत पड़ गई है।"

"अकेलेपन का अभ्यास किसी काम का अभ्यास होना तो है नहीं चारु?"

"तुमने स्वर्णलता पढ़ी है?"

ठीक इसी पल, इस अप्रासंगिक प्रश्न को करके चारु यह परख कर देखना चाहती है कि उसका पति उसके अकेलेपन के बारे में अच्छी तरह अवगत हो गया है या नहीं। इस एक अप्रासंगिक प्रश्न से यदि यह प्रसंग दब जाता है, तब तो चारु की कोई आशा ही नहीं है। इस तरह की परीक्षा

चारु जैसे संकोची यद्यपि सेंसिटिव (संवेदनशील) चरित्र के लिए मुझे संगत ही लगी थी।

भूपति चारु की बात को स्पष्ट रूप से नहीं सुन पाता है।

भूपति : क्या कहा?

चारु : स्वर्णलता।

भूपति अट्टहास कर उठता है।

चारु : हँस क्यों रहे हो?

भूपति चारु के पास जाकर उसका आलिंगन करता है।

भूपति : मेरे पास अपनी चारुलता है। नाटक, नावेल, काव्य मुझे कुछ भी नहीं चाहिए। समझीं?

भूपति चारु के कन्धे पर हाथ रखकर उसे सोने के कमरे की तरफ ले जाता है। यहीं पर भूपति की अन्तिम बात सुनाई पड़ती है।

भूपति : एक काम करूँगा...तुम्हारे दादा से कहूँगा कि वे तुम्हारी भाभी को ले आएँ। फिर तुम्हें किसी साथी का अभाव नहीं खलेगा। कैसा रहेगा?

यहीं पर फिल्म के पहले पर्व का अन्त है।

फिल्म के दूसरे पर्व की शुरुआत और एक दोपहर के द्वारा होती है। मन्दा चारु की खाट पर लेटे-लेटे चारु के साथ ताश खेल रही है। अन्य कई चरित्रों की तरह मन्दा के चरित्र के सम्बन्ध में भी कहानी में इधर-उधर सूचनाएँ बिखरी हुई हैं। मन्दा 'मूढ़ है', 'मन्दा में और चाहे जो गुण हो, उसमें कल्पना नाम की चीज़ नहीं थी' इत्यादि। अर्थात रवीन्द्रनाथ ने मन्दा की कल्पना प्राय: चारु के विपरीत चरित्र वाले पात्र के रूप में की है। इसीलिए चारु की उपयुक्त सखी होना अथवा चारु के हृदय के सूनेपन को भरना मन्दा की सामर्थ्य से बाहर था। चारु को देखता हूँ कि वह जैसे ही

ताश खेलने बैठती है, जम्हाई लेने लगती है, मन्दा के व्यंग्य-विनोद और गुरु-गम्भीर मन्तव्यों पर खीझने अथवा धमकाने लगती है अथवा एकदम चुप बनी रहती है।

मूल कहानी में मन्दा के साथ चारु की जिन कई घटनाओं के ब्योरे हैं, वे सब अमल से सम्बद्ध हैं। हालाँकि, भूपति की योजना की व्यर्थता को अभिव्यक्त करने के लिए अमल के आने के पहले चारु-मन्दा के ताश खेलने के इस दृश्य का एकान्तिक रूप से प्रयोजन था। फिल्म में अमल का आगमन ताश खेलने के इस दृश्य के तुरन्त बाद ही होता है—उसी दोपहर को। इस दृश्य का कोई उपादान ही मूल कहानी में नहीं है। इसलिए, यहाँ पर निर्देशक को अपनी कल्पना पर ही निर्भर रहना पड़ता है।

संक्षेप के लिए अमल-चारु के सम्बन्ध को जितनी जल्दी, जितने कम शब्दों में व्यक्त किया जा सके, इसी की ओर ध्यान रखा गया था। अमल वर्षा-आँधी में आते ही हाथ के छाते को बगल में दबा कर भाभी को प्रणाम करता है। उसकी पहली बातचीत का अंश इस प्रकार है—"भाभीजी, आपने आनन्द मठ पढ़ा है, आनन्द मठ?"

चारु के बंकिम-प्रेम का संकेत फिल्म के प्रारम्भ में ही विद्यमान है, इसलिए अमल की इस उक्ति में मन के परस्पर मेल का संकेत विद्यमान है।

अमल प्रणाम करके ही दादा से मिलने दौड़ जाता है। चारु की ओर से भी अमल के आने के कारण कोई अतिरिक्त खुशी का संकेत नहीं दिया गया है। एक-दूसरे को देखने में खुशी का जो भाव व्यक्त हुआ है, वह स्वाभाविक प्रगल्भता के साथ एकाकार हो जाने के कारण अधिक बढ़ा हुआ प्रतीत नहीं होता।

भूपति-अमल की भेंट का कोई भी दृश्य मूल कहानी में नहीं है। इसीलिए, यहाँ भी कल्पना का वही सहारा लेना पड़ता है और यहाँ भी संक्षेप

का वही प्रश्न उठता है। प्रणाम करते ही अमल भूपति के प्याले से चाय पीने लगता है, मानो दादा की प्रॉपर्टी पर उसका स्वाभाविक अधिकार हो।

भूपति : बुआजी कैसी हैं?

अमल : अरे, कुछ मत कहो, माँ के कारण ही तो मुझे इतनी देरी हो गई। कैसे भी तो आने नहीं दे रही थीं।

अमल भूपति का फुफेरा भाई है, इसे भी तो बताना जरूरी था। सिनेमा में संवादों के आश्रय के अलावा रुद्र मोशाय को क्या कोई दूसरा रास्ता भी मालूम है?

भूपति ने धमकाकर उससे कहा था—"अमल! तुम्हें मेरे अखबार की प्रूफ रीडिंग करनी पड़ेगी।" (मूल कहानी के तीसरे परिच्छेद में इसकी सूचना है)। भूपति अमल को अपना प्रेस दिखाता है। 'सेंटिनल' अखबार छापा जा रहा था। अखबार का एक नाम तो जरूर था। लेकिन, रवीन्द्रनाथ ने उसके किसी नाम का उल्लेख नहीं किया है। भूपति गवर्नमेंट की सीमान्त-नीति के बारे में अपनी सम्पादकीय टिप्पणी लिख रहा था। अमल भय प्रकट करते हुए कहता है—"तुम सरकार पर कटाक्ष कर रहे हो?" सीमान्त-नीति सम्बन्धी सम्पादकीय का उल्लेख मूल कहानी में प्रथम परिच्छेद में है। अमल राजनीति के सम्बन्ध में हल्की टिप्पणी व्यक्त करने के अलावा और कुछ नहीं कर सकता। क्योंकि, इसको ले कर उसे कोई उत्साह नहीं है।

अमल के प्रस्थान के बाद भूपति-उमापद अखबार के बारे में चर्चा करते हैं। अखबार की पॉलिसी के कारण दोनों के मतभेद का संकेत मूल कहानी में होने पर भी, उसको लेकर संवाद-सहित कोई पूरा दृश्य नहीं है। मुझे लगता है, इस तरह के एक दृश्य के बिना 'नष्ट नीड़' एक चलचित्र-कथा हो ही नहीं सकती। क्योंकि, मैं पहले ही कह चुका हूँ, उमापद के विश्वासघात को विश्वसनीय न बना पाने पर, कहानी की मार्मिक परिणति

भी विश्वास-योग्य नहीं हो सकती। इसके अलावा चूँकि, उमापद भूपति के अखबार का व्यवस्थापक—चन्दा अदायगी, छापाखाना और बाजार की देनदारी चुकाना, नौकरों का वेतन देना, इस सबकी जिम्मेदारी उमापद की थी (नवम परिच्छेद)—यह सूचना देना भी जरूरी था। मूल कहानी में यह सूचना लेखक ने विश्वासघात की घटना के साथ व्यक्त की है। सिनेमा में यह तरीका नहीं चलता। हालाँकि, यह खबर बहुत जरूरी है और इसे बहुत साफ-साफ और जोर देकर कहने की जरूरत है। इसी वजह से उमापद के हाथ में भूपति के चाबी देने वाले दृश्य की उद्भावना की जरूरत पड़ी।

दोपहर के इस दृश्य के तृतीय भाग में अमल के कमरे में अमल, चारु और मन्दा को दिखाकर, यह व्यक्त किया गया था कि यही पाँच मूल चरित्र पंचकोणीय संघर्ष द्वारा कहानी को परिणति की ओर ले जाएँगे।

अमल के कमरे के इस दृश्य में चारु-अमल के बीच भाभी-देवर सम्बन्ध में मधुरता के अलावा और किसी रिश्ते का रत्ती भर संकेत नहीं दिया गया है। अमल अपने बक्से से सामान निकालते-निकालते बातें करता जाता है और चारु तकिये पर गिलाफ चढ़ाती जा रही है। श्री रुद्र अगर इस दृश्य को ध्यानपूर्वक देख लेते, तो वे ऐसा गलत मन्तव्य व्यक्त न करते कि चारु 'शुरू में ही अमल की तरफ दीप्त नेत्रों से देखती जा रही है।'

इसी दृश्य के अन्त में चारु अमल के हाथ से फटी कमीज छीनकर रफू करने के लिए ले जाती है। इसे चारु का एक संरक्षक जैसा सहज मनोभाव मानने के अलावा और कुछ मानने का कारण नहीं है।

इस दृश्य के बाद रात्रिकालीन दृश्य के द्वारा फिल्म के एक्सपोजिशन, अर्थात प्रस्तुति, पर्व का अन्त होता है। इस दृश्य में हम अमल को भूपति के साथ देखते हैं, चारु के साथ नहीं। रवीन्द्रनाथ ने कहानी के तीसरे परिच्छेद में भूपति द्वारा अमल से जो बातें कहलवाई हैं, उन्हें यहाँ स्मरण करने की जरूरत है—"अमल, मैं तो इस अखबार के झंझटों में पड़ा रहता हूँ, चारु

बेचारी बड़े अकेलेपन में पड़ गई है। अमल, तुम अगर उसे पढ़ाई-लिखाई में लगाए रहो, तो बहुत अच्छा रहे। चारु की साहित्य में बड़ी रुचि है।"

अर्थात चारु-अमल की मैत्री के बीच भूपति एक एजेंट का काम करे, यह रवीन्द्रनाथ को अभिप्रेत है। एक पटकथा-लेखक आइरनी (विडम्बना) के इस स्वर्णिम अवसर का लाभ जरूर लेगा।

लेकिन मूल कहानी में भूपति के इस अनुरोध के पहले ही चारु अमल से जबरदस्ती पढ़ लेती है (प्रथम परिच्छेद)। हालाँकि, तीसरे परिच्छेद में अमल भूपति के अनुरोध पर यह बात व्यक्त नहीं करता। उस प्रसंग में कोई उल्लेख किए बिना अमल कहता है—"भाभी जी अगर पढ़ना शुरू करें तो मेरा विश्वास है कि ये खुद भी बहुत अच्छा लिख सकेंगी।" फिल्म में ऐसा कोई संकेत नहीं दिया गया है कि भूपति के अनुरोध करने से अमल बहुत उल्लसित है, जैसा कि मूल कहानी के पहले परिच्छेद में भी नहीं है; अनुरोध और खुशी मुख्य रूप से चारु की ही है। अमल को न उतनी खुशी है, न आग्रह। फिल्म में भूपति के अनुरोध करने पर अमल से इसीलिए, यह कहलवाया गया था—"दादा, मैं स्वयं साहित्यानुशीलन करूँ या आपकी पत्नी से कराऊँ?"

इसके बाद ही डेवलपमेंट पर्व की शुरुआत होती है। यहाँ पर यह कहना जरूरी है कि फिल्म के कलात्मक उपादान कैसे होंगे, इसका आभास आदि पर्व में ही दिया गया है। मूल कहानी की इतस्तत: बिखरी हुई खंड-खंड घटनाओं और संलापों के बदले पटकथा रचना की प्रचलित पद्धति के अनुसार पूर्ण दृश्यों के माध्यम से इस कहानी को व्यक्त किया गया है। इसका कारण खामख्याली अर्थात कोरी भावुकता नहीं है। आदि पर्व में विवश होकर ही इस रीति का सहारा लिया गया है, इसे पहले ही दिखाया जा चुका है। चलचित्र में जिस निजी पद्धति का अनुसरण करके आदि पर्व की रचना की गई है, फिल्म के अवशिष्ट भाग में अगर उस पद्धति का उल्लंघन

कर दिया जाए तो चारुलता और चाहे जो बन जाए, कला के रूप में वह विफल हो जाएगी।

मूल कहानी का हू-ब-हू अनुसरण करना क्यों असम्भव है, उसके कुछ और कारण यहाँ दिखाना बहुत जरूरी है।

मूल कहानी में ऐसी घटनाओं के अनेक विवरण हैं, जो 'प्रतिदिन' अथवा 'बीच-बीच में,' 'समय-समय पर,' 'एक-एक दिन' घटते रहते हैं। जैसे 'उन्हें लेकर चारुलता बीच-बीच में कृत्रिम रोष और विद्रोह प्रकट कर देती थी,' '(अमल) उसे प्रतिदिन याद दिला देता था और उसके लिए जिद भी करता था,' 'अमल साहित्य सभा में कभी-कभी निबन्ध पाठ करता था।' चलचित्र के बारे में अगर मामूली ज्ञान हो, तो यह समझना आसान है कि बीच-बीच की वे घटनाएँ कई बार फिल्म में बीच-बीच में नहीं दिखाई जा सकतीं।

इसके अलावा मूल कहानी में ऐसी कुछ घटनाएँ भी हैं जिनका विवरण संक्षिप्त होने पर भी, उनमें एक दीर्घ समय और विस्तृत विकास का संकेत मौजूद है। जैसे, चारु यह अपेक्षा किए है कि अमल की रचनाएँ उन दोनों के अलावा बाहर का और कोई व्यक्ति न पढ़े। लेकिन अमल अपनी रचनाएँ छपाने का लोभ संवरण नहीं कर पाता। 'सरोरुह' पत्रिका में वह अपना लेख भेजता है और वह लेख छप भी जाता है और वह खुद ही यह बात बड़े गर्व के साथ चारु को बताता है। उसके बाद हम देखते हैं—"अमल ने अपनी रचनाएँ छपाना प्रारम्भ कर दिया। उसे प्रशंसा भी मिलने लगी। बीच-बीच में भक्तों की चिट्ठियाँ भी आने लगीं। अमल इन चिट्ठियों को अपनी भाभी को दिखाया करता था।...अमल कभी-कभी, कदाचित नाम-हस्ताक्षरविहीन रमणियों की चिट्ठियाँ भी पाने लगा। उन पत्रों के कारण चारु उससे दिल्लगी तो करती, पर उसे इससे सुख नहीं मिलता था।...भूपति ने एक दिन अवकाश के समय चारु से कहा...अरे चारु, हमारा अमल इतना अच्छा लिखता है, इसका तो मुझे पता ही नहीं था।"

इन समग्र घटनाओं को अगर फिल्म में दृश्य और संवादों की सहायता से स्थान देना पड़े, तो कहानी के सन्तुलन की रक्षा कैसे होगी—यह बात क्या रुद्र महाशय सोच कर देखेंगे? कहाँ तक कहें, इस विषय में मूल कहानी का अनुसरण करने पर भी पटकथा-लेखक को नए संवादों और नए दृश्यों की उद्भावना करनी पड़ेगी और उस पर भी रुद्र महाशय को निश्चय ही आपत्ति होती।

दरअसल, यहाँ पर यही विवेच्य है कि सिनेमा के कलात्मक उपादानों की खातिर इन सारे अनिवार्य परिवर्तनों और बदलावों के फलस्वरूप जो चीज रूप ग्रहण करती है, उसके साथ मूल का कितना मेल अथवा अन्तर है। थीम, प्लॉट, चरित्र—सभी कुछ बदल कर क्या एकबारगी पूर्ण रूप से नई कहानी बन गई, जिसके साथ 'नष्ट नीड़' की समानता अन्य हजार कहानियों की तरह ही है? इस प्रश्न का जवाब मेरी इस आलोचना के अन्त में अपने आप निकल आएगा, ऐसा मेरा विश्वास है।

डेवलपमेंट (विकास) पर्व अथवा मध्य पर्व का प्रारम्भ एक और दोपहर को होता है। फिल्म की पहली दोपहर में चारु अकेली है, दूसरी दोपहर में चारु और मन्दा है, तीसरी में चारु, मन्दा और अमल है। वही कमरा, वही खाट, वही परिवेश, कैमरे का भी वही दृष्टिकोण। इस दृश्य की घटनाओं का सारांश इस प्रकार है—चारु काम कर रही है, मन्दा व्यर्थ का काम कर रही है, अमल दादा के आदेश से पुस्तकें हाथ में लिए भाभी के साथ साहित्य-चर्चा करने आया है। अमल के अनुरोध पर मन्दा पान लगा कर लाती है। अमल मन्दा के गुलाम-चोर खेलने के प्रस्ताव को न मान कर साहित्य का प्रसंग उठाता है। चारु साहित्य-चर्चा के प्रसंग पर तर्क-वितर्क करती हुई मग्न हो जाती है, मन्दा सो जाती है। मन्दा के खर्राटों से बाधा पड़ रही है, यह देख कर चारु-अमल चटाई लेकर बगीचे की तरफ चले जाते हैं। जाते समय चारु हाथ से जो चीज नीचे रख जाती है, वह है भूपति के

लिए जूते का अधूरा कशीदा। इसके पूर्व क्षण तक चारु अपना काम रोकती नहीं है। रुद्र महाशय का 'चारु का अमल की तरफ दीप्त नेत्रों से देखना' इस दृश्य में भी नहीं है। कारण, भूपति के प्रति अपने कर्तव्य की अवहेलना कर अमल के सान्निध्य से आनन्द लेने का वक्त आज भी नहीं आया है।

मूल कहानी में इन तीन चरित्रों के पारस्परिक सम्बन्धों की सूचना के रूप में कोई एक पूरा दृश्य भी नहीं है। इस विशेष दृश्य में पहले से तैयार कोई उपयोगी संवाद भी नहीं है। फिल्म का यह दृश्य ठीक इसी रूप में इसी कारण मूल कहानी में नहीं मिलेगा। लेकिन यह बात भी बल देकर कहूँगा कि इस दृश्य में ऐसी किसी चीज की अवतारणा नहीं की गई है, जिससे ऐसा लगे कि मूल कहानी के इस त्रिकोणीय सम्बन्ध में कोई विकृति आ गई हो। जो कुछ परिवर्तन अथवा संयोजन किया गया है, वह कम्प्रेशन की खातिर।

बगीचे के दृश्य के सम्बन्ध में श्री रुद्र ने कहा है—'बाग बनाने की कल्पनाओं के माध्यम से अमल और चारु का जो सख्य सम्बन्ध व्यक्त हुआ है, वह फिल्म में तो हमें मिलता नहीं है क्योंकि यह प्रारम्भिक सम्बन्ध रवीन्द्रनाथ की थीम में तो है, सत्यजित राय की थीम में नहीं।' आश्चर्य है! 'नष्ट नीड़' कहानी में बगीचे के उल्लेख के पहले ही हमें चारु-अमल की मैत्री का स्पष्ट संकेत मिलता है। चारु उससे पढ़ लेती है—इसके वर्णन द्वारा, अमल की कई जिदों के माध्यम से, अमल के लिए पशमी के जूतों में कशीदा काढ़ देने की घटना द्वारा। लेकिन 'चारुलता' फिल्म में अमल और चारु को पहली बार अकेला हम बगीचे में देखते हैं और यहीं हमें यह देखने को मिलता है कि वे दिल खोल कर बातें करते हैं।

फिल्म में तीन भिन्न दिनों की घटनाएँ, एक-के-बाद-एक बाग में वर्णित की गई हैं। पहली घटना में चारु-अमल के बन्धुत्व का सूत्रपात होता है, दूसरी घटना में चारु इस बन्धुत्व का लाभ उठा कर अमल के सामने अपनी शर्त पेश कर रही है—"जो कुछ लिखोगे, इस कापी में ही सीमित

रहेगा, लेकिन उसे तुम कभी छपा न पाओगे।" तीसरी घटना में चारु के मन में पहली बार मान का संकेत है। भूपति इस दौर में अनुपस्थित है। मन्दा जरूर है, पर एक दर्शक के रूप में, जैसी कि वह मूल कहानी में भी है—"मेरे लिए एक पका हुआ आमला लाओगे?"

मूल कहानी में चारु-अमल-मन्दा को लेकर जो द्वन्द्व है, उसका सारांश यह है—'एक आश्रित दूसरे आश्रित को प्रसन्न दृष्टि से नहीं देखता,' इसीलिए मन्दा शुरू में अमल की तरफ विशेष ध्यान नहीं देती है। लेकिन, एक साहित्यकार के रूप में नाम कमाने के बाद 'मन्दा ने जब देखा कि अमल चारों तरफ से श्रद्धा पा रहा है, तब उसने भी अमल के ऊँचे माथे की ओर नजर उठाकर देखा। अमल के तरुण मुख पर भावगौरव की गर्वोज्ज्वल दीप्ति ने मन्दा की आँखों में मोह पैदा कर दिया...उसने मानो अमल को नए रूप में देखा।' (प्रसंगवश इस वर्णन से पाठक शायद यह सोच सकते हैं कि मन्दा भी पति-सान्निध्य से वंचित होने के कारण चारु की तरह अमल की तरफ आकर्षित हो रही है, इसीलिए उसे दोष नहीं दिया जा सकता है)। 'इसके फलस्वरूप मन्दा को अलग रखना कठिन हो गया।' कारण, मन्दा अमल को साहित्य में उत्साहित करना शुरू कर देती है और अमल चारु की चिन्ता किए बिना, उसकी प्रतिक्रिया क्या होगी इस सम्बन्ध में चिन्ता किए बिना, मन्दा का साथ देना शुरू कर देता है। इससे चारु स्वाभाविक रूप से क्षुब्ध होने लगती है। मन्दा की तुलना में वह कितनी अधिक बुद्धिमती है, यह अमल के सामने प्रमाणित करने के लिए वह लिखना शुरू कर देती है। काफी प्रयास के बाद जब वह अमल के प्रभाव से मुक्त होकर अपनी भाव-भंगिमा के साथ लिखने में सक्षम हो जाती है, तब उसके लेख अपने साहित्यिक गुणों के कारण अमल की रचनाओं का अतिक्रमण कर जाते हैं। (अमल की रचनाओं के शीर्षक, विषय-वस्तु और भाषा के सम्बन्ध में रवीन्द्रनाथ के व्यंग्य का कहानी में हमें स्पष्ट संकेत मिलता है। लेकिन,

चारु का लेख 'कुछ आगे चल कर सहज, सरल, गाँव-देहात की भाषा और भाव-भंगिमा के आभास से परिपूर्ण हो उठा था।' लेकिन अमल के मत से 'इनका प्रारम्भिक हिस्सा तो खूब सरस बन पड़ा है। लेकिन, कवित्व की रक्षा अन्त तक नहीं हो सकती है।' खैर, जो भी हो, चारु का रोष दूर करने के उद्देश्य से इस लेख को वह जबरदस्ती पत्रिका में छपा देता है। छप जाने के बाद किसी समालोचक ने अमल के लेख की अपेक्षा चारु के लेख की अत्यधिक प्रशंसा की। चारु शुरू में तो इस प्रशंसा से खुश होती है। लेकिन, अमल को आघात लगेगा, यह सोच कर उसका मन व्यथित हो उठता है। चारु के हाथ में समालोचना देख कर अमल के मन में उलटी धारणा होती है—'मुझे गाली देते हुए चारु के लेखों की प्रशंसा की गई है। इसीलिए, खुशी के कारण आज चारु को होश नहीं है।' अमल मन्दा के पास चला जाता है। इससे चारु का क्रोध दुगना हो जाता है। वह भूपति से मन्दा की शिकायत करती है—"कुछ दिन से मन्दा का व्यवहार मुझे अच्छा नहीं लग रहा है। उसे यहाँ रहने देने की अब मुझमें हिम्मत नहीं रही।"

इस घटनावली के माध्यम से हम अमल के चरित्र का जो रूप देखते हैं, वह एक साथ अलगाव-भरा, अस्थिर अथवा वैसिलेटिंग (ढुलमुल और दुर्बल) है। मन्दा को अपने घर से भगाने का अनुरोध करने के कारण चारु का चरित्र भी काफ़ी कुछ बौना और स्थूल हो गया है, ऐसा मैं मानता हूँ। साहित्यिक गल्प लेखक के सहज सुयोगों का लाभ उठा कर, भाषा के प्रसाद गुण के कारण, रवीन्द्रनाथ इस घटनावली के मध्य भी जिस सस्पेंशन ऑफ डिसबिलीफ (अविश्वास के निलम्बन) की सृष्टि कर सके हैं, उसे दिखाना फिल्मकार की शक्ति से परे है। चलचित्र की प्रत्यक्षता ही इस घटनावली को विश्वास-योग्य बनाने के मार्ग में प्रमुख बाधा के रूप में आकर खड़ी हो जाती है। फलस्वरूप, अमल-चारु का मान-अभिमान और एक-दूसरे को गलत समझने की मात्रा विफलता में शामिल हो जाती है। कारण, दर्शकों

के मन में सदा यह जिज्ञासा रहती है कि जहाँ पर एक-दूसरे को समझने के सुअवसर का अभाव नहीं था, वहाँ पर उन्हें इस तरह एक-दूसरे के प्रति क्रोधी क्यों बनाए रखा गया है?

हालाँकि, यह भी अस्वीकार नहीं किया जा सकता कि कहानी के पहले अंश में यह बचपने से भरे मान-अभिमान, रूठने-मनाने का दौर उसका एक अपरिहार्य अंग है। उपसंहार की अमोघ ट्रैजिडी जैसे इसी बचपने से भरी पृष्ठभूमि पर अच्छी तरह अवतरित हो सकती है। इस दिशा को ध्यान में रख कर और इसके साथ आधुनिक संवेदना से सम्पन्न दर्शकों की प्रतिक्रिया की बात भी दिमाग में रख कर, कहानी के इस भाग की घटनाओं में थोड़ा रद्दो-बदल करना पड़ा था।

अगर चारु किसी तरह यह जान ले, कि दादा के कितना उकसाने से अमल उसे संग-साथ दे रहा है, तो वह क्षुब्ध होगी—हमें स्वाभाविक लगा था। चारु के क्रोध की शुरुआत फिल्म में इसी तरह से है। अमल भी इसी क्रोध का लाभ उठा कर, चारु के घावों पर कितना नमक छिड़ककर, उससे पत्रिका में लेख छपाने के लिए भेजने की अनुमति ले लेता है। मूल कहानी में चारु के क्रोध की मात्रा और प्रकृति के सम्बन्ध में अमल की इनसेंसिटिविटी (असंवेदनशीलता) के कई उदाहरण विद्यमान हैं।

बगीचे से ऊपर आकर चारु को उसके कमरे में न पाकर अमल मन्दा के पास चला जाता है। बहाने से उससे पूछता है, 'बताओ, लेख किस पत्रिका में भेजूँ?' अमल को पता है मन्दा के साथ उसका जो सम्पर्क है उसमें कष्टकर मान-अभिमान का कोई प्रश्न ही नहीं उठता है।

चारु अमल-मन्दा की बातचीत का अन्तिम अंश सुन लेती है।

अमल तब उठ कर जा रहा होता है। चारु मन्दा को मामूली-सा बहाना लेकर डाँटने लगती है।

नाटक की दृष्टि से अब जिस चीज की जरूरत है, वह है भूपति को इस क्रॉस-करेंट (परस्पर विरोधी प्रवाह) से जोड़ देना। मूल कहानी में हम देखते हैं कि चारु-अमल का सान्निध्य स्थापित करने में एक एजेंट होने पर भी उनके बीच में रूठने-क्रोध करने का जो सच्चा रूप उभरता है, वह भूपति को बार-बार बचा जाता है। इसे स्पष्ट रूप में चित्रित करने की जितनी जरूरत है, उतनी ही जरूरत चारु के मान-भंजन की भी है। इन दोनों चीजों को एकत्र करने के लिए अमल का विवाह-सम्बन्धी दृश्य सर्वाधिक उपयोगी लगा था।

मूल कहानी में वह घटना उमापद के विश्वासघात के बाद घटती है। चारु-भूपति के कथोपकथन के कुछ अंशों को उद्धृत करने की यहाँ

जरूरत है—

भूपति : मेरे कहने से पहले अगर तुम उसे बुला कर समझाओ, तो शायद ठीक रहेगा।

चारु : मैं तो उससे तीन हजार बार कह चुकी हूँ। वह मेरी बात पर ध्यान ही नहीं देता। मैं उससे न कह सकूँगी।

भूपति : तुम्हें क्या लगता है, वह विवाह नहीं करेगा?

चारु : पहले भी तो कई बार प्रयास करके देखा जा चुका है, वह किसी भी तरह राजी नहीं हुआ था।

भूपति : लेकिन, इस बार का प्रस्ताव छोड़ देना, उसके लिए उचित नहीं होगा। मेरे ऊपर बहुत देनदारी हो गई है, अब मैं अमल को इस तरह से अपने यहाँ नहीं रख सकूँगा।

भूपति ने अमल को बुलवाने के लिए किसी को भेजा।...

यहाँ पर लक्षित करने योग्य यह है कि भूपति कहाँ तक अपना बोझ हल्का करने के लिए अमल का विवाह कर देना चाहता है। मूल कहानी में भूपति के विवाह-प्रस्ताव पर अमल राजी हो जाता है। इस राजी होने के

कारण का संकेत इससे पहले के परिच्छेद में है। विश्वासघात की घटना के बाद अमल भूपति के बेहद सूखे चेहरे को देख कर चारु से उसका कारण पूछता है। चारु जवाब देती है—"कहाँ, मैं तो कुछ समझ ही नहीं पाई। शायद किसी अखबार में उनके अखबार को गाली दी गई होगी।" यहाँ पर चारु की इनसेंसिटिविटी ने एकाएक अमल की आँखें खोल दीं। 'अमल ने तीखी निगाह से एक बार कुछ पल चारु के मुख की ओर देखा—क्या समझा, क्या सोचा, पता नहीं। फिर चौंक कर उठ खड़ा हुआ। जैसे पहाड़ी रास्ते पर चलते-चलते सहसा कोहरे का बादल हटते ही पथिक ने चौंककर देखा हो कि वह हजार हाथ गहरे खड्ड में पैर रखने जा रहा था।' विवाह के प्रस्ताव पर राजी होने और विवाह करने के लिए चले जाने के बीच में अमल ने पता लगा कर उसकी (भूपति की) दुर्दशा की कहानी जान ली थी।...उसके बाद उसने चारु के बारे में सोचा...अपने बारे में सोचा... उसके कर्णमूल लाल हो उठे...आवेगपूर्वक बोला—"चूल्हे में जाए 'आषाढ़ का चाँद' और 'अमावस्या का आलोक,' मैं बैरिस्टर बन आऊँ, उसके बाद अगर दादा की कुछ मदद कर सकूँ, तभी मुझे मर्द समझना!" (जो सरल पाठक अमल-चारु के सिलसिले में देवर-भाभी के मधुर सम्बन्ध के अतिरिक्त और कुछ नहीं देखते हैं, उनका ध्यान मैं इस 'कर्णमूल लाल' हो जाने की प्रतिक्रिया की ओर खींच रहा हूँ)।

यहाँ पर एक पटकथा-लेखक को कितनी बातों के बारे में सोचना पड़ता है—

(1) उमापद के विश्वासघात के बाद मन्दा-उमापद भूपति का आश्रय छोड़कर मैमनसिंह जाने को बाध्य हो रहे हैं। इस जाने के असली कारण के बारे में क्या चारु अथवा अमल के मन में कोई जिज्ञासा नहीं है? वे क्या इस मामले में पूरी तरह उदासीन ही बने रहेंगे? चलचित्र के दर्शकों के लिए इसके अविश्वसनीय हो जाने की सम्भावना है।

(2) उमापद के विश्वासघात के बाद भूपति का 'सूखा, विवर्ण मुख' देखकर अमल अपने दादा की वजह से उद्विग्न हो रहा है। इसके कुछ पल पहले ही भूपति चारु के पास गया था। लेकिन भूपति का चेहरा देखकर चारु के मन में किसी तरह का सन्देह नहीं पैदा होता। चारु की इस इनसेंसिटिविटी और अन्यमनस्कता से (जिसका निदर्शन कहानी के पूर्वार्ध में नहीं मिलता) सिर्फ यही बात लग सकती है कि अमल के प्रति उसका आकर्षण देवर के प्रति भाभी के स्वाभाविक प्रीतिपूर्ण आकर्षण तक ही सीमित नहीं है। दरअसल उसका इनवॉल्वमेंट (लगाव) अत्यन्त गम्भीर है। अगर ऐसा न होता तो कहना पड़ता कि इस दृश्य में चारु के आचरण की संगति उसके पूर्ववर्णित आचरण के साथ नहीं बैठती। इन दो में से पहले को चुन लेने का स्वाभाविक अधिकार एक पटकथाकार को है और मैंने वही किया था।

(3) भाभी के मनोभाव का इंगित पाकर एक बार के कहने से ही विवाह के प्रस्ताव पर राजी हो जाने से यह भी साफ हो जाता है कि अमल की तरफ से चारु के प्रति वैसा इनवॉल्वमेंट (लगाव) नहीं है अथवा हो भी तो अमल उसे कोई प्रश्रय देने को राजी नहीं है। भूपति की दुर्दशा का पता लगते ही भूपति की सहायता करने की इच्छा में ही अमल की मैच्योरिटी (परिपक्वता) का सूत्रपात और कहानी के शेष भाग में इसी को अमल के चरित्र का डॉमिनेंट नोट (मुख्य स्वर) माना जा सकता है। यह लक्ष्य करने योग्य है कि विवाह के बाद अमल चारु के साथ फिर कोई सम्पर्क रखता ही नहीं है।

अकेले विचार करने पर और आपसी सम्बन्धों के सिलसिले में इस घटनावली से चारु और अमल के चरित्रों के जो सूत्र पकड़ में आए हैं, उन्हीं के आधार पर फिल्म का मध्य पट बुना गया था।

मन्दा-अमल के दोपहर के दृश्य के बाद हम लोग रात में चारु के

कमरे में पहुँचते हैं। चारु अमल से नाराज है। भूपति आकर अमल के विवाह की बात उठाता है। चारु कहती है—'अच्छा ही तो है...उससे कहते ही वह राजी हो जाएगा।' भूपति अमल को बुलवा भेजता है।

अमल : दादा, प्रूफ तो अभी तक नहीं देखे जा सके हैं।

भूपति : (क्रोध का प्रदर्शन करता हुआ) क्यों?

अमल : अपना एक लेख लेकर जरा...

भूपति : कौन-सा लेख?

अमल : ऐसा तो कुछ नहीं...

भूपति : जाओ, ले आओ, मैं देखूँगा।

मूल कहानी में भूपति अमल के लेख को पढ़ कर कहता है—"अच्छा तो लिखा है। लेकिन मुझे क्यों दिखा रहे हो? मैं यह सब कवित्व क्या समझता हूँ।" उस उक्ति में अमल-भूपति के बीच जो एक एम्यूजिंग (मनोरंजक) प्रतिकूलता का संकेत है, उस दिशा को इस विवाह-प्रस्ताव के दृश्य के साथ जोड़ दिया गया था।

अमल का लेख पढ़कर, उसका सिर-पैर न समझने का एहसास कराता हुआ भूपति कहता है—"नहीं रे, तुम एक विवाह कर डालो।" सीधे-सीधे विवाह का प्रस्ताव न रख कर भूपति थोड़ा घुमाकर उसे रखता है—यही और क्या। मसहरी के पीछे से नाराज चारु अमल को और उकसा देती है। भाभी-देवर में झगड़ा शुरू हो जाता है। भूपति कहता है—"अच्छा, लड़कपन क्यों कर रहे हो? तुम्हें असली बात ही नहीं बताई गई है, अमल! विवाह के बाद श्वसुर महाशय जमाई को विलायत भेजेंगे।"

विलायत जाने की आशा से अमल का मन झण-भर के लिए चंचल हो जाता है, चारु को टेंशन (तनाव) होता है, भूपति अमल को और अधिक प्रलोभन देता है और अन्त में विलायत जाने के सम्बन्ध में अनिच्छा के बहाने अमल प्रस्ताव पर असहमति जताता है। (अमल 'न' नहीं कहता

है; कहता है, 'एक महीने का समय माँग लीजिए।' कारण यह कि इसी प्रस्ताव पर उसे बाद में सहमति प्रकट करनी पड़ेगी।) इसी असम्मति से चारु का मान-भंजन होता है। इस दृश्य में मूल कहानी का चरित्र अथवा थीम रंचमात्र भी विकृत हुआ हो, ऐसा मैं नहीं मानता। वरन, भविष्य में विवाह के प्रस्ताव पर अमल के राजी होने और विलायत जाने का पूर्वाभास यहाँ देने पर, चलचित्र के छोटे-से दायरे में घटना के आकस्मिक लगने की आशंका नहीं रह जाती।

इसके बाद ही मन्दा-उमापद को लेकर एक नया दृश्य। इसकी आवश्यकता के बारे में मैं पहले ही कह चुका हूँ। इस दृश्य में पति-पत्नी के सम्बन्धों और उमापद की विलेनी (खलता) का एक संकेत दिया गया था।

अमल के गाने के दृश्य के द्वारा फिल्म के तृतीय पर्व की शुरुआत होती है। हल्के मिजाज से आरम्भ कर सहसा चारु-अमल के दूसरे संघर्ष का सूत्रपात। अमल के लेख को 'सरोरुह' पत्रिका ने छाप दिया है। यह समाचार अमल सबसे पहले मन्दा को देता है। चारु क्रोध में अमल के मुँह पर अपने कमरे का दरवाजा बन्द कर लेती है। भूपति को चारु-अमल के संघर्ष-जाल में पहले ही फँसा दिया जाता है। यहाँ पर चारु और अमल-मन्दा के जाल में पड़ कर भूपति एक जटिल, मिश्रित रस पर आधारित चतुष्कोण की सृष्टि कर देता है। इस दृश्य में रुद्र महाशय यह लक्षित करें कि चारों चरित्र ही अपनी रवीन्द्र-कल्पित सत्ता को बरकरार रखते हुए आचरण करते हैं। मन्दा एक दर्शक के रूप में चारु-अमल के मान-अभिमान के नाटक का आनन्द ले रही है। यद्यपि, अमल की ओर से चारु को खुश करने की ताकीद के कारण वह कुछ क्षुब्ध है। अमल दोनों स्त्रियों को एक साथ खुश करने में व्यस्त है। दादा के सामने पड़ते ही वह उल्लसित होकर अपने लेख के प्रकाशित होने की खबर देता है। भूपति पूछता है—"बताओ, इलेक्शन कौन जीतेगा...टोरी अथवा लिबरल?" चारु क्रोध के कारण आग-बबूला

थी। दरवाजे पर थपकी पड़ते ही उसने सोचा शायद अमल है, इसलिए जोर से बोलती है—"मैं काम कर रही हूँ।" लेकिन भूपति की आवाज सुन कर दरवाजा खोल कर अपना क्रोध दबाती हुई, दरवाजा बन्द करने का झूठा कारण बना लेती है। भूपति चारु की बात पर विश्वास पर तिलचट्टा ढूँढ़ना शुरू कर देता है और उसे नहीं ढूँढ़ पाता तो चारु को राजनीतिक खबरें बताने लगता है।

इस दृश्य में चारु का मान-भंजन नहीं हो पाता। क्योंकि, अमल अपनी स्वाभाविक इनसेंसिटिविटी के कारण चारु के क्रोध की मात्रा ही नहीं समझ पाता। इसलिए, वह क्रोध दूर करने का कोई प्रयास ही नहीं करता है। वरन (मूल कहानी की तरह) वह मन्दा के पास जाकर ऊँचे स्वर में जोर से कहता है—"जाता हूँ, बैठक में जाकर खबर दे आऊँ।"

इसके बाद की घटना का निर्माण मूल के ही अनुसरण पर किया गया है—"वह लिखेगी, अमल को अचम्भे में डाल देगी। मन्दा और उसमें बहुत बड़ा अन्तर है, इसे वह प्रमाणित किए बिना छोड़ेगी नहीं।"

चारु के लिखने का पहला प्रयास अमल के लेखन में ही शामिल था, इसका संकेत उसके शीर्षक द्वारा ही फिल्म में दिया गया है। अमल के लेखों के नाम हैं -'आषाढ़ का चाँद,' 'श्रावण के मेघ,' 'अमावस्या का आलोक।' चारु ने लिखा, 'कोकिल की कूक।' कोयल की कूक सुनते ही चारु तत्काल अपने निबन्ध की विषय-वस्तु निश्चित कर लेती है। अर्थात, यहाँ पर किसी दूसरे की प्रेरणा का कोई प्रश्न ही नहीं है और इसीलिए, चारु की कलम से लेख निकलता भी नहीं है। कारण यह कि अमल जैसी सहज, अगम्भीर, भावाभिव्यक्ति पर उसका अधिकार नहीं है।

अनेक विचारों, अनेक कागज फाड़ देने के बाद कहीं प्रेरणा के स्रोत का पता चलता है। चारु अपने गाँव की स्मृति-कथा लिखती है। लेख प्रकाशित भी हो जाता है। पत्रिका हाथ में लिए, अमल के पास जाकर उसे

उसके सिर पर दे मारती है। उसके बाद भूपति के लिए कशीदा किए गए जूते और मन्दा के हाथ से पान का बीड़ा छीन कर, पान सजाकर अमल को देती है और अमल के हाथ से पत्रिका खींच कर उसके टुकड़े-टुकड़े करके फेंक देती है, तभी चारु के क्रोध का दौर समाप्त होता है।

इस अकेले पाँच मिनट के एक दृश्य में कितनी बातें कही गई हैं, इसकी एक तालिका देने से शायद रुद्र मोशाय सिनेमा के कम्प्रेशन (दबाने) के व्यापार को थोड़ा समझ सकेंगे।

(1) चारु की सहज, साहित्यिक प्रतिभा अमल की तुलना में अधिक है।

(2) चारु के लिए अपना लेख छपवाना बड़ी बात नहीं है। असली बात है, अमल के सामने यह प्रमाणित कर देना कि वह मन्दा की अपेक्षा बहुत गुणी है।

(3) मन्दा के हाथ से पानदान छीनकर चारु प्रमाणित कर देती है कि अमल पर उसका एकाधिपत्य है; अमल-चारु के इस राज्य में मन्दा को प्रवेश करने का अधिकार नहीं है।

(4) भूपति के लिए कशीदा किए गए जूते अमल को देने से भूपति के प्रति चारु के कर्त्तव्य की अवहेलना का पहला संकेत मिलता है। ऐसी ही अवहेलना मूल कहानी में कई स्थानों पर नजर आती है।

दृश्य के अन्त में चारु अनुताप से विह्वल होकर अमल के कुर्ते को पकड़ कर फूट-फूट कर रो पड़ती है। उसके बाद कैसे भी तो अपने को सँभाल कर कमरे में निकल जाती है। अमल को हम खिड़की के पास पत्थर की तरह खड़ा देखते हैं। मूल कहानी में अमल की यह उपलब्धि है, 'गहरे खड्ड में पैर बढ़ाने ही जा रहा था।' इस दृश्य में उसी का चित्रात्मक संस्करण है। कंटेक्स्ट (सन्दर्भ) जरूर यहाँ अलग है। लेकिन उसका भी कारण है। मूल कहानी में अमल जिस स्थिति में चारु के मनोभाव के सम्बन्ध

में सचेत होता है, वैसी स्थिति में उसे इसके पहले कई बार पड़ना पड़ा है। यह याद रखना जरूरी है। भूपति के 'सूखे, विवर्ण' चेहरे का कारण अमल उस वक्त भी नहीं जानता था। क्योंकि, क्राइसेस (विपत्ति) का कारण अथवा महत्त्व जाने बिना सिर्फ भूपति के प्रति चारु की उदासीनता से ही यदि अमल को यह आभास हो जाता है, तब फिल्म में आखिरकार यह क्लेयरवोयेंस (दिव्य ज्ञान) ही जान पड़ेगा।

हालाँकि अमल का यह आभास पटकथा के लिए भी अपरिहार्य है। इसका एकमात्र उपाय है—चारु के आचरण को कोई स्पष्ट रूप देना।

इसी उद्‌देश्य से चारु के क्रन्दन का दृश्य दिया गया है। अवरुद्ध क्रोध के लिए द्वार खुल जाने पर चारु के लिए रोना कतई असम्भव नहीं है। भूपति के सामने ही यदि उसके लिए अमल के प्रति शोक व्यक्त करना सम्भव है (आठवें परिच्छेद में) तो अमल के सामने क्यों न होगा, विशेष रूप से जब रवीन्द्रनाथ के कथन से ही हम लोगों ने मान लिया है कि चारु अमल के प्रति आसक्त है।

इसीलिए, इस आरोप का मेरी समझ में कोई अर्थ ही नहीं है कि क्रन्दन का यह दृश्य मूल कहानी के अनुसार नहीं बना है। एक्शन (कार्यकलाप) के सहारे इस दृश्य में जो कहा गया है, रवीन्द्रनाथ ने अपनी भाषा में उससे कुछ कम नहीं कहा है। जिनके हाथों में 'नष्ट नीड़' कहानी नहीं है, उनके लिए यह उदाहरण पर्याप्त है—"औंधी पड़ कर तकिये पर मुख रख कर बार-बार कहने लगी—अमल, अमल, अमल! समुद्र पार से जैसे शब्द बह कर आ रहे हों—भाभी जी, भाभी जी क्या है? चारु आँसुओं से भीगी आँखों को मूँद कर कहती है—तुम नाराज होकर क्यों चले गए? मैंने तो तुम्हारा कोई अपराध नहीं किया है। तुम अगर अच्छे मन से विदा लेकर जाते, तो शायद मैं यह दु:ख न पाती। अमल सामने होता तो जैसी बातें होती, चारु ठीक उसी तरह बातें करती है—अमल, मैं तुम्हें एक दिन के लिए भी नहीं भूली।

एक दिन भी नहीं, एक दिन भी नहीं। मेरे जीवन की सारी श्रेष्ठ वस्तुओं को तुम्हीं ने प्रस्फुटित किया, अपने जीवन के सार भाग द्वारा मैं प्रतिदिन तुम्हारी पूजा करूँगी।"

चारु के दु:ख से टूट जाने के दृश्य के बाद के दृश्य में भूपति की बैठक का हमें एक संकेत मिलता है। निशिकान्त नामक चरित्र का उल्लेख मूल कहानी में एकाधिक बार हुआ है। इस दृश्य में उसे रूपायित किया गया था। इसी दृश्य में, महफिल से उठ कर सन्दूक तोड़ कर रुपया चुराते हुए उमापद को दिखाया गया है। यहाँ पर मूल कहानी की तुलना में जो परिवर्तन किया गया है, उस सम्बन्ध में कुछ कहना बहुत जरूरी है।

मूल कहानी में उमापद पकड़ा जाता है। पकड़ा जाना उमापद की तरफ से अन्तत: आकस्मिक नहीं लगता। वह मानो पकड़े जाने के लिए पहले से ही प्रस्तुत था। तो क्या उमापद मूर्ख है? लेकिन वह अन्दर-अन्दर चुपचाप जिस तरह अपना काम बना लेता है, उससे तो यह नहीं लगता। शठता के साथ मूर्खता का यह समन्वय फिल्म में विश्वसनीय बनाना सम्भव नहीं होता। मूल कहानी में इस समन्वय के फलस्वरूप इस हिस्से में भूपति-उमापद को लेकर रवीन्द्रनाथ ने जिस दृश्य की रचना की है, वह सजीव नहीं हो सका है, उमापद भी एक मेरुदंडहीन मांसपिंड में परिणत हो गया है।

इन्हीं सब कारणों से उमापद की कल्पना एक अनुभवी कैलकुलेटिंग विलेन (स्वार्थी खलनायक) के रूप में की गई है। इस उमापद के लिए भूपति का सर्वनाश करते हुए पकड़े जाने के पहले ही झूठ बोल कर भाग जाना स्वाभाविक है। इससे भूपति के डिसइल्यूजनमेंट (मोहभंग) की मात्रा (ट्रैजिडी के लिए जिसकी असली आवश्यकता है) जरा भी कम नहीं होती है और उमापद के कैलकुलेटिंग (मतलबी) होने के कारण ही भूपति एक साथ काम करने के बाद भी उसका असली रूप समझ नहीं पाता।

उस रात्रिकालीन दृश्य के उपादान बने हैं—भूपति के अड्डे पर

राजनीति की चर्चा, राममोहन के गाने (इन दोनों का उद्‌देश्य पीरियड ऐटमॉस्फियर, तत्कालीन परिवेश, रचने में सहायता करना है); उमापद का रुपया चुराना, चारु के कमरे में चारु-अमल का वार्तालाप, उमा-मन्दा के प्रस्थान का संकेत और अन्त में निशिकान्त द्वारा 'विश्वबन्धु' में प्रकाशित चारु के लेख को भूपति की दृष्टि में लाना।

इसके पहले के दृश्य में हम देखते हैं कि चारु अमल को मन्दा के पास से छीन लाती है। इसलिए चारु-अमल के इस दृश्य में मन्दा नहीं है। हजार हो, मन्दा में भी तो स्वाभिमान नाम की एक चीज है। बैठक में राममोहन के गाने का सूत्र पकड़ कर चारु-अमल विलायत सम्बन्धी चर्चा कर रहे हैं। चारु अमल के विवाह-प्रसंग को दबा कर नहीं रख पाती क्योंकि, अमल ने अपने मनोभाव को साफ-साफ जाहिर नहीं होने दिया है। अमल इस प्रसंग को टाल जाता है। मूल कहानी में भी जब तक उसके लिए दादा के आश्रय का त्याग करना लाजिमी नहीं हो जाता, तब तक अमल विवाह के प्रस्ताव पर सहमति नहीं देता। ताकि चारु-अमल का कथोपकथन निरे प्रेमालाप में पर्यवसित न हो जाए इसलिए, अमल द्वारा 'व' के अनुप्रास में बातचीत कराने की एक युक्ति अपनाई गई थी। चारु को इसमें कोई आपत्ति नहीं है, वह भी 'व' अनुप्रास के खेल में मगन हो जाती है। कारण यह कि अब भी उनके विच्छेद का कोई पूर्वाभास चारु को नहीं मिला है।

इसके बाद वाले दृश्य में ही भूपति कागज बेचने वाले से उमापद के विश्वासघात की बात जान पाता है।

उसी दिन रात में चारु-अमल को हम बरामदे में देखते हैं (सोने के कमरे में इस दृश्य को न रखना अवश्य परिहार्य लगा था)। भूपति को लौटने में देरी होते देख कर दोनों ही चिन्तित हैं।

भूपति की विपत्ति की आशंका के साथ-साथ क्या चारु के मन में अमल को खो देने की एक आशंका नहीं दिखाई दे सकती? विशेष रूप से

जब अमल अपनी तरफ से चारु के मनोभाव के साफ-साफ रेसिप्रोकेशन (जवाबी प्रतिक्रिया) का कोई संकेत नहीं देता है। अगर हम मान लें कि चारु का मनोभाव केवल भाभी का मनोभाव नहीं है, प्रेमिका का भी मनोभाव है तो इस तरह की प्रतिक्रिया स्वाभाविक ही लगेगी।

इसीलिए जब अमल दादा को खोजने के लिए जा रहा होता है, तो उस समय उसका हाथ पकड़कर चारु कहती है—"चाहे जो हो, वचन दो, तुम यहाँ से नहीं जाओगे!" अमल कहता है—"छोड़िए भाभी जी! मैं देखता हूँ कि दादा को आखिर हुआ क्या है।" मूल कहानी के अन्त में अमल की अपने दादा के प्रति लॉयल्टी (निष्ठा) का संकेत है। यहाँ पर उसी का सूत्रपात है। दादा के प्रति अमल की उदासीनता अमल के लिए विस्मयजनक है—यह भी मूल कहानी में ही है।

भूपति अपनी ट्रैजिडी की बात अमल से कहता है। 'नष्ट नीड़' में यह घटना अनुपस्थित है। कहानी में है—"खोज-बीन करके अमल ने घटना जान ली।" अमल का यह जान लेना अत्यन्त आवश्यक घटना है। तो क्या अमल को यह जताने के लिए नए चरित्र और नया दृश्य रचना पड़ेगा? नए चरित्र और दृश्य की उद्भावना ज्यादा आपत्तिकर है, अथवा भूपति द्वारा अमल को जानकारी देना अधिक आपत्तिकर है?... 'उमापद के विश्वासघात के सम्बन्ध में भूपति चारुलता से सारी बातें नहीं कह सकता।'...इसका स्वाभाविक कारण यह है कि उमापद चारु का अपना भाई है। लेकिन अमल से कोई बात न कहने का कोई चरित्रगत कारण क्या है, विशेष रूप से अमल जब अखबार के मामले में पूरी तरह से निर्लिप्त नहीं है? मुझे तो नहीं लगता। इसके अलावा यह घटना नाटकीय भी है। कारण यहाँ पर भूपति का उमापद पर विश्वास बनाए रखने के साथ अमल पर विश्वास बनाए रखने का एक चमत्कारपूर्ण समानान्तर (पैरलल) दृश्य खींचने का सुअवसर भी तो है। पटकथा में इसीलिए, यही रास्ता पकड़ा गया था।

अमल से बातें करने के बाद भूपति अपने सोने के कमरे में आता है।

चारु भूपति का आलिंगन करती है। यद्यपि, मुँह से सहानुभूतिसूचक कुछ कहने की छलना वह नहीं कर पाती है। भूपति उसके आलिंगन का गलत अर्थ लगाता है। वह स्नेहपूर्ण स्वर में कहता है—"अब से मैं तुम्हें पर्याप्त समय दे सकूँगा। तुम्हारी सौत को मैंने दूर हटा दिया है।"

भूपति से बातचीत करने के फलस्वरूप अमल भूपति की दुर्दशा की कहानी समझ गया है। अमल की जिस मैच्योरिटी (वयस्कता) का संकेत मूल कहानी में उसकी चिन्ता में व्यक्त किया गया है, इसके बाद वाले दृश्य में सिनेमा की रीति के अनुसार अमल के एक्शन (कार्य कलाप) द्वारा उसे बताया गया है। अमल भूपति को पत्र लिखकर उसका आश्रय त्याग, स्वावलम्बी होने के उद्‌देश्य से चला जाता है।

दूसरे दिन सवेरे पत्र पाकर भूपति अमल के इस चले जाने के अलिखित, अन्तर्निहित कारण को अवश्य नहीं जान पाता। चारु अपने प्रचंड क्षोभ को नौकर के प्रति अकारण क्रोध और अमल के प्रति विद्रूपात्मक उक्तियों में रूपान्तरित कर देती है। ('देखो, पता लगाओ, वह जरूर वहीं वर्धमान ही गया होगा!')

श्री रुद्र ने कहा है, अमल के चले जाने के बाद और छह अध्याय लिख कर छठे के अन्त में रवीन्द्रनाथ ने भूपति द्वारा अपनी असली ट्रैजिडी के बारे में जानकारी कराई है और मैंने उस सबका वर्जन करके संक्षेप में खेल करना चाहा है।

रवीन्द्रनाथ ने इन अन्तिम छह अध्यायों में भूपति-चारु के आपसी सम्बन्ध के अनेक सूक्ष्म और जटिल खींच-तान के ब्योरे दिए हैं। इन अंशों को प्राय: 'वेरिएशंस ऑन दि थीम ऑफ इनकम्पैटिबिलिटी'—अनमेल सम्बन्धों के कथ्य के विविध रूपी पाठ—कहा जा सकता है। इस अंश का दर्द, इसकी काव्यमयता, इसका आवेग अस्वीकार नहीं किया जा सकता। लेकिन जिन घटनाओं के माध्यम से लेखक भूपति को आत्म-सजगता के इन

क्षणों तक पहुँचाता है, विश्लेषण करने से उनकी अनेक दुर्बलताएँ प्रकाश में आ जाती हैं। (यहाँ पर भी वही 'प्लॉट' का व्यापार है।) मेरा विश्वास है, अगर मूल का अनुकरण किया जाता तो, ये सारी दुर्बलताएँ अत्यधिक मात्रा में प्रकट हो उठतीं।

मूल कहानी में इस भाग में हम देखते हैं कि पहले भूपति चारु के नजदीक जाने का प्रयास करता है। अखबार बन्द हो जाने की वजह से भूपति के पास अब समय का अभाव नहीं है। वह अमल की तरह साहित्य-रचना कर चारु के दिल में स्थान पाना चाहता है। यह प्रयास बहुत पॉयनेंट (मार्मिक) है। हाँ, इससे चारु की वेदना का जरूर शमन नहीं होता। कारण यह कि अमल की याद को वह भुला नहीं पाती; अमल के अभाव को भूपति कैसे दूर कर सकता है!

विलायत से पत्र न आने पर चारु की उत्कंठा स्वाभाविक है। लेकिन लक्षित करने योग्य विषय यह है कि चिट्ठी बिलकुल न आती हो, ऐसा नहीं है। अमल भूपति को पत्र लिखता है, और उसमें चारु को प्रणाम निवेदित करता है—एक बार नहीं, तीन बार। यह प्रणाम जरूर चारु को कटे घाव पर नमक छिड़कने की तरह पीड़ा देता है। अठारहवें परिच्छेद में हम देखते हैं—"अमल ने हालाँकि भूपति को यह बता दिया था कि पढ़ाई-लिखाई की व्यस्तता के कारण वह लम्बे समय तक पत्र नहीं लिख सकेगा, फिर भी दो-एक मेल से उसका पत्र न आने पर चारु के लिए सारा संसार काँटों की सेज बन गया था। शाम को बातचीत के बीच चारु ने अत्यन्त उदासीनता से शान्त स्वर में अपने स्वामी से कहा—"अच्छा देखो, न हो तो विलायत एक टेलिग्राम भेज कर पता लगाओ कि अमल कैसा है?" भूपति बोला—"दो हफ्ता पहले उसकी चिट्ठी मिली थी, वह आजकल पढ़ाई में व्यस्त है।"

अगर इतना भर होता, तो चारु अमल को प्री-पेड टेलिग्राम भेजकर उससे क्या अपेक्षा कर रही थी? अमल की व्यस्तता का कारण उसे पता

है। अमल के कुशल-क्षेम के संवाद को उसने भूपति को लिखी चिट्ठी से ही पा लिया है। प्री-पेड टेलिग्राम के उत्तर से क्या चारु ऐसे किसी संकेत की आशा लगाए हुए थी कि उसके प्रति अमल का आकर्षण अटूट रूप से बना हुआ है? दादा के अनुरोध पर विवाह करके और विलायत जाकर तो उसने साफ तौर पर यह समझा दिया है कि वह चारु के साथ अपनी दूरी बढ़ाना चाहता है।

उसके बाद टेलिग्राम भेजने की घटना पर आया जाए। भूपति के सामने तो यह काम किया नहीं जा सकता है। कहीं उसे बाद में सन्देह हो जाए, इसलिए चारु को छल का सहारा लेना पड़ता है। दो-एक दिन बाद चारु ने भूपति से कहा—"मेरी बहन आजकल चूँचड़ा में है। आज जाकर उसका हाल-चाल ला सकते हो?"

भूपति : क्यों। क्या कोई बीमारी हो गई है उसे?

चारु : नहीं...कोई बीमारी नहीं हुई है उसे। जानते तो हो तुम्हारे जाने से वे लोग कितने खुश हो जाते हैं।

भूपति चारु के अनुरोध पर गाड़ी पर बैठकर हावड़ा स्टेशन की तरफ गया। रास्ते में बैलगाड़ियों की एक कतार ने आकर उसकी गाड़ी को रोक लिया। इसी वक्त टेलिग्राफ के एक परिचित हरकारे ने भूपति को देखकर उसके हाथ में एक टेलिग्राम थमा दिया।...

इसकी व्याख्या बेकार है। रुद्र महाशय भी जरा विचार करते ही समझ जाएँगे कि इस घटना का एक अंश भी फिल्म में विश्वसनीय न लगता।

"चारु के टेलिग्राफ के बारे में जानते ही, एक अस्पष्ट सन्देह अलक्षित रूप से उसे बेधने लगा।"

यह सन्देह फिर कैसे दृढ़ हो गया? 'चारु अपने को अब और नहीं सँभाल पाती। काम-काज पड़ा रहता, सभी कामों में भूल होती, नौकर-

चाकर चोरी करते, उसकी दयनीय दशा को देख कर लोग तरह-तरह की कानाफूसी करते, उसे किसी की भी सुध न थी। ऐसा भी होता कि अचानक चारु चौंक पड़ती, बात करते-करते रोने के लिए उसे उठ कर चले जाना पड़ता, अमल का नाम सुनते ही उसका मुँह पीला पड़ जाता।'

अन्त में भूपति ने भी सब कुछ देखा और जिसकी क्षण-भर के लिए भी कल्पना न की थी, वह भी सोचा...दुनिया उसके लिए एकदम पुरानी-धुरानी, जीर्ण-शीर्ण और शुष्क हो गई।

कहानी के इस भाग में, जहाँ भूपति के काम में मस्त बने रहने का कोई प्रश्न नहीं उठता है, जहाँ वह चारु को अपना सान्निध्य देने में ही व्यस्त है और चारु का मनोभाव उसके आचरण द्वारा इतना प्रकट है कि लोग उसके बारे में कानाफूसी तक करने लगे हैं, वहाँ भूपति की दीर्घकालीन मैराथन इनकम्प्रिहेन्शन (नासमझी) का मनोवैज्ञानिक आधार कहाँ है? स्त्री की तो उसने जान-बूझ कर ही अवहेलना की है, चारु के साथ अपनी बेसिक इनकम्पैटिबिलिटी (मूल बेमेलपन) के बारे में वह सचेत है। इसके अलावा, अमल के प्रति चारु की स्नेह-ममता का इंगित भी वह कई बार पा चुका है; इसके अलावा, रवीन्द्रनाथ ने भूपति की कल्पना एक मूर्ख के रूप में भी नहीं की है।

पहले कह चुका हूँ, फिर कह रहा हूँ, रवीन्द्रनाथ की भाषा के लालित्य गुण के कारण कहानी पढ़ते समय ये सब चिन्ताएँ नहीं खटकतीं; लेकिन पटकथा लिखते समय, जब मूल कहानी के निर्मम विश्लेषण की जरूरत पड़ती है, जब रक्त-मांस के सजीव व्यक्तियों के रूप में चरित्रों की कल्पना करनी पड़ती है, समय के परिष्कृत सूत्र के आधार पर घटनाओं के एक धारावाहिक सिलसिले की रचना करनी पड़ती है—तभी इस तरह की त्रुटियाँ नजर आती हैं। कहानी में जो अदल-बदल करनी पड़ती है, वह इसी कारण से, खामख्याली की वजह से नहीं, अथवा दूसरे की कहानी के आधार पर

फिल्म तैयार कर मौलिक रचना की वाहवाही लूटने के लिए नहीं। रुद्र मोशाय प्रश्न करेंगे—फिर 'नष्ट नीड़' कहानी क्यों चुनी गई? उत्तर में कहूँगा—'चारुलता' फिल्म बनाने के लिए।

'चारुलता' फिल्म का उपसंहार 'नष्ट नीड़' कहानी के उपसंहार से पूरी तरह भिन्न है या नहीं, इसी पर विचार करके अपने इस वर्तमान विवेचन को समाप्त करूँगा।

'नष्ट नीड़' कहानी में अमल के चले जाने के बाद भूपति के आचरण की मूल बात है—चारु के नजदीक आने की कोशिश करना। इसमें समय के विस्तार का जो संकेत छिपा हुआ है, कहानी में इसी बात को संकेतित करने के लिए् कहानी की पटकथा में परिवर्तन करना पड़ा था। स्वामी-स्त्री को इसलिए समुद्र-तट पर दिखाया गया है—स्वाभाविक परिवेश से बहुत दूर। चारु क्या अमल को भूल सकी है? इसका कोई संकेत इस दृश्य में नहीं दिया गया है। भूपति के होने पर वह संकेत देने का कोई अवसर नहीं था। इसके अलावा, पूरी तरह भूल चुकी है, यह प्रतीत होने पर, भविष्य में न भूल पाने के सत्य को और भी मार्मिक रूप से व्यक्त करना सम्भव है। समुद्र तट पर इसीलिए, अमल का कोई उल्लेख नहीं है।

चारु भूपति से अत्यन्त सहज रूप में बातचीत करने के बाद भी भूपति के प्रेमालाप के प्रयत्न पर अपना कोई मन्तव्य प्रकट नहीं कर पाती, इसके उलट, भूपति के सफेद बालों का प्रसंग उठाकर पति के प्रति एक अनरोमांटिक (रोमांसरहित) मनोभाव को ही व्यक्त करती है। मूल कहानी में भी चारु भूपति के साथ बातचीत में कोई रूखा भाव व्यक्त नहीं करती, फिल्म के इस दृश्य में भी चारु भूपति के अखबार निकालने के प्रस्ताव पर उसे उत्साहित ही कर रही है।

कलकत्ता लौटने के कुछ पल बाद ही, भूपति चारु के हाथ में अमल के लिखे पत्र दे देता है। भूपति के कमरे से चले जाने के बाद चिट्ठी बिना

खोले ही चारु पुंजीभूत वेदना से रो पड़ती है। इसी समय अचानक लौट कर देहरी पर ठिठक कर भूपति रोती हुई चारु को देखता है और उसका विलाप सुनता है—"देवरजी, तुम क्यों चले गए, देवरजी तुम क्यों चले गए। मैंने ऐसा क्या अपराध किया था, जो तुम मुझे बिना बताए चले गए"... आदि-आदि।

फिल्म का भूपति इतना बेसमझ नहीं है कि इस विलाप को वह सिर्फ प्रेम के रिश्ते में बँधे देवर के लिए भाभी के विलाप को समझने की भूल कर बैठे। भूपति को पूरी तरह से यह आभास हो सके, इसके लिए उसे काफी समय तक चलती हुई घोड़ागाड़ी पर एकाकी अवस्था में दिखाया गया है और उसकी आँखों और चेहरे पर क्रमश: अविश्वास, वेदना, निराशा और चारु के प्रति दया के संचार का भाव नजर आता है।

भूपति घर लौट आता है।

उन्नीसवीं शताब्दी की कहानी में डाइवोर्स का प्रश्न तो उठता ही नहीं है। फिर भी क्या चारु को भूपति अकेला छोड़कर चला जाएगा, जैसा कि उसने मूल कहानी में किया है? चारु का अपराध क्या भूपति की निगाह में बिलकुल क्षमा से परे है अथवा वह सोचता है कि अगर चारु को अकेला रहने दें तो उसे अपेक्षाकृत कम यंत्रणा उठानी पड़ेगी? क्या वह चारु के साथ विस्तार से इस विषय पर बातचीत करके समझने की जरूरत भी महसूस नहीं करेगा? विशेष रूप से जब इस स्थिति के लिए उसकी भी कुछ कम जिम्मेदारी तो है नहीं?

मेरे विचार में चारु का परित्याग कर, मैसूर-यात्रा रवीन्द्र-चित्रित भूपति के चरित्र के साथ मेल नहीं खाती।

लेकिन क्या इसी कारण, इस स्थिति में नए तरह से किसी सुखद घोंसले की रचना करना सम्भव है? दोनों लोग एक-दूसरे के दोष को

क्षमा करके एक साथ घर चलाते रहें, क्या यह सम्भव है? वे एक-दूसरे को अच्छी तरह जान गए हैं, इसलिए लगता है, उनका आपसी व्यवधान दुर्लंघ्य है।

इस दृश्य में वे इसीलिए हाथ-में-हाथ नहीं मिला पाते। भविष्य में क्या मिला पाएँगे? पता नहीं। जानने की कोई जरूरत भी नहीं है। रवीन्द्रनाथ ने भी जानने की कोई जरूरत महसूस नहीं की थी। आज की तरह उनका घर टूट गया है, विश्वास बिखर गया है, बचपने के खिलवाड़ से भरे कल्पना-जगत से उतर कर वास्तविकता की कठोर धरती पर वे दोनों आ गए हैं। यही कहने योग्य बड़ी बात है। यही 'नष्ट नीड़' की थीम है।

मेरे मत से चारुलता में यह थीम अक्षुण्ण बनी रही है।

परिचय; 1964

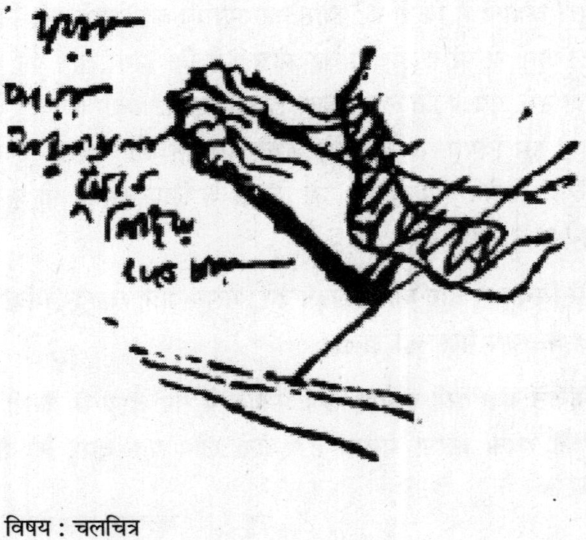

चूनीबाला देवी उर्फ इन्दिर दादी

चूनीबाला देवी को जिस दिन पहली बार उनके पाइकपाड़ा वाले घर में देखने गया, उस दिन की मन:स्थिति भुलाने वाली नहीं है। फिल्म का काम शुरू हो चुका था। अपू, दुर्गा, हरिहर, सर्वजया की भूमिकाएँ चुनी जा चुकी थीं। प्रसन्न, सँझली दादी और नीलमणि की स्त्री के सम्बन्ध में भी मन स्थिर हो चुका था। बाकी केवल इन्दिर दादी का चुनाव रह गया था।

'पचहत्तर वर्ष की एक वृद्धा, जिसके गाल पिचक चुके हैं, कमर थोड़ी टेढ़ी हो जाने से जिसकी पूरी देह सामने की ओर झुक गई है। दूर की चीजें अब पहले जैसी साफ नजर नहीं आतीं।'—विभूतिभूषण के इस वर्णन के साथ संगति रखते हुए एक अभिनेत्री का चुनाव करना कोई सरल बात तो थी नहीं। विशेष रूप से तब जब समाचार-पत्रों में बार-बार घोषणा कर दी गई थी कि 'इस फिल्म में मेकअप का प्रयोग जरा भी नहीं किया जाएगा।' वर्णन के अनुसार वृद्धा की खोज न की गई हो, ऐसा नहीं था, लेकिन चेहरा ही तो सब कुछ नहीं था। सबसे बड़ी समस्या तो यह थी कि 70-75 वर्ष की वृद्धा के लिए आउटडोर शूटिंग की यह हाड़-तोड़ मेहनत सहन करना सम्भव होगा या नहीं। इसके बाद, प्राय: देखा जाता है कि बुढ़ापे के प्रकोप से थोड़ा-बहुत मस्तिष्क-विकार इस उम्र में हो ही जाता है। इन्दिर की स्मरण-शक्ति के ऊपर भरोसा रखकर चला जा सकेगा? अर्थात, वे संवादों को याद कर कैमरे के सामने बोल तो सकेंगी? वार्धक्य, अभिनय करने की

दक्षता, शारीरिक रूप से कष्ट सहने की क्षमता और स्वस्थ मस्तिष्क—एक ही पात्र में इन चारों चीजों का समन्वय जरा भी सम्भव है या नहीं, इस पर विचार किए बिना ही, हम लोगों ने फिल्म का काम शुरू कर दिया था। अब इस पर विचार करते ही बड़ा भय लगता है।

चूनीबाला देवी का पता हमें रेवा देवी ('पथेर पांचाली' की सँझली दादी) ने दिया था। चूनीबाला देवी चूँकि निभाननी देवी की माँ थीं, उन्होंने दो मूक फिल्मों में अभिनय किया था और उससे भी पहले, अर्थात तारासुन्दरी, नगेन्द्रबाला के जमाने में, मंच पर अभिनय किया था। उनका पता-ठिकाना लेकर एक रविवार की सुबह हम लोग निभाननी देवी के घर पहुँच गए।

चूनीबाला ने हम लोगों को निराश नहीं किया। 'पचहत्तर वर्ष की एक वृद्धा, जिसके गाल पिचक चुके हैं, कमर थोड़ी टेढ़ी हो जाने से जिसकी पूरी देह सामने की ओर झुक गई है'—वे इस वर्णन से न मिलती हों, ऐसा नहीं था।

प्रश्न किया—"आप कोई बच्चों का गीत जानती हैं? उसे दुहरा सकेंगी?"

बुआ-मौसी के 'नींद लाने वाले' किसी बालगीत की दस-बारह लाइनों से ज्यादा मैंने तो कभी सुनी नहीं है। चूनीबाला के मुँह से आश्चर्यजनक रूप से इसके विस्तार में वृद्धि हो गई। लगता है, बालगीतों के आदिम और अकृत्रिम संस्करण की ही उन्होंने आवृत्ति की। उस वृद्ध महिला की स्मरण-शक्ति देख कर बड़ी श्रद्धा हुई। कई आशंकाएँ अपने आप दूर हो गईं। अब दूसरा, जरूरी प्रश्न किया।

—यहाँ से भोर छह बजे रवाना होकर पन्द्रह मील दूर गाँव में जाकर शूटिंग करके, पुनः शाम को उसी पन्द्रह मील के रास्ते को मोटर से आप तय कर पाएँगी?

—खू...ब अच्छी तरह से।

इस बार मेरी बाकी आशंका भी दूर हो गई।

चूनीबाला देवी को लेकर काम करते समय बार-बार मन में यही बात आती रही कि अगर इनका पता न मिलता तो हमारी 'पथेर पांचाली' फिल्म बन ही न पाती। हम लोग किसी भी मामले में धोखेबाजी अथवा जालसाजी का सहारा नहीं ले रहे हैं, यह उन्होंने शुरू में ही समझ लिया था—"आप लोगों ने जब एक युवती को मेकअप द्वारा वृद्धा न बनाकर, मुझे चुन लिया है, तभी समझ गई थी कि आप लोगों की प्रवृत्ति किस तरफ है।" और यथार्थ की यही दिशा अन्ततः इन्दिर दादी की भूमिका में बरकरार रहे, इसके लिए वे सदा सचेत बनी रहती थीं। एक उदाहरण दे रहा हूँ। इन्दिर दादी के पहनने के लिए हम लोगों ने एक फटे थान की धोती चूनीबाला को दी थी। उनसे कह रखा था—"आप इच्छानुसार गाँठ लगाकर छेदों का कोई इन्तजाम कर लें," जैसी कि इन्दिर दादी की आदत थी। लेकिन कुछ दिन काम करने के बाद वह थान जीर्ण-से-जीर्णतर हालत में पहुँच गया। एक दिन मेरे कान में यह बात आई कि चूनीबाला ने कहा है, "इस कपड़े की जो हालत हो गई है, उससे लज्जा नहीं ढकी जा सकती।" दूसरे दिन एक नया थान, फटे स्थानों की संख्या कुछ कम करके, उन्हें दे दिया गया। चूनीबाला ने कुछ कहा नहीं। इन्दिर दादी के वेश में जब वे सेट पर आईं, तब देखने को मिला कि उन्होंने नए थान की धोती को रद्द करके पुराने थान को ही पहना है।

मैंने उनकी स्मरण-शक्ति की चर्चा की थी। चूनीबाला जिस तरह से कंटीन्यूटी (धारावाहिकता) के छोटे-मोटे ब्योरों को याद रखती थीं, वह एक आश्चर्यजनक घटना थी। हमारी नोट-बुक में भूल हो जाने पर भी, उनके दिमाग में कोई भूल नहीं रहती थी। 'मेरा दाहिना हाथ तो उस दिन भीगा हुआ था,' 'क्यों, मेरे मुँह पर पसीने की झलक तो दिखाई नहीं,' 'इस शॉट में मेरी देह पर चादर तो रहेगी नहीं,' 'मेरी पोटली क्या दाहिने हाथ में थी? नहीं,

पोटली बाएँ हाथ में और लोटा दाहिने हाथ में...' इस तरह की बातें उनसे सदा सुनने को मिलती थीं।

चूनीबाला के कई गुणों में से उनके सुरीले गले का आविष्कार काफी बाद के दौर में हुआ। एक दिन शूटिंग के अन्त में हरिहर के चबूतरे पर बैठे-बैठे, शाम के चाय-पान के समय उनसे पूछा, "आप गाना जानती हैं?" उपन्यास में अथवा पटकथा में इन्दिर दादी के गाने का कोई उल्लेख नहीं था, फिर भी कई दिन से यह महसूस हो रहा था कि इन्दिर दादी के किसी अलसाये क्षण में उनके सादे सुर में गाये एक गाने को अगर शामिल कर दिया जाए तो कुछ बुरा नहीं होगा।

चूनीबाला ने पूछा, "धार्मिक गाना क्या चल पाएगा?"

बोला, "हाँ, चल जाएगा।"

इन्दिर गाने लगीं—

"मॅन आमार हरि बोल हरि बोल।
हरि हरि हरि बोले
भवसिन्धु पार चॅल।
जले हरि स्थले हरि...
चन्द्रे हरि, सूर्ये हरि...
आकाशे हरि, बातासे हरि,
हरिमय भूमंडल।

(हे! मेरे मन, हरि बोल, हरि बोल
हरि हरि हरि कह कर
भवसिन्धु के पार उतर चल
हरि जल में हैं, थल में हैं...

चन्द्र और सूर्य में हैं

आकाश में, वातास में...

पूरा भूमंडल ही हरिमय है)

इस गाने की रिकॉर्डिंग कर ली गई।

इसके कुछ दिन बाद ही पैसों की तंगी के कारण फिल्म का काम बन्द हो गया।

लगभग एक वर्ष बाद जब स्टूडियो में एक रात्रिकालीन दृश्य फिल्माया जा रहा था, तब इन्दिर दादी के गाना गाने के दृश्य को फिल्माए जाने का अवसर मिला। चाँदनी रात में चबूतरे की पश्चिमी दिशा में पैर फैलाए बैठी, हाथों से ताल देती हुई, इन्दिर दादी गाना गा रही हैं। भादों का महीना है। नेपथ्य में मेंढक और झिल्लियों की आवाजें हो रही हैं। कैमरा धीरे-धीरे इन्दिर की तरफ बढ़ता जाएगा।

शॉट लेने से कुछ पल पहले चूनीबाला बोलीं—

"और एक गीत मुझे याद आ रहा है। यह और भी बेहतर है। सुनेंगे?

हरि दिन तॅ गेलो सन्ध्या होलो
पार करो आमारे।
तुमि पारेर कर्ता शुनो वार्ता
डाकि हे तोमारे।
शुनि, कोड़ी नाइक जार
तुमि करो तारे पार।
आमि दीन भिखारी, नाइक कोड़ी।
देखो झूलि झेड़े।
हरि दिन तॅ गेलो, सन्ध्या होलो
पार करो आमारे..."

(हे हरि, दिन तो बीत गया, सन्ध्या होने को आई
मुझे पार उतार दो।
तुम पार उतारने वाले हो, तुम मेरी बात सुनो,
मैं तुम्हें पुकार रही हूँ।
सुनती हूँ, जिसके पास कौड़ी भी नहीं होती है,
तुम उसे भी पार उतार देते हो
मैं हूँ दीन भिखारिणी, मेरी झोली झाड़ कर देख लो,
मेरे पास एक कौड़ी भी नहीं है।
हे! हरि, दिन तो बीत गया, सन्ध्या होने को आई
अब मुझे पार कर दो...)

'पथेर पांचाली' के फिल्मी नाट्य रूपान्तर के किसी-किसी दृश्य में और उपन्यास की घटनाओं में अन्तर है। चूनीबाला को किसी भी दृश्य में कोई एतराज नहीं था, सिर्फ इन्दिर दादी की मृत्यु वाले दृश्य को छोड़कर। वे बोलीं, "पुस्तक में है कि उस बुढ़िया की मृत्यु चंडी-मंडप में हुई है। आप दिखा रहे हैं बाँस-वन में। बुढ़िया धार्मिक है, बाँस-वन में उसका मरना क्या अच्छा दिखेगा?" उन्हें समझाने की कोशिश की, बाँस-वन में अचानक मृत देह का मिलना अपू-दुर्गा के शिशु मन में जिस तरह की प्रतिक्रिया की सृष्टि करेगा, फिल्म और नाटक की दृष्टि से उसका मूल्य बहुत अधिक है। फिर चूनीबाला ने कुछ नहीं कहा। दृश्य में है, दुर्गा बुढ़िया को घुटनों में मुँह गड़ाए बैठे देख, उसे सोता समझ कर उसका कन्धा पकड़, झकझोरने लगती है। बैठी हालत में सहसा धक्का लगने से बुढ़िया की मृत देह धप से जमीन पर गिर पड़ती है। कहना न होगा, इस दृश्य में वास्तविकता की मात्रा पूरी तरह चूनीबाला के ऊपर निर्भर करती है। वह अगर तेज धक्के को सहन न करके अपनी देह को जमीन पर गिरा सकें, तभी शॉट और अभिनय की सार्थकता है। इस कठिन परीक्षा में चूनीबाला किस तरह से उत्तीर्ण हुई थीं, इसका

प्रमाण 'पथेर पांचाली' में विद्यमान है और इस दृश्य के अन्त में उसकी मानसिक तृप्ति और शारीरिक थकान की एक साथ विचित्र अभिव्यक्ति मुझे हमेशा याद रहेगी।

इन्दिर की मृत्यु के दृश्य से सम्बद्ध और एक घटना का उल्लेख कर मैं अपना यह लेख समाप्त करूँगा।

इन्दिर दादी की शवयात्रा का दृश्य फिल्म के अन्त के दौरान फिल्माया गया। यह भी पटकथा में नहीं था। इन्दिर की मृत्यु और भी मर्मस्पर्शी होनी चाहिए, यह सोचकर इस दृश्य को जोड़ दिया गया था। शवयात्रा के दृश्य का अर्थ ही है—वीभत्स दृश्य, ऐसा कुछ लोग मान सकते हैं। मैं ऐसा नहीं मानता। दो कारणों से इन्दिर की शवयात्रा मेरे विचार में वीभत्स नहीं थी। एक, जिस प्राकृतिक परिवेश में और जिस समय (सूर्योदय के तुरन्त बाद) दृश्य फिल्माया गया था और दूसरा, हरिध्वनि से रहित।

दर्शकों के बीच ऐसे कुछ लोग होते हैं, यह मेरा निजी अनुभव है, जो 'बोल हरि' सुनते ही 'हरि बोल' कहने का लालच नहीं रोक पाते हैं। हरिध्वनि का वर्जन मुख्य रूप से इन्हीं की बात सोचकर किया गया था और वर्जन का यह संकल्प और बुढ़िया के गीत को शवयात्रा के दृश्य में पार्श्व-संगीत की तरह प्रयोग करना, समसामयिक घटना के रूप में लिया जा सकता है।

भोर पाँच बजे मैदानी रास्ते पर जब शॉट लेने की जोड़-तोड़ करते-करते टैक्सी में चूनीबाला देवी उपस्थित हुईं तो उन्हें बताया—"आज आपको अर्थी पर लिटाऊँगा।" चूनीबाला जरा भी विस्मित अथवा विचलित हुए बिना बोलीं, "अच्छा तो है, यह अनुभव कितने लोगों को होता है! मुझे कोई आपत्ति नहीं है।" बाँस की खाट पर चटाई बिछाकर इन्दिर ठाकुरुन (दादी) को लिटा कर राजू से भीख में मिली हुई चादर से उन्हें चारों ओर

से ढँककर, रस्सी से बाँध दिया गया। उसके बाद कैमरा के लिए एक बार रिहर्सल कर शवयात्रा शुरू हो गई।

शॉट खत्म हो जाने के बाद खाट सहित इन्दिर दादी को धरती पर उतारा गया, रस्सी का बन्धन खोल दिया गया। लेकिन, चूनीबाला देवी जरा भी नहीं हिलीं। हम लोग एक-दूसरे के मुँह की ओर ताकने लगे। मामला क्या है? दिल के भीतर छन्न से हो उठा।

सहसा सुनने को मिला, चूनीबाला देवी कह रही हैं—"शॉट लिया जा चुका है? पर, मुझे तो किसी ने बताया ही नहीं। इसीलिए मैं शव बनी लेटी हुई थी।"

आश्चर्यजनक अभिनय था!

इन्दिर दादी का काम यहीं पूरा हो गया।

मध्यवित्त, शारदीय; 1955

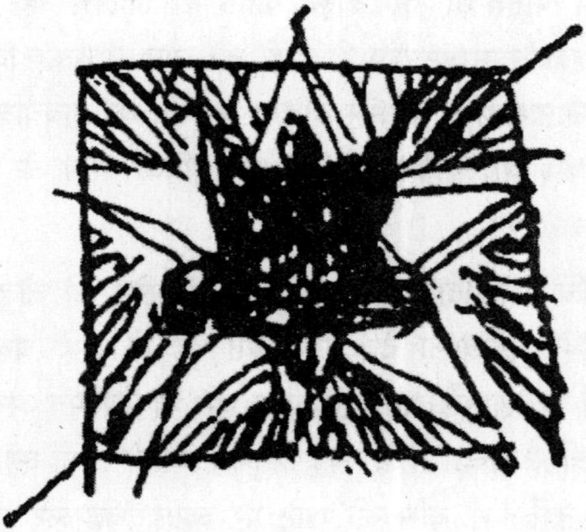

दो चरित्र

विज्ञापन का काम छोड़ कर जब मैं सिनेमा के काम में कुछ आगे बढ़ा, तब मेरे लिए कला का आकर्षण ही चलचित्र का मुख्य आकर्षण था। हाँ, उस कला की मार्फत स्थाई रूप से एक जीविका का इन्तजाम हो सकता है, ऐसी भी आशा थी। काम का आनन्द और काम करने का पारिश्रमिक, इन दो के अतिरिक्त भी चलचित्र से कुछ उपलब्धि हो सकती है, उस बारे में शुरू-शुरू में तो मैं कुछ नहीं जानता था। आज जान गया हूँ कि एक फिल्म-निर्माण के समय ऐसे बहुत-से अनुभव हो सकते हैं, जिनके साथ सम्भव है, उस फिल्म का प्रत्यक्ष रूप से कोई सम्बन्ध न हो। लेकिन, जो मन में बड़ी गहरी रेखा खींच जाए। आज तक मैंने जो दस फिल्में बनाई हैं, उनके दैनिक कार्यकलाप के छोटे-मोटे विवरण याद करने बैठता हूँ, तब सचमुच कुछ परेशानी तो होती ही है। लेकिन उसकी तुलना में आश्चर्य यह है कि मन में कुछ चरित्र और घटनाएँ साफ-साफ और विशिष्टता से गुँथी रह जाती हैं, जिनका आविर्भाव इन्हीं सब फिल्मों के दौरान हुआ था। ये दो चरित्र हैं—बोडाल के सुबोध दा और काशी के महाशय रमणीरंजन सेन।

तय हुआ कि बोडाल गाँव में 'पथेर पांचाली' की शूटिंग होगी। एक शीत ऋतु के सबेरे साज-समान लेकर गाँव के रास्ते से शूटिंग-स्थल की ओर जा रहा था कि सुनाई पड़ा—"फिल्म का दल आ गया है। बल्लम लेकर सब कूद पड़ो, बल्लम लेकर कूद पड़ो।"

खोज-बीन करने पर पता चला, यह सुबोध दा हैं। दसेक वर्ष से इनका दिमाग विकृत हो गया है। ये किसी का भी विश्वास नहीं करते हैं, फिल्म के दल का तो नहीं ही। आश्चर्यजनक है कि बाद में इन्हीं सुबोध दा से मेरी अच्छी जान-पहचान हो गई थी। सिर्फ परिचय ही नहीं बल्कि, स्वाभाविक हार्दिकता। शूटिंग के अवसर पर अकसर उनके चबूतरे पर जाकर बैठ जाता था और मेरे जाते ही वे कमरे से एक गन्दे टाट के थैले को लाकर उससे आदि काल के सब दस्तावेज निकालकर बताते कि उनकी कहाँ कितनी जमीन-जायदाद है और इसकी फेहरिस्त देते थे कि किसने, किस तरह उन्हें ठगा है। हाँ, यह जरूर है कि सुबोध दा के खयाल में शठता उस गाँव के लोगों में मज्जागत थी। एक दिन बोले, "मान लीजिए, दस लोग अमावस्या की रात में कतार बाँधे गाँव के रास्ते से जा रहे हैं। किसी के भी हाथ में रोशनी नहीं है। क्योंकि, सभी कंजूस हैं न! अगर कतार का सबसे आगे का व्यक्ति गड्ढे में गिर पड़ा और गिर जाने के बाद फिर उठकर ठीक से चलने लगा, तो वह पीछे के किसी भी व्यक्ति को सावधान नहीं करेगा। इस तरह दस-के-दस एक-एक कर गड्ढे में गिरते जाएँगे। लेकिन, किसी तरह से कहीं दूसरे की भलाई न हो जाए। इसलिए, कोई भी 'चूँ' नहीं करेगा। ऐसे हैं बोडाल के आदमी।"

नाम लेकर सुबोध दा लोगों को बहुत कम बुलाते थे—"वह जो साइकिल पर चढ़ा जा रहा है, उसे आप जानते हैं, रूजवेल्ट है। उसके हाव-भाव आप कभी भूलेंगे नहीं। वह बड़ा शैतान है।"

रूजवेल्ट, चर्चिल, फजलुल हक, अलीवर्दी खाँ, हिटलर, ये सभी लोग सुबोध दा के पड़ोसी थे। इनमें से कोई भी विश्वास-योग्य नहीं था। सभी से बच कर चलना था।

एक दिन सुबोध दा से कहा, "आप तो बेहाला बजाते हैं, पर आपने कभी सुनाया नहीं।" सुबोध दा तत्काल घर के भीतर से बेहाला का बक्सा ले

आए। "क्या सुनना पसन्द करेंगे—यमन अथवा बागेश्वरी?"

मैंने कहा, "यमन ही हो जाए।"

"सा पा पापामा गा मा नीधानी''—सुबोध दा ने गुनगुनाते हुए गत के मुखड़े का आलाप करते हुए बेहाला पर छड़ चलानी शुरू की।

प्राय: आध घंटे तक यह गत, वह गत बजाने के बाद सुबोध दा रुक गए। हाथ का दबाव वैसा न रहने पर भी वे एक संगीत रसिक हैं, इसमें मुझे कोई सन्देह नहीं रहा। अपने पागल होने के आरम्भ का वर्णन भी एक दिन सुबोध दा ने हमारे सामने किया था—

"बैठा हूँ, तो बैठा ही हुआ हूँ, सहसा आँखें कैसी तो चौंधिया गईं। जैसे एक दिव्य ज्योति देख ली हो। फिर उसके बाद ही देखा उनको...माँ जगदम्बा को। पवित्र बकरे को आकाश की तरफ खींचती हुई उड़ी जा रही हैं, डोरिया की साड़ी पहने, कमर तक खुले केश, पैरों में केड्स जूते...बस, इधर मेरा भी दिमाग घूम गया।"

लगभग पाँच वर्ष के बाद अभी उस दिन मैं दोबारा गया था बोडाल। याद नहीं किस काम से। सुबोध दा के घर के सामने जाकर पुकारते ही वे तुरन्त निकल आए। चेहरे में एक बारीक परिवर्तन मैंने लक्षित किया। कहीं पर जैसे एक निश्चिन्तता का, निर्लिप्तता का भाव, और उसी के साथ एक तरह के दिखावे का अभाव। अब वे टाट की थैलियाँ भी नहीं थीं और नहीं था किसी के विरुद्ध कोई आरोप। चबूतरे पर कुछ पल बैठने के बाद बोले, "आम के समय नहीं आए भाई, इस बार आम खूब आए थे।"

इसके अलावा और कोई विशेष बात नहीं हुई। लौटते वक्त लोगों से पता चला कि छह मास हुए अपने आप ही सुबोध दा के दिमाग की बीमारी ठीक हो गई है।

(महाशय रमणीरंजन सेन के साथ मेरा पहला परिचय काशी के घाट पर हुआ था। 1959 की शीत ऋतु। हम लोग 'अपराजित' की शूटिंग के लिए उपयुक्त लोकेशन खोजते फिर रहे थे और खोज रहे थे सर्वजया के जेठ महाशय भवतारण चटर्जी की भूमिका में अभिनय करने के लिए एक वृद्ध व्यक्ति को। यह निश्चय कर लिया था कि सम्भव हुआ तो गैरपेशेवर अभिनेता को अथवा एक ऐसे व्यक्ति को लेकर काम करूँगा, जो बिलकुल अभिनेता न हो।)

एक शाम को दशाश्वमेध घाट पर कीर्तन सुनने वालों की भीड़ में रमणीरंजन से भेंट हुई। भवतारण के चेहरे का जो ढाँचा मेरी कल्पना में था, देखा कि वृद्ध का चेहरा उससे काफी मिलता-जुलता है। पहले दिन पहल करने का साहस ही नहीं हुआ। कोई बात नहीं, चीत नहीं, एक सत्तर वर्ष से ऊपर के निरीह काशीवासी वृद्ध से एकाएक जाकर फिल्म में अभिनय करने का प्रस्ताव करने पर, पता नहीं क्या परिणाम होगा। दूसरे दिन कुछ हिम्मत बाँधकर वृद्ध की तरफ कुछ और आगे बढ़ा। कीर्तन का आयोजन होने जा रहा था और कुछ मिनट में ही ढोल पर थाप पड़ने वाली थी। वृद्ध के साथ इस दूसरे दिन मेरा जो संवाद हुआ, उसका लगभग अविकल वर्णन नीचे दिया गया है :

मैं : नमस्कार। आप कुछ अन्यथा नहीं लेंगे। मैं, अर्थात एक निर्देशक हूँ। फिल्म-निर्देशक। फिल्म यानी बायोस्कोप तैयार करता हूँ। विभूतिभूषण बन्द्योपाध्याय के 'अपराजित' उपन्यास पर आजकल फिल्म बना रहा हूँ। उसमें, अर्थात इस पुस्तक में, एक काशीवासी वृद्ध का चरित्र है। बहुत अच्छा चरित्र है। बहुत सुन्दर। इसीलिए, असल में मामला क्या है कि फिल्मों में सदा पेशेवर अभिनेताओं की ही जरूरत पड़ती हो, ऐसा तो है नहीं, इसीलिए सोच रहा हूँ, मान लीजिए वह पार्ट अगर आप करें...

वृद्ध : करूँगा क्यों नहीं?

बस। यहीं तक।

'करूँगा क्यों नहीं'...इसका कोई उत्तर उस दिन तो वृद्ध को नहीं दे सका अथवा उत्तर देने की कोई जरूरत भी महसूस नहीं की। बाद में विचार करने पर यह महसूस किया था कि न करने के हजार कारण खोज लेना उस वृद्ध के लिए जरा भी कठिन नहीं था। इसके विपरीत अभिनय करने के लिए राजी हो जाना ही एक अपवाद था।

रमणीरजंन जो मेरी एक बात पर ही अपने झंझटरहित जीवन में सिनेमा में अभिनय करने की जिम्मेदारी उठाने के लिए राजी हो गए (पारिश्रमिक की बात तो बहुत बाद में आई), इसे मैं आज तक नहीं समझ सका। इससे भी बड़ा आश्चर्य एक और था कि उस वृद्ध ने अपने जीवन में कभी सिनेमा देखा ही नहीं था। कभी शौक के चलते थियेटर तक में अभिनय नहीं किया था।

एक-एक नौसिखिये व्यक्ति से अभिनय कराने में काफी परेशानियाँ उठानी पड़ती थीं। इसकी तुलना में रमणी बाबू से काम कराना बड़ा सहज था। जड़ता अथवा कैमरे से भय सरीखा कोई भी लक्षण मैंने उनके अभिनय में नहीं देखा। बल्कि, सह अभिनेताओं की अक्षमता को लेकर उन्हें उद्विग्न होते जरूर देखा था। एक दिन सर्वजया के चबूतरे पर रात के भोजन के दृश्य का फिल्मांकन होने वाला था। अपू (पिनाकी सेनगुप्त) और भवतारण भोजन कर रहे हैं, सर्वजया पंखा लिए हाथ से हवा कर रही है। भवतारण को संवाद बोलना था और बातचीत का अन्त होने के साथ-ही-साथ अपू को गिलास उठाकर पानी पीना था। रिहर्सल बिना किसी त्रुटि के हो गई, अब शॉट लिया जाना था। सारी चीजें तैयार थीं। कैमरा चलने लगा, खाना-पीना भी होने लगा, पंखे से हवा भी की जाने लगी। भवतारण को इशारा करते ही, उनका संवाद भी चलने लगा। लेकिन एकाएक देखता क्या हूँ, संवाद का

अन्त करते हुए रमणीरंजन ने अपने बाएँ हाथ की तर्जनी से अपू की कमर में एक चिकोटी काट ली।

मैं तो सन्न रह गया! कैमरा बन्द करके बोला, "दादू, यह क्या किया, उसको उँगली गड़ाकर ऐसा क्यों किया?"

दादू बोले, "और पानी पीने की बात यहाँ नहीं थी? भोला-भाला, कहीं भूल जाता?"

दूसरे के अभिनय के सम्बन्ध में इतनी चिन्ता व्यक्त करने के बाद भी वे अपने निजी काम के बारे में पूरी तरह निश्चिन्त रहते थे। किसी पेशेवर अभिनेता को भी मैंने कभी इतना निश्चिन्त रहते नहीं देखा था।

'अपराजित' फिल्म के भविष्य के बारे में भी उनकी उत्सुकता पूरी तरह चौकस थी। काशी का काम समाप्त करके कलकत्ता वापस आने की बाद भी बीच-बीच में वे उस फिल्म के बारे में पोस्टकार्ड द्वारा जानकारी लेते रहते थे। 'पाला का काम कितना आगे बढ़ा है, इसकी जानकारी दे कर मुझे आभारी बनाएँगे।' फिल्म के लिए 'पाला' शब्द के अलावा और किसी शब्द का उल्लेख करते मैंने रमणीरंजन को कभी नहीं सुना।

रमणी बाबू के अन्तिम दिन के काम में एक अपेक्षाकृत कठिन संवाद का अंश था। कठिनाई का कारण यह था कि संवाद का वह अंश लगातार नहीं बोलना था। असम्बद्ध विचार टुकड़ों में व्यक्त करने थे और इन टुकड़ों के बीच अगर उचित अन्तराल न होता, तो सब गुड़-गोबर होने का खतरा था। दृश्य था सर्वजया की मृत्यु के कुछ दिन बाद का। अपू चबूतरे पर घुटनों में मुँह गड़ाए रो रहा है, भवतारण चबूतरे के दूसरे छोर पर एक खम्भे से टिका बैठा, तमाखू के कश लेता हुआ नाती को ढाढ़स बँधा रहा है—रो मत अपू, रो मत। माँ-बाप किसी के भी हमेशा नहीं रहते हैं। मैं कह रहा हूँ, तू मेरे ही पास रह, यहीं रह कर पूजा-अर्चना का कामकाज फिर शुरू कर।

और अधिक पढ़ाई-लिखाई करने से क्या फायदा? उससे तो अच्छा है, तू यहीं रह जा।

पहले 'टेक' में ही तमाखू के कश लेते हुए आश्चर्यजनक सहजता से रमणीरंजन ने संवाद बोल दिए। दिन के अन्त में वृद्ध के पास जाकर बड़ी कृतज्ञता से मैंने कहा, "दादू, आज आपका काम सचमुच में बेहद अच्छा हुआ।" दादू का उत्तर आज भी मेरे कानों में झंकृत हो रहा है। मेरी तरफ न मुड़कर, हल्के-से त्योरी चढ़ाकर गम्भीर सुर में उस वृद्ध ने कहा, "बताओ, मेरा काम खराब कब हुआ?"

देश, शारदीय; 1962

कुछ इधर-उधर की

नई फिल्म के सोच-विचार के बीच कई बार अपनी ही पुरानी फिल्मों के विषय में कई बातें याद आती रहती हैं। स्मृतियों के ये सब खंड कई अभिनेताओं के साथ जुड़े हुए हैं। व्यवसायी, शौकीन, आधे-शौकीन, आधे-व्यवसायी और बिलकुल अभिनय-कला से अनभिज्ञ, कोरे, एकदम नए—इनमें सभी प्रकार के अभिनेता हैं। विख्यात पेशेवर अभिनेताओं के बारे में जो घटनाएँ हैं, उनमें और अख्यात अभिनेताओं की घटनाओं में कुछ तो अन्तर होना ही चाहिए। कई बार घटनाएँ उतनी अर्थपूर्ण नहीं होतीं; अथवा कई क्षेत्रों में जो कुछ याद है, उन्हें घटना ही नहीं कहा जा सकता। लेकिन, जो कुछ स्मृति में रह जाता है, उसमें कुछ तो विशेषता निश्चय ही होती है। इसी विश्वास के कारण आज कई पुरानी बातें कहने जा रहा हूँ।

ऐसे अनेक अभिनेता हैं, जिनके साथ एक बार के अलावा दुबारा काम करने का अवसर ही नहीं मिला। इस मामले में सबसे ज्यादा अफसोस चूनीबाला देवी के बारे में हुआ था। 'पथेर पांचाली' पर जिन दिनों काम चल रहा था, उन्हीं दिनों एक दिन अकस्मात विभूतिभूषण की एक छोटी कहानी से परिचय हुआ। कहानी का शीर्षक था 'द्रवमयी का काशीवास।' दूसरे दिन ही मैंने चूनीबाला देवी को बताया कि इन्दिर ठकुरानी के बाद उन्हें और एक पात्र का अभिनय करना पड़ेगा। द्रवमयी की कहानी सुन कर चूनीबाला प्रफुल्लित हो उठीं। लेकिन यह सुअवसर फिर आया ही नहीं।

'पथेर पांचाली' रिलीज होने के कुछ दिन पहले ही चूनीबाला कमर टूट जाने के कारण बिस्तर में कैद हो गईं। फिर उनका जो स्वास्थ्य बिगड़ा, उसके बाद से परलोकगमन करने तक उनकी काम करने की शक्ति लौटी ही नहीं। द्रवमयी की कहानी फिर पुस्तक के पन्नों में ही रह गई। चूनीबाला के अभाव को पूरा करने वाली और कोई अभिनेत्री इस देश में है क्या? मेरे विचार से नहीं।

'अपराजित' फिल्म में अपू के गाँव के स्कूल के हेडमास्टर की भूमिका में जिन्हें लिया गया, उन्होंने पहले कभी अभिनय नहीं किया था, फिर भी सिनेमा के साथ उनका सम्बन्ध काफी दिनों से था। सुबोध गांगुली ने युवा अवस्था में कई छविगृहों में ऑपरेटर का काम किया था। अर्थात, जिस यंत्र द्वारा फिल्म दिखाई जाती है, उस यंत्र को चलाने का भार उनके ऊपर था। बाद में लैबोरेटरी का काम सीखकर 'न्यू थिएटर्स' लैबोरेटरी के अध्यक्ष के रूप में उन्होंने प्रतिष्ठा अर्जित की। 'न्यू थिएटर्स' के स्वर्ण युग में जो फिल्में तैयार हुईं, उनका एक विशेष गुण था—फोटोग्राफी की सूक्ष्म कलात्मकता और इस गुण के लिए कुछ प्रशंसा सुबोध गांगुली को भी मिलनी चाहिए, इसमें कोई सन्देह नहीं है। 'न्यू थिएटर्स' के बाद उन्होंने अरोरा लैबोरेटरी में योगदान किया। मेरे साथ सुबोध गांगुली का परिचय अरोरा कम्पनी के दफ्तर में ही हुआ। उन भद्र पुरुष का चेहरा और उन्नीसवीं शताब्दी का पहनावा देखकर, उन्हें मैंने अपू के हेडमास्टर की भूमिका में अभिनय करने का प्रस्ताव दिया था। वे भद्रपुरुष हँसकर मेरी एक बात पर ही राजी हो गए। कहने लगे—"लगता है, यह रोल थोड़ा कॉमिक है। लेकिन, आईने में मैं अपना चेहरा देखकर कई बार अपने को चैपलिन के रूप में कल्पित करने लगता था।"

कैमरे के सामने अभिनेतागण पूरी चेतना के साथ अपना ध्यान अपने अभिनय की तरफ ही रखते हैं; फिल्म कैसे खींची जा रही है, कैमरा कहाँ

लगाया गया है, प्रकाश किस तरफ से आ रहा है, इन सब चीजों की तरफ वे कोई विशेष ध्यान नहीं देते अथवा देने की कोई बात भी नहीं होती है। सुबोध बाबू चलचित्र-निर्माण की सूक्ष्म बातें इतनी अधिक जानते थे, कि वे इन बातों की ओर ध्यान दिए बिना रह नहीं पाते थे। ऐसा होता था कि शॉट लेने से ठीक पहले मैं उन्हें स्क्रिप्ट हाथ में लेकर दृश्य समझा रहा होता, ऐसे वक्त मेरी बातचीत के बीच में ही वे मेरे कैमरामैन से पुकारकर कह उठते—"ओ, सुब्रत बाबू! क्या मेरे चेहरे पर रिफ्लेक्शन ठीक-ठीक पड़ रहा है? आप जरा प्रकाश का हिसाब लगा कर देखिए तो... मुझे लगता है कि अगर प्रकाश की दिशा को थोड़ा तिरछा करें तो शायद..."

'अपराजित' फिल्म में ही और एक छोटी भूमिका में अभिनय करने के लिए काली बन्द्योपाध्याय नामक एक प्रौढ़ व्यक्ति को लिया गया था। उन्हें मैंने देवकी बसु की पहली फिल्म 'कवि' में रेलवे स्टेशन के बिहारी दरबान की भूमिका में देखा था। दरअसल ये सज्जन एक कॉमिक अभिनेता थे। कालीघाट मन्दिर के आसपास कहीं रहते थे। वहीं के पुरोहितों जैसा उनका चेहरा था...मेरी फिल्म में भी एक पुरोहित का पार्ट था...इसीलिए, चेहरे की दृष्टि से चुनने में कोई भूल नहीं थी। उस भद्रपुरुष को हमारे साथ काशी जाना पड़ा था, शूटिंग के लिए। गंगा के घाट पर अपने ही एक दोस्त के घर में हम लोगों को ठहरना पड़ा था। रात में हम चार-पाँच लोग दुमंजिले के एक कमरे में सोया करते थे। उनमें काली बाबू भी थे। कमरे की दीवार पर चारों तरफ देवी-देवताओं की तसवीरें लगी हुई थीं। पूरे दिन के काम के बाद थक कर रात में बत्ती बुझाकर लेट जाने के बाद तन्द्रावस्था में प्रकाश की एक झलक से ही अकसर मेरी आँख खुल जाती थी और मैं देखता था, काली बाबू जमीन पर लेटे-लेटे ही जलती हुई टार्च हाथ में लेकर उसे चारों तरफ घुमा-घुमा कर एक-के-बाद-एक देवी-देवताओं की तसवीरों के ऊपर रोशनी फेंकते जाते थे और साथ-साथ मुदुल स्वर में कुछ बुदबुदाते जाते

थे। काली बाबू की स्मरण-शक्ति वैसे कोई प्रखर नहीं थी, परिणामस्वरूप। डायलॉग याद करने में उन्हें काफी वक्त लगता था। सिर्फ यही नहीं, शॉट लेने के ठीक पहले उनके साथ किसी के बात करने की कोशिश करते ही वे खिसिया उठते थे—"आपको अब बकबक करने का समय नहीं मिलेगा? देख नहीं रहे हैं, मैं अपना मूड बनाने का प्रयास कर रहा हूँ।" इस 'मूड' को बना लेने के बाद भी एक बार वे काशी के घाट पर एक डायलॉग में बार-बार अटक जाते थे। संवाद था, 'चादर की खूँट में चाय की पत्ती बाँधे लिए जा रहा हूँ।' इस संवाद को वे जितनी बार भी बोलते, हो जाता, 'चाय के खूँट में चादर की पत्ती' अथवा हो जाता 'चाय की पत्ती में चादर की खूँट।' वे ठीक से संवाद बोल लें, इस प्रयास में दिन ढलने लगा और शूटिंग बन्द होने के कगार पर आ गई।

'पथेर पांचाली' और 'अपराजित' में जितना गैरपेशेवर प्रौढ़ और वृद्ध अभिनेताओं के सम्पर्क में आना पड़ा था, उतना जरूर दूसरी किसी फिल्म में नहीं आना पड़ा। इनमें से अधिकतर अभिनेता बोडाल गाँव के निवासी थे। इनमें से बहुतों के लिए गैरपेशेवर संज्ञा का भी प्रयोग नहीं किया जा सकता। कारण यह कि इनमें कुछ ऐसे भी थे, जिन्होंने किसी भी दिन किसी भी तरह का अभिनय नहीं किया था। लेकिन, ऐसा होने पर भी कैमरे के सामने किसी को भी वैसी किसी असुविधा में पड़ते हुए मैंने नहीं देखा था। जो कुछ करने या बोलने के लिए मैंने कहा, सभी ने बड़ी स्वाभाविकता से किया और कहा। इन्हीं में से एक व्यक्ति को 'अपराजित' फिल्म में मात्र एक दृश्य में इस्तेमाल करने के बाद, मैंने उनके सामने फिर से 'तीन कन्या' की 'पोस्ट मास्टर' फिल्म में अपेक्षाकृत एक बड़ी भूमिका का प्रस्ताव रखा। यह तो पहले से ही पता था कि इनको थोड़ा गाने का अभ्यास है। ग्रामवृद्धों के एक अड्डे पर हारमोनियम, बेहाला और तबले के साथ इन्हें गाना, गाना होगा। भद्रपुरुष स्वयं ही गीत बनाकर ले आए।

बोले—हारमोनियम तो मैं ही बजाऊँगा। उनके स्वरचित गाने को सुनकर देखा, उन्होंने उसे आसावरी राग में बाँधा था। मैंने कहा, "दादू, अड्डा तो शाम को जमता है, उसमें क्या वह राग चल पाएगा?" उस भद्रपुरुष ने जरा भी विचलित हुए बिना दस मिनट में ही काफी मेहनत करके उसी गाने को पूरबी ठाट में ढाल कर ठीक कर लिया। इसी गाने को उन्होंने कैमरे के सामने जिस विचित्र भाव-भंगिमा के साथ प्रस्तुत किया, उससे एक गायक के रूप में न सही, एक अभिनेता के रूप में वे अनायास ही उच्च पंक्ति में बिलकुल पेशेवर अभिनेताओं के समान स्थान तो पा ही गए। दरअसल जिसके द्वारा जो काम सहज रूप से हो जाता है, कैमरे के सामने उसके द्वारा वही काम करा लेने पर वह काम उच्च श्रेणी के अभिनय की श्रेणी में आ जाता है। हमारे देश की फिल्मों में अभिनय की कई कमजोरियों का कारण यह है कि जिससे जो काम हो ही नहीं सकता, ठीक उसी के द्वारा वह काम कराने का प्रयास किया जाता है।

अभिनय और संगीत की चर्चा करने पर छवि विश्वास की बात किए बिना रहा नहीं जा सकता। पहले के साथ उनका सम्बन्ध सभी के सामने स्पष्ट है, दूसरे की चर्चा मैंने क्यों की, यह मेरी बाकी बात से स्पष्ट हो जाएगा। छवि बाबू के साथ मेरा परिचय 'जलसाघर' फिल्म से हुआ था। 'जलसाघर' के काम के कारण मुर्शिदाबाद के निमतिता गाँव के चौधुरी लोगों के घर एकाधिक बार कई-कई दिनों तक हम लोगों को एक साथ रहना पड़ा था। विश्वम्भर राय के किरदार के रूप में छवि विश्वास के अलावा और किसी अभिनेता की कल्पना करना सम्भव ही नहीं था। लेकिन कास्टिंग के दौरान जब उनके साथ बातचीत हुई, तब समझ में आया कि और सभी दृष्टियों से यह चुनाव आदर्श होने पर भी, दो मामलों में संशय का कारण रह ही जाता है। एक तो यह कि वे कभी घोड़े पर चढ़े ही नहीं; और दूसरा, वे संगीत के बारे में पूरी तरह उदासीन हैं।

"सा रे गा मा जानते हैं?"

"सन्देह है।"

"राग-रागिनी।"

"एकदम नहीं!"

घुड़सवारी तो चाहे सिखा ली जाए, लेकिन इस उम्र में संगीत के प्रति रुचि जगाने का प्रयास व्यर्थ ही होगा। हमारी तरफ से की गई कोशिश में कोई भूल न होने पर भी, दोनों में से कोई भी काम आखिर तक हो नहीं सका। अश्वारोहण के दृश्य में विश्वम्भर की पोशाक पहनाकर एक 'डबल' करने वाले का सहारा लेना पड़ा। इस 'डबल' के किरदार में जो अवतीर्ण हुए थे, वे कलकत्ता तथा बंगाल के एक श्रेष्ठ 'स्टंटमैन' थे। लेकिन फिल्म के अन्त में घोड़े से बालू के ऊपर गिर जाने वाले दृश्य में उस 'स्टंटमैन' ने जो अपूर्व कृतित्व कर दिखाया था, उसके परिणामस्वरूप भविष्य में किसी भी फिल्म में बंगाल के 'स्टंटमैन' का प्रयोग करने की इच्छा को सदा के लिए तिलांजलि देनी पड़ी थी। एक ही पटकनी के फलस्वरूप हमारे खाँ साहब को तीन दिन के लिए बिस्तर-ग्रहण करना पड़ा था।

संगीत में वे जरूर घुड़सवारी की अपेक्षा अच्छी तरह से सफल हुए थे। यहाँ तक कि एक दृश्य में लड़के के गाने के साथ संगत करते हुए छवि बाबू को इसराज के ऊपर छड़ और उँगली चलानी पड़ी थी। अक्लान्त अध्यवसाय के परिणामस्वरूप, इस कठिन परीक्षा में वे अच्छी तरह उत्तीर्ण हो गए थे।

और एक दृश्य में विश्वम्भर राय चाँदनी रात में अपने घर के बरामदे में अकेले बैठे हुए हैं। पास ही महिम हालदार के घर से खयाल गायन का सुर बहता हुआ आ रहा है, विश्वम्भर विषण्ण तन्मयता के साथ उस गाने को सुन रहे हैं। उनके बाएँ हाथ में छड़ी है, दाहिना हाथ छड़ी की मूठ पर रखा हुआ है। जब यह दृश्य फिल्माया गया, तब जरूर किसी प्रकार के संगीत

का प्रयोग नहीं किया गया था। मैंने उनसे सिर्फ यह कह रखा था—आप गाना सुनते-सुनते किसी भी क्षण अपने दाहिने हाथ की तर्जनी से छड़ी के ऊपर एक हल्का-सा आघात कर देंगे...बस, उसी से मेरा कार्य सिद्ध हो जाएगा। फिल्म का काम समाप्त होने के दौर में ध्वनि-संयोजन के वक्त इस मूक दृश्य के साथ जब खयाल गाने को जोड़ा गया, तब गाने के एक सम के साथ छवि बाबू की उस तर्जनी के आघात को जोड़ दिया गया। इसके फलस्वरूप अन्तत: संगीतज्ञों के मन में इस विषय में किसी तरह का सन्देह नहीं रह जाता कि विश्वम्भर खयाल गायकी के एक समझदार श्रोता हैं।

ये छवि बाबू ही एक दिन संगीत के सम्बन्ध में एकाएक बुरी तरह सचेत हो गए थे। वह भी इस 'जलसाघर' की शूटिंग के समय। निमतिता राजबाड़ी के प्रशस्त बरामदे के दो छोरों पर बने दो कमरों में से एक में छवि बाबू और एक में मैं रहता था। (मेरे कमरे में ही बैठकर एक बार क्षीरोद प्रसाद ने 'अलीबाबा' की रचना की थी)। शूटिंग का काम सबेरे और अपराह्न में चला करता था। शाम से ही छवि बाबू अपने निजी कमरे में बने रहते थे। जिस दिन की घटना है, उसके दूसरे दिन ही रायबाड़ी में उत्सव के दृश्य का फिल्मांकन होना था। उसमें किले के ही बाजे बजेंगे। इसीलिए, मुर्शिदाबाद से बैंड पार्टी आई थी। उस वक्त रात के साढ़े आठ बजे होंगे। मैं अपने कमरे में बैठा-बैठा लैम्प की रोशनी में पटकथा के पन्ने उलट रहा था। भूतल पर बरामदे के सामने ही बैंड पार्टी रिहर्सल कर रही थी। बीच-बीच में मैं अपनी खिड़की से यह बजाओ, वह बजाओ, कहते हुए उन्हें निर्देश देता जा रहा था। सहसा मुझे बरामदे के दूसरी तरफ से प्रचंड हुंकार सुनाई पड़ी—"मिस्टर राय!"...छवि बाबू की ही आवाज थी। जल्दी-जल्दी बाहर आकर देखता हूँ कि भद्रपुरुष लुंगी पहने, बरामदे की रेलिंग पकड़े खड़े नीचे की तरफ देखकर बड़े क्षोभ से और अस्थिर होकर सिर हिला रहे हैं। धुँधले अँधेरे में मैंने देखा कि एक हाथ बैंड बजाने वालों की तरफ उठाकर अवज्ञापूर्वक कह रहे हैं—"यह सब क्या हो रहा है, क्या हो रहा है?"

मैंने कहा, "कल विश्वम्भर के घर में होने वाले उत्सव में जो बैंड बजेगा, उसी की आज रिहर्सल हो रही है और क्या।"

वे भद्रपुरुष गरज उठे—"डू यू कॉल दिस अ बैंड? न इसमें ताल है, न है स्पिरिट...हूँ।"

मैंने अप्रस्तुत होते हुए कहा, "धुर देहात में इससे बढ़िया बैंड और कहाँ मिलेगा, बताइए तो।"

उन भद्रपुरुष ने मेरा कोई कैफियत ही नहीं सुनी—"दुर्! किच्छू होस्सेना!" (धत्! कुछ होने का नहीं।)

उसके बाद सहसा मेरी ओर मुड़कर बोले, "ह्वाई डोंट यू कंडक्ट?"

"बैंड का संचालन मेरे अभ्यास से बाहर है''—यह कहने पर उन भद्रपुरुष ने आखिर में खुद ही रेलिंग के ऊपर से बड़े खतरनाक तरीके से झुककर दोनों हाथ सिर के ऊपर उठाकर कंडक्ट करना शुरू कर दिया; और उसके साथ-साथ बैंड-सियार-झींगुर—सभी की आवाज को दबाते हुए जोर-जोर से 'वन-टू-थ्री', 'वन-टू-थ्री' कहने लगे।

देश, विनोदन; 1970

रंगीन फिल्में

'**अशनि** संकेत' के सम्बन्ध में मुझसे कई लोगों ने प्रश्न किया था कि इस कहानी के लिए, मैंने रंग के प्रयोग का निर्णय क्यों लिया? ग्रामीण पृष्ठभूमि पर गरीबी की कहानी विभूतिभूषण की ही दूसरी रचना 'पथेर पांचाली' पर फिल्म बनाते समय तो रंग की जरूरत पड़ी नहीं थी, तो फिर दुर्भिक्ष की इस कहानी के समय रंग का प्रयोग क्यों? इस तरह के प्रश्न से चलचित्र के रंग-व्यवहार के सम्बन्ध में साधारण दर्शकों की धारणा का एक संकेत मिल जाता है। यह धारणा सम्भवत: इस प्रकार की है, रंग के साथ ग्लैमर का एक अविच्छेद्य सम्बन्ध बना हुआ है। इसलिए, समाज के निम्नवर्ग के थकान-भरे जीवन की सार्थक अभिव्यक्ति रंग के द्वारा सम्भव नहीं है। यह धारणा अस्वाभाविक नहीं है। कुछ वर्ष पहले भी रंग के सम्बन्ध में यही प्रचलित मत था। जो चलचित्र के साथ घनिष्ठ रूप से जुड़े हुए थे, वे विश्वास करते थे कि सीरियस विषय-वस्तु के साथ रंग की कोई संगति नहीं होती है। विदेश में जरूर आज इस बात पर कोई विश्वास नहीं करता। लेकिन, हमारे देश में जिन व्यक्तियों ने सिर्फ हिन्दी फ़िल्मों में रंग देखा है अथवा विदेशी सीरियस फिल्मों में रंग के संयत प्रयोग से जो परिचित नहीं हैं, उनके मन में आज भी ऐसी धारणा बने रहना स्वाभाविक है। 'अशनि संकेत' में मैंने क्यों रंग का प्रयोग किया, यह बताने के पहले, सामान्य रूप से रंगीन चलचित्रों के सम्बन्ध में कई बातें बताना आवश्यक है।

बीसवें दशक के अन्तिम दौर में ध्वनि-संयोजन के फलस्वरूप फिल्म-कला में जो एक क्रान्तिकारी परिवर्तन घटा था, उसके बारे में सभी जानते हैं। बे-आवाज फिल्मों की एक स्वतंत्र शिल्प रीति थी—यह ठीक है। लेकिन, यह भूलने से काम नहीं चलेगा कि कहानी-विन्यास के मामले में मूक फिल्मों को भी समय-समय पर वाक्यों की सहायता लेनी पड़ती थी। इन वाक्यों का प्रयोग फिल्म के बीच-बीच में प्रक्षेपित शीर्षकों के रूप में होता था। कहानी का जो कथ्य फिल्म की सहायता से समझाना सम्भव नहीं होता था, वहीं पर शीर्षकों की जरूरत होती थी। बोलने वाली फिल्मों में शीर्षकों के बदले संवाद आ गए। कहानी अथवा चरित्रों के सम्बन्ध में जिन तथ्यों को अभिनय या दृश्यगत अन्यान्य ब्योरों की सहायता से नहीं कहा जा पाता था, वहीं पर भाषा के द्वारा उस काम को सम्पन्न करने का प्रयास शुरू हुआ। संवाद और अभिनय का ढंग पहले थियेटरों जैसा था। धीरे-धीरे वह और भी स्वाभाविक होकर एकान्तिक रूप से चलचित्रों का निजी ढंग बन गया। साथ ही यह भी स्वीकृत हो गया कि ध्वनि-संयोजन के फलस्वरूप चलचित्र जीवन के और अधिक निकट आ गया है।

इसके बाद आया रंग। वास्तविक जीवन में वर्ण और ध्वनि दोनों ही विद्यमान हैं और चलचित्र मुख्य रूप से वास्तविक जीवन से ही अपनी सामग्री का संग्रह करता है। लेकिन, अचरज की बात यह है कि जिस तरह से मूक युग में चलचित्रों में आवाज के अभाव को लेकर किसी ने कोई एतराज नहीं किया था, वैसे ही, फिल्मों के सवाक युग में भी किसी ने इस कारण से अभियोग नहीं लगाया था कि फिल्मों में रंग नहीं है। इतना होते हुए भी टेक्नॉलोजी की माँग पर रंगीन फिल्मों की उत्पत्ति हो गई। 1935 में तीन रंगों की पहली व्यावसायिक फिल्म 'बैकी शार्प' प्रदर्शित हुई। रंगों के नएपन ने दर्शकों को चमत्कृत कर दिया, ध्वनि-संयोजन ने भी चलचित्रों में क्रान्ति की शुरुआत कर दी। फिर भी, इन बातों पर किसी

ने ध्यान ही नहीं दिया। इसी के कुछ समय बाद आइजेनस्टाइन आदि सिद्धान्तवादियों ने जरूर चलचित्रों में रंग-प्रयोग की अनेक सम्भावनाओं को लेकर चर्चा की। लेकिन, ऐसा नहीं लगता कि व्यापक रूप से उस चर्चा ने उस वक्त कोई असर डाला था। 'बैकी शार्प' के बाद धीरे-धीरे रंगीन फिल्मों की संख्या में वृद्धि हो गई और उसी के साथ पहले की तरह श्वेत-श्याम फिल्मों का भी निर्माण चलता रहा। कालक्रमानुसार प्राय: जो एक नियम-सा बन गया, वह इस प्रकार है—नृत्य-गीतयुक्त म्यूजिकल, चमक-दमकपूर्ण ऐतिहासिक, फैंटेसी, बालोपयोगी, हल्के प्रेम की हास्य रस-भरी, नयनाभिराम प्राकृतिक दृश्यों से युक्त फिल्में—इन सबके लिए तो रंग और अन्य गम्भीर अथवा कड़े मिजाज की थ्रिलर या जासूसी कहानियों पर आधारित फिल्मों के लिए श्वेत-श्याम का प्रयोग होने लगा। यह एक प्रकार से हॉलीवुड का नियम-सा बन गया। इस नियम से सहज ही अनुमान लगाया जा सकता है कि यह बात हॉलीवुड भी उन दिनों नहीं मान सका था कि गम्भीर फिल्मों में रंग का प्रयोग चल सकता है। मात्र दसेक वर्ष पहले कुछ विदेशी निर्देशकों से विचार-विमर्श करने पर, मैं समझ गया था कि रंग जैसी चीज को वे लोग अपेक्षाकृत हल्की विषय-वस्तु के लिए ही उपयोगी मानते हैं। मूक फिल्मों के लोप को मान लेने पर भी, आवाज वाली फिल्मों के युग में रंगीन फिल्मों के प्रभुत्व के कारण, श्वेत-श्याम फिल्मों का चिर निर्वासन उनके लिए जरा भी काम्य नहीं था।

आज लेकिन, हॉलीवुड के ये सब नियम तथा इन सब विदेशी निर्देशकों का दृष्टिकोण पूरी तरह बदल गया है। मूक फिल्मों की तरह श्वेत-श्याम फिल्में भी विदेशों में लुप्त हो गई हैं। हाँ, इसका मुख्य कारण व्यवसायगत है। रंगीन फिल्म बनाने का खर्चा और झंझट पहले की तुलना में आज बहुत कम है। दूसरे, सामान्य दर्शक रंग पसन्द करता है। तीसरे,

टेलीविजन में रंगों के प्रचलन के बाद से रंगीन फिल्मों के लिए अर्थोपार्जन का एक नया रास्ता खुल गया है। इन सब कारणों से विदेशी निर्देशकों को आज विवश होकर रंगीन फिल्में बनानी पड़ रही हैं और इसी एक कारण से, उन्हें बाध्य होकर रंगों की शैलीगत दिशा के बारे में नए ढंग से सोचना पड़ रहा है। इस चिन्तन के फलस्वरूप सभी इस सिद्धान्त पर पहुँच गए हैं कि रंग-संयोजन ने चलचित्र की भाषा को निःसन्देह समृद्ध किया है और ऐसी कोई भी विषय-वस्तु नहीं है, जिस में रंगों का प्रयोग असंगत हो। सिर्फ निर्देशक ही नहीं, आज विदेश का ऐसा कोई फिल्म समालोचक भी नहीं है, जिसने यह शिकायत की हो कि अमुक फिल्म में रंग का प्रयोग क्यों किया है। रंगों का प्रयोग कलासंगत हुआ है या नहीं, यही उनके विचार का मुख्य विषय है।

असल में तीस के दशक के पहले दौर में जैसे आवाज के दुरुपयोग ने बोलने वाली फिल्मों की कलात्मकता में रुकावट डाली, वैसे ही इसके दस वर्ष बाद रंग के दुरुपयोग ने रंगीन फिल्मों को कला की कसौटी पर बिरादरी से बाहर कर दिया। रंगीन फिल्मों के पहले दौर में जिन लोगों ने रंगों के बारे में चिन्तन किया था, उनका मुख्य लक्ष्य था, चलचित्र के साथ चित्रकला के प्रत्यक्ष सम्बन्ध को स्थापित करना। इसी एक उद्‌देश्य को सामने रख कर, श्वेत-श्याम फिल्मों के कैमरे के काम में भी चित्रकला सुलभ (चियारासक्यूरो) अथवा प्रकाश-छाया का सचेत प्रयोग देखा जा सकता था। पहले दौर की रंगीन फिल्मों में रंगों के प्रयोग की जो दिशा ध्यान देने योग्य है, वह चित्रकला से जुड़ी हुई है। कोर्डा ने जब रेम्ब्राँ के जीवन के आधार पर रंगीन फिल्म बनाई, तब उसका मुख्य उद्‌देश्य था, फिल्म की दृश्य-सज्जा में रेम्ब्राँ के सुपरिचित और प्रिय रंगों का व्यवहार करना। मौजूदा दौर में लोत्रे या वान गॉग के जीवन के चित्रण में भी यही रुझान देखा जा सकता है। अगर चित्रकारों

के जीवन पर बनी फिल्मों के इन उदाहरणों को छोड़ दिया जाए, तो भी अन्य उदाहरणों की कमी नहीं होगी। रूवेन मेमूलियन द्वारा बनाई गई 'ब्लड ऐंड सैंड' फिल्म की पृष्ठभूमि स्पेन थी। मेमूलियन ने रंगों के चित्रण में स्पेनी चित्रकार वेलैसक्वेस की फिल्म के आदर्श का अनुसरण किया था।

इसी समय से रंगीन फिल्म-निर्माण में कला-निर्देशक अथवा आर्ट डायरेक्टर को एक नई भूमिका में देखा जाने लगा। यह थी रंग-विशेषज्ञ की भूमिका। उसका काम हो गया, कलर हार्मनी, रंगों के सामंजस्य के नियम पर सेट, साज-सज्जा, सामग्री, और वेश-भूषा का चुनाव करना और एक कैमरा कलाकार का उद्द्देश्य हो गया, सुन्दर प्रकाश के प्रयोग से इन सब रंगों का सदुपयोग करना। प्राकृतिक परिवेश में दृश्यों को फिल्माते समय भी चित्रकला के रंगों और संयोजन के पुराने नियमों को मान कर चलने का प्रयास शुरू हो गया। कहने की बात नहीं है, उस युग की अनेक रंगीन फिल्में ही रंग-प्रयोग में सुरुचि का परिचय देती हैं।

लेकिन, इसके होते हुए भी यह कहा जा सकता है कि चलचित्र कला की दृष्टि से रंगों का यह प्रयोग सार्थक नहीं है। यह ठीक है कि चलचित्र का चित्रकला के साथ एक सम्बन्ध है। विशेषकर एक तरह की चित्रधर्मी फिल्मों में (जैसे आइजेनस्टाइन अथवा ड्रायर की कुछ फिल्में) यह सम्बन्ध विशेष रूप से व्यक्त हुआ है। लेकिन, सौ में से नब्बे फिल्मों में कैमरे अथवा दृश्य की गतिशीलता के लिए चित्रकला के स्थिर कम्पोजिशन के साथ उसका और कोई सम्पर्क ही नहीं रहता है। इन सब फिल्मों के क्षेत्र में चित्रकला-सुलभ रंगों का प्रयोग इसीलिए, निरर्थक है।

दरअसल, जिस उद्द्देश्य को हासिल करने की जरूरत थी, वह यह था कि रंग का सार्थक प्रयोग तभी समझना चाहिए, अगर उस रंग का

चित्रभाषा के रूप में प्रयोग किया जाए। केवल सुरुचि का परिचय देने के लिए रंग के प्रयोग की कोई सार्थकता नहीं है। कथा-विन्यास, चरित्र और परिवेश-चित्रण, नाट्य-रस और 'मूड' की सृष्टि अथवा ऐसे ही निरे तथ्य उद्घाटन में भी रंग जो एक विशेष भूमिका अदा कर सकता है, इसका आभास होने के साथ-साथ पहली बार रंग के कला-सम्मत प्रयोग की शुरुआत हुई। आज जो विदेशी निर्देशक स्वत: प्रेरित होकर रंगीन फिल्में बनाने लगे हैं, उसके मूल में भी यही बोध है।

चलचित्र-निर्देशक के हाथ में तथ्य प्रस्तुत करने के जितने साधन रहते हैं, उनमें सबसे दुर्बल कहानी होती है। दृश्य अथवा ध्वनि के माध्यम की सहायता से जब काम नहीं हो पाता है, तब एक पटकथा-लेखक अथवा निर्देशक कहानी का आसरा लेता है। अन्तत: एक सार्थक चलचित्र का यही नियम है। चीनी लोगों की कहावत—'एक तसवीर में हजार कहानियाँ शामिल रहती हैं'—चलचित्र निर्देशक को इसीलिए याद रखनी चाहिए। एक शक्तिशाली निर्देशक का मुख्य गुण होता है, वाणी की सहायता लिए बिना भी दृश्य को वाणीमय बना देना। इस कार्य में कैमरा, अभिनय, दृश्यगत ब्योरों, सम्पादन, इत्यादि सभी चीजें काम में आ सकती हैं और रंग भी काम में आ सकता है।

रंग के बारे में कहने के पहले सफेद-काले रंग की अक्षमता के कई उदाहरण यहाँ देना चाहता हूँ। श्वेत-श्याम फोटोग्राफी में सफेद रंग और हल्के सफेद रंगों में अथवा काले रंग और अन्य गाढ़े काले रंगों में किसी तरह का अन्तर कर पाना प्राय: असम्भव है। याद आ रहा है कि किसी एक समालोचक ने 'पथेर पांचाली' में रानू के विवाह से सम्बद्ध एक दृश्य में 'आयुर्वृद्धाभ में काली साड़ी' का प्रयोग क्यों किया गया है,

यह कह कर अभियोग लगाया था। दरअसल साड़ी थी लाल। सोना-रूपा, सोने-चाँदी, ताँबे-काँसे-एल्युमिनियम में भी कोई अन्तर कर पाना श्वेत-श्याम फिल्म में सम्भव नहीं है। हालाँकि, गहना-गुरिया, सामान, धातुओं आदि के सम्बन्ध में सारे तथ्य कथा-विन्यास के काम में निश्चय ही सहायता कर सकते हैं। माँग का सिन्दूर रंगीन फिल्म के अलावा समझ में ही नहीं आता। पैरों का आलता काला हो जाता है। सुर्ख लाल पाड़ की साड़ी अपनी व्यंजना ही खो बैठती है। ग्राम्य प्रकृति के अनेक सूक्ष्म व्यंजनामय ब्योरे, जिनके प्रति विभूतिभूषण बार-बार हमारी दृष्टि आकर्षित करते हैं, रंग के बिना फिल्म में दिखाई ही नहीं पड़ते। मेघमुक्त आकाश का रंग पहर-पहर में बदलता रहता है। कभी गाढ़ा नीला, कभी फीका, कभी नीले रंग का लेश मात्र भी चले जाने पर स्वच्छ-सफेद, फिर सवेरे-शाम हल्दिया लाल, पीला, बैंगनी। हर अवस्था का मूड स्वतंत्र। हर अवस्था फिल्म के खास-खास क्षणों में खास-खास भावों का संचार करने में सक्षम होती है। लेकिन यह सब सिर्फ रंग के माध्यम से ही सम्भव है।

चरित्रों के रूप-प्रस्फुटन में भी रंग सहायता कर सकता है, इस विषय में तो कोई सन्देह है ही नहीं। एक चरित्र के साथ दूसरे एक चरित्र के वर्गगत अन्तर को सामान्य रूप से सफेद-काले रंग के द्वारा अभिव्यक्त करना मुश्किल नहीं है। लेकिन, रंगों के माध्यम से वह काम और भी सहजता से काफी सूक्ष्मता के साथ सम्पन्न होता है। यहाँ रंगों की तथ्य वहन करने की क्षमता ही काम में आती है। 'कांचनजंघा' फिल्म के आठ-नौ मुख्य चरित्रों की पोशाक के चुनाव में भी, उन चरित्रों की सामाजिक स्थिति, व्यक्तिगत रुचि, मानसिक अवस्था—इस सबको संकेतित करने का प्रयास था। सफेद-काली फिल्म में यह काम आंशिक रूप से ही सम्भव हो पाता, शेष तो शायद अव्यक्त ही रह जाता अथवा संवादों की सहायता से कहना पड़ता।

नाट्य-रस के सृजन में भी रंग एक बड़ी भूमिका अदा कर सकता है। एक चित्रकार रुचि की बात सोच कर जिस तरह चित्रपट पर विविध रंगों के जमघट से कतराता है, चलचित्र में एक निर्देशक इसी संघात को बड़े चमत्कारी ढंग से नाटक के काम में ला सकता है।

इसके विपरीत होता है रंगों का संयत प्रयोग। यहाँ पर कथ्य के तकाजे से रंग स्निग्ध, प्रशमित होते हैं और दर्शक भी सामयिक रूप से जो भूल गए हैं, उस रंगीन छवि को देख लेते हैं।

हाँ, यह जरूर है कि रंगों का सीमाहीन प्रयोग कैसी विभीषिका की सृष्टि कर सकता है, आज की किसी भी हिन्दी फिल्म में उसका प्रमाण मिल सकता है। हिन्दी फिल्मों में रंग का प्रयोग ग्लैमर के उद्‌देश्य से होता है। विषय-वस्तु के दैन्य को छिपाने के लिए ही इस बहुरंगी पुड़िया की जरूरत पड़ती है। ग्लैमर के विचार से ही हिन्दी फिल्मों के प्रस्तुतकर्ता प्राकृतिक परिवेश में दृश्य फिल्माने के काम को तेज रोशनी के बिना नहीं करते। यद्यपि मेघ-भरे दिन के विषण्ण गाम्भीर्य को बड़े चमत्कारी रूप में रंगीन फिल्म में व्यक्त किया जा सकता है। इस प्रसंग में, दार्जिलिंग में 'कांचनजंघा' फिल्म के दृश्य लेते समय, उसी वक्त, उसी स्थान पर एक हिन्दी फिल्म की शूटिंग का प्रसंग याद आता है। नवम्बर के महीने की प्राकृतिक स्थिति की बात सोच कर 'कांचनजंघा' की पटकथा में बादल, धूप, कुहरे सभी तरह की अवस्थाओं के लिए उपयोगी दृश्यों की परिकल्पना की गई थी। हिन्दी निर्देशक ने एक गाने के दृश्य को फिल्माया था। छब्बीस दिन की शूटिंग में द्रुत परिवर्तनशील प्राकृतिक अवस्थाओं का सदुपयोग कर 'कांचनजंघा' की शूटिंग पूरी हो गई और इन छब्बीस दिनों में सिर्फ धूप की आशा में बैठे रहने के कारण, मात्र एक गाने की शूटिंग को हिन्दी फिल्म का निर्देशक पूरा नहीं कर सका।

‘अशनि संकेत’ के दृश्यों को फिल्माने का काम पूरा करने के बाद, आज मुझे विश्वास हो गया है कि रंग जैसी चीज सभी तरह की विषय-वस्तु के लिए उपयोगी होती है। फिल्म के अन्यान्य उपादानों की तरह रंग का भी मुख्य काम कहानी कहना है। लेकिन, आवश्यकता से अधिक नहीं, अथवा मूल वक्तव्य को आघात पहुँचा कर नहीं। विषय-वस्तु गरीबी से जुड़ी है अथवा समृद्धशाली जीवन से—यह कोई प्रश्न नहीं है। क्योंकि, गरीबी का भी विशेष रंग है, जैसे समृद्धि का भी एक रंग है और ध्वनि की तरह रंग भी तो वास्तविक जीवन का एक अंग है। इसलिए, चलचित्र में ध्वनि का प्रयोग जिस प्रकार संगत है, उसी तरह रंग का भी क्यों न होगा, इसका कोई युक्ति-युक्त कारण तो है नहीं।

देश, विनोदन; 1972

विनोद दा

1940 से पहले मैं विनोदबिहारी मुखोपाध्याय को पहचानता तक नहीं था। उनका नाम भी नहीं जानता था, न उनका काम। शायद इसका एक कारण यह था कि 'प्रवासी' के पन्नों पर विनोदबिहारी की बनाई गई, एक भी तसवीर कभी मेरी निगाह में नहीं पड़ी थी।

कॉलेज की पढ़ाई समाप्त कर, कुछ समय मैं शान्तिनिकेतन जाकर बिता आऊँ, ऐसी इच्छा मेरी माँ अकसर व्यक्त किया करती थी। चित्रकारी की लाइन में ही जाऊँगा, शायद कॉमर्शियल आर्ट बनाऊँगा, यह मेरी खुद की भी आकांक्षा थी। शान्तिनिकेतन में कॉमर्शियल आर्ट नहीं सिखाया जाता था, वहाँ सिखाया जाता था ओरिएंटल आर्ट। ओरिएंटल आर्ट से मेरा मतलब था 'प्रवासी' के पहले पन्ने पर बनी रंगीन तसवीरें। तिरंगी हॉफटोन आर्ट प्लेट पर बनी इन सब तसवीरों में एक नन्दलाल बसु को छोड़कर और किसी भी तसवीर मुझे ध्यान देने योग्य नहीं लगी थी। वॉश पेंटिंग जैसी विधा मुझे आर्द्रतापूर्ण लगती थी। चित्र की विषय-वस्तु और अंकन की रीति के कारण एक कोमल इंगित होने से मन उसका विरोधी हो उठता था। खैर, जो भी हो, अन्त में इस विश्वास को लेकर एक दिन 'कला भवन' में जा हाजिर हुआ कि अगर इस देश में किसी को कॉमर्शियल आर्ट बनाना है, तो भारतीय कला की परम्परा से उसका कुछ परिचय रहना जरूरी है।

आश्रम में पहुँचने के पाँच मिनट के भीतर ही, जिनका चित्र पहली बार नजर में पड़ा, वे थे विनोदबिहारी मुखोपाध्याय। 'कला भवन' हॉस्टल में एक तीन कमरों वाले विशिष्ट और नए छात्रावास में मेरे रहने की व्यवस्था की गई थी। जीने की तीन सीढ़ियाँ चढ़ते ही भवन के सामने बने बरामदे में कदम रखते ही, मेरी दृष्टि अपने आप ऊपर की तरफ चली गई। पूरी सीलिंग में एक ही चित्र बना हुआ था। पेड़-पौधे, मैदान, सरोवर, मनुष्य, पक्षी, जानवरों से पूर्ण एक स्निग्ध अथवा रंग-बिरंगा ग्राम दृश्य। वीरभूमि का एक गाँव था। इसे दृश्य न कहकर टेपस्ट्री कहना ही अच्छा है अथवा एनसाइक्लोपीडिया। यह चित्र ऐसा चित्र था, जिसके सम्बन्ध में ऐसी किसी टिप्पणी का प्रयोग ही नहीं किया जा सकता कि ओरिएंटल आर्ट को लेकर मेरे मन में कोई दुर्भावना थी।

अढ़ाई वर्ष शान्तिनिकेतन में रहने पर, विनोदबिहारी के कलाकर्म और विचारधारा के साथ और भी घनिष्ठ परिचय का मुझे सुअवसर मिला। कला-जगत में उनका अकेला चेहरा ही धीरे-धीरे मेरे सामने और स्पष्ट हो उठा। नई भारतीय कला के परिप्रेक्ष्य में उनकी एकनिष्ठ विचारशीलता, चित्रकला की रीति-नीति के सम्बन्ध में उनका गम्भीर ज्ञान और अनुसंधान की प्रवृत्ति मुझे विस्मयकर लगी।

1950 की सात तारीख को आयोजित होने वाले पौष मेले को, जब मैं देखने गया, तब विनोद दा की नवीनतम कलाकृति से मेरा परिचय हुआ। वह थी—भारतीय मध्ययुगीन साधु-सन्तों के जीवन को केन्द्र बनाकर 'हिन्दी भवन' की तीन दीवारों पर बनाया गया म्यूरल (भित्ति-चित्र)। वर्तमान शताब्दी में हमारे देश में इससे महान और सार्थक किसी कलाकृति की रचना हुई है, इसका पता मुझे नहीं है। विनोदबिहारी के काम से अपरिचित अगर कोई सच्चा कला-प्रेमी कहीं हो, तो मैं उससे अनुरोध कर रहा हूँ कि वह अविलम्ब शान्तिनिकेतन जाकर यह म्यूरल देख आए।

विनोदबिहारी की कला पर विचार करना, मेरे इस प्रबन्ध का उद्देश्य नहीं है। फिलहाल, उनके सम्बन्ध में एक डॉक्यूमेंटरी फिल्म बनाते समय मेरी उनसे कुछ बातचीत हुई थी, उसी का कुछ अंश मैं सामान्य पाठकों के सामने प्रस्तुत करना चाहता हूँ। कला-जगत से जिनका सामान्य परिचय है, शायद उनको यह पता नहीं है कि विनोदबिहारी गत पन्द्रह वर्षों से पूरी तरह दृष्टिहीन हैं। जन्म से ही विनोदबिहारी की एक आँख पूरी तरह नष्ट थी। और दूसरी भी बहुत दुर्बल थी। मोटे काँच का चश्मा उन्हें पहनना पड़ता था। चित्रपट से एक बित्ता दूर आँख रख कर ही उन्हें छवि देखनी और आँकनी पड़ती थी। वे 'कला भवन' के अनन्य अध्यापक होने के कारण आजकल शान्तिनिकेतन में ही हैं। कला भवन के पास ही उनका आडम्बरहीन निवास स्थान है। अन्ध अवस्था में ही उन्होंने कुछ दिन हुए एक नए म्यूरल की परिकल्पना की है। सवेरे-सवेरे दो घंटे का समय वे इसी म्यूरल के काम में खर्च करते हैं। दोपहर उनके विश्राम का समय है। इसी समय वे अपनी बैठक में बेंत की कुर्सी पर बैठते हैं। आँखों पर काला चश्मा, सामने बेंत की मेज पर उनकी सिगरेट, दियासलाई और राखदानी। फर्श पर दोनों पैरों के बीच में रद्दी कागजों की टोकरी। उसी में तिरछे रखे हुए फ्लास्क में भरी हुई काली चाय। मेरे साथ उनकी बातचीत इसी दोपहर में होती। बातचीत के बीच-बीच में धूम्रपान और चाय, दोनों ही चलते रहते थे।

"मेरा जन्म मेरी ननिहाल, बेहाला, में 1903* ईस्वी में हुआ था। हमारा पैतृक निवास गरलगाछा में था। तुम लोगों के फिल्म एक्टर शैलेन के बाबा इन्दु मुखुज्जे मेरे ताऊजाद भाई थे। तेरह वर्ष की उम्र तक मैं कलकत्ते में ही रहा था। नॉर्थ कैलकटा में। वहाँ की अलियाँ-गलियाँ क्या अब भी वैसी

* 1. जब यह लेख लिखा गया था, विनोदबिहारी जीवित थे। — अनुवादक

2. स्वयं विनोदबिहारी ने अपनी आत्मकथा—'चित्रकार' की भूमिका में अपनी जन्मतिथि—1904 दी है। — अनुवादक

ही हैं अथवा बदल गई हैं? केष्टदास पाल की प्रतिमा अब भी वैसी ही है क्या? उसी प्रतिमा के नीचे चित्र-प्रदर्शनी लगा करती थी। छोटी-छोटी ऑयल पेंटिंग लैंडस्केप। बंगाली पेंटरों द्वारा बनाए गए। अपने दादा विजनबिहारी के साथ देखने जाया करता था। एक कलाकार सज्जन के साथ परिचय, जान-पहचान, बोल-चाल हो गई थी। अच्छे थे। जिस को कहते हैं—स्वाधीन चिन्तक। कहा करते थे यह प्रदर्शनी हमारा एक प्रयोग है। देखना है कि यह लोगों को कैसी लगती है। दादा को चित्र बनाने में बड़ा उत्साह आता था। एक बार उस आर्टिस्ट भद्रपुरुष से पैलेट नाइफ के काम के सम्बन्ध में दादा ने कुछ जिज्ञासा प्रकट की। उस भद्रपुरुष ने जवाब दिया—'वह सब मैं कुछ नहीं जानता हूँ। मैं तो बहुत ही मामूली आर्टिस्ट हूँ। इस सन्दर्भ में मुझे अधिक जानकारी नहीं है।'

"हमारा परिवार रूढ़िवादी संस्कारों से मुक्त था, कुछ-कुछ ब्राह्म समाज से प्रभावित। यह ठीक है कि मेरी माँ पूजा-अर्चना किया करती थी। लेकिन, हम लोगों में कोई रूढ़िवादिता नहीं थी। मेरी एकमात्र दीदी विधवा हो गई थी। उसके बाद, उसका विवाह फिर कर दिया गया था। यह था, बंगाल का चौथा विधवा विवाह। मेरे घर का प्राय: हर व्यक्ति चित्र बना लेता था। रंगों में। छह भाइयों में सबसे छोटा मैं ही था। मँझले दादा वनबिहारी का नाम तो तुमने सुना ही होगा। उन दिनों एक कार्टूनिस्ट के रूप में उनका बड़ा नाम था। उनके बनाए कार्टून 'भारतवर्ष' में निकलते थे। 'शनिवारेर चिठि' में भी। इसके अलावा उनमें और भी कई गुण थे। अधिकांश से लोग परिचित नहीं हैं। मेरे ऊपर उनका बहुत प्रभाव था।

"बचपन में देखी गई तीन तसवीरों की बात मुझे खूब याद है। हमारे घर में ही दीवार पर टँगी रहती थीं। दो तो पौराणिक तसवीरें थीं—आर्टिस्ट थे, रमापद बन्द्योपाध्याय। एक थी 'कलंक भंजन' और एक थी 'दुर्वासा का अभिशाप।' और जो एक और थी, वह थी विलायती तसवीर। उसका

शीर्षक था—ऐबसेंस मेक्स दी हार्ट ग्रो फौंडर। उन दिनों इंडियन आर्ट जैसी किसी वस्तु से मेरा परिचय नहीं हुआ था। तसवीरें देखता था, वे अच्छी लगती थीं... अवनीन्द्रनाथ, सुबोध गांगुली, सुखलता राव, उपेन्द्रकिशोर राय की तसवीरें देखा करता था, वे अच्छी भी लगती थीं। उपेन्द्रकिशोर राय के सुकिया स्ट्रीट वाले घर के बाहर लोग खड़े रहते थे। भीतर कोरस गाना चलता रहता था। बेहाला बजता रहता था, उसको सुनने के लिए लोग भीड़ लगाए रहते थे।

"बाबा ने विजनबिहारी को एक नोट-बुक ख़रीद दी थी। उसमें उन्होंने कलकत्ता के कई स्केच बनाए थे। वह मेरी बड़ी पसन्दीदा नोट-बुक थी। इच्छा थी, शान्तिनिकेतन जाते वक्त उसे अपने साथ ले जाऊँगा, लेकिन सभी ने मना कर दिया। कहा—वे सब विलायती कायदे से बनाई गई तसवीरें हैं, शान्तिनिकेतन में ले जाना ठीक नहीं रहेगा। वही जो कहावत है न—टुइल की कमीज पहने बिना कहीं इंडियन आर्ट होता है! यह भी वैसा ही है, और क्या।

"मेरे शान्तिनिकेतन जाने के मूल में कालीमोहन घोष थे। शान्तिदेव के बाबा। मेरे दादा से उनका परिचय था। बोले—अपने इस भाई को गुरुदेव के आश्रम में भेज दीजिए। तब तक मैं तीन-चार स्कूलों में पढ़ चुका था। संस्कृत कॉलिजिएट स्कूल, मॉडर्न इंस्टीट्यूशन, ब्राह्म बॉयेज स्कूल। आँखों के कारण मेरा पढ़ना-लिखना वैसा कुछ हो नहीं पा रहा था। काफी दवा-दारू करने के बाद भी मेरी आँखों का कुछ हो नहीं पा रहा था। शशिसेन डॉक्टर ने कहा था—अगर वह चित्र बनाना चाहता है तो उसे चित्र बनाना ही सिखाइए, दस तरह के काम न सिखाना ही अच्छा है। अन्त में शान्तिनिकेतन जाकर हाजिर हो गया। कालीमोहन गुरुदेव से मिलाने ले गए। मेरी आँखों के बारे में उन्हें पहले ही बता दिया गया था। देहरी तक पहुँच कर कालीमोहन बोले—'जाओ, जूतों को बाहर

खोलकर रख दो, फिर अन्दर चले जाओ।' अन्दर गया। रवीन्द्रनाथ ने देख-दाखकर कहा—'आँखों की चिकित्सा हुई है? उसका कोई फल तो हुआ नहीं है?' मैंने सिर हिला दिया। कहने लगे—'पता है, आश्रम में सारे काम अपने आप करने पड़ते हैं। तुम कर सकोगे?' मैंने कहा—'हाँ, कर सकूँगा।' उसके बाद गुरुदेव बोले—'ठीक है, तुम जाओ, मैं कालीमोहन से बात किए ले रहा हूँ।' मुझे डर था, शायद वे मना कर देंगे। लेकिन, वैसा कुछ नहीं हुआ।

"मेरी आँखें खराब हैं, इस कारण से मुझे एक काम से छुटकारा दे दिया गया था, मुझे अपने कमरे में झाड़ू नहीं लगानी पड़ती थी। जगदानन्द राय ने पता चलने पर जरूर कहा था, 'जब तसवीरें बना पा रहा है, तो कमरे में झाड़ू क्यों नहीं लगाएगा?' इन्हीं जगदानन्द राय की पुस्तक के लिए 'केंचुए-काँतर' की बनाई मेरी तसवीरें एक कलाकार के हिसाब से मेरा पहला काम था।"

मैंने पूछा, "उस जमाने में जो चित्रकार इंडियन आर्ट बनाते थे, पौराणिक चित्रों की तरफ उनका एक झुकाव देखने को मिला करता था। आपने क्या वैसी कोई बड़ी तसवीर बनाई है?"

उन्होंने उत्तर दिया—"एकदम नहीं। माइथॉलॉजी में मेरी कोई दिलचस्पी नहीं थी। इसके लिए मेरे घर की आबो-हवा ही जिम्मेदार है। उस मामले को लेकर मेरे घर के किसी व्यक्ति ने कभी अपना दिमाग खराब नहीं किया। हमारे घर में जोर-जोर से रवीन्द्रनाथ का उपन्यास 'गोरा' पढ़ा जाता था। वह मैंने अपने बचपन में सुना था। सभी उसे सुनते थे। इसलिए तुम इसे समझ ही सकते हो।"

"मैंने तुम्हारी फिल्में अलबत्ता नहीं देखी हैं। बचपन में चैपलिन की देखी थीं। याद है, बड़ी अच्छी लगी थीं। क्या आज भी लोग चैपलिन देखते हैं?"

"हाँ, फिर नए तरीके से बनाकर देख रहे हैं, नई तरह से उन्हें अच्छी भी लग रही हैं।"

"वाह! चैपलिन बहुत चमत्कारपूर्ण है। ...हाँ, तुम्हारी फिल्मों की समालोचनाएँ जरूर कुछ पढ़ी हैं और लोग तुम्हारी फिल्में देखकर कभी-कभी आकर बता जाते हैं। वही, जैसे 'अपू का संसार।' एक व्यक्ति ने आकर बताया, फिल्म अच्छी बनी है, फिर भी, सत्यजित बाबू ने एक स्थान पर कलंक का काम कर ही डाला है। कैसा काम? नहीं, अपू का साला आकर खबर दे रहा है कि उसकी स्त्री प्रसव के दौरान मर गई है और अपू इसे सुनते ही न बात, न चीत, धाँय से उसके गाल पर एक थप्पड़ रसीद कर देता है। यह सुनकर मैं बोला, मुझे यह घटना असामान्य लग रही है। असल में बात क्या है, पता है, डीपर ट्रूथ, गहरे सत्य, को लोग न तो मानते हैं, न उसे समझ ही पाते हैं। अमुक महिला की बात पता है, जिसके ऊपर से एक-के-बाद एक आत्मीय वियोग की आँधी बह गई हो। अन्त में जब उसे अपनी एक सन्तान की मृत्यु का संवाद दिया गया, तब उस महिला ने क्या कहा? वह बोली—हट, अब कितना रोऊँगी। यह बात क्या फिल्म में चल सकती है? मेरी समझ में नहीं। कंट्रोवर्सी हो जाएगी।

"मुझे लगता है कि कई चीजें कलाकारों अथवा समालोचकों की अपेक्षा साधारण लोग अपनी सहज बुद्धि से ज्यादा अच्छी तरह समझ लेते हैं। पहले शान्तिनिकेतन में जब हम लोग बाहर बैठे-बैठे चित्र-वित्र बनाते थे, तब सन्थाल लोग आकर खड़े-खड़े उन तसवीरों को देखा करते थे। एक बार की बात याद है, मैंने भैंसों के एक झुंड की तसवीर बनाई थी। कई सन्थाल स्त्रियाँ वहाँ आकर जमा हो गईं। उनमें से एक ने तसवीर देखकर कहा—इतने जानवर (भैंसें) तो बनाए, पर उन्हें एक भी बच्चा क्यों नहीं दिया? अपनी इस एक ही टिप्पणी में उसने उस तसवीर

की इतनी बड़ी त्रुटि बतला दी। आजकल, अलबत्ता कोई सन्थाल आकर तसवीर नहीं देखता। वे लोग भी बदल गए हैं। खेत-खलिहान छोड़कर कारखाने में काम करने के कारण उनका मन भी बदल गया है। प्रिमिटिव आर्ट भी अब पहले की तरह सम्भव नहीं है। अनुभूति और अनुभूति की अभिव्यक्ति के बीच में कई बाधाएँ आ गई हैं। पहले वे नहीं थीं। प्रिमिटिव कलाकार जब चित्र बनाना चाहता था, तो उसमें टेकनीक अपने-आप आ जाती थी। आज तो विचार-विमर्श द्वारा टेकनीक सीखनी पड़ती है। अनेक काट-कूट इकट्ठा किए बिना, कला-कौशल में सोफिस्टिकेशन आता ही नहीं है। हालाँकि अलतामीर का घोड़ा देखो। गुहावासी मनुष्य को तो आज के हिसाब से सोफिस्टिकेटेड नहीं कहा जा सकता। लेकिन, जंगली लोगों ने भी पत्थर का ऐसा घोड़ा आँका है, जिसके सामने चीनी का घोड़ा भी हार मान जाए। मनुष्य की यह स्वाभाविक क्षमता धीरे-धीरे लुप्त होती जा रही है।"

"फिल्म में ब्लाइंडनेस क्या दिखाई जा रही है?" विनोद दा ने प्रश्न किया।

मैंने कहा, "हाँ, पर्याप्त मात्रा में। बांग्ला फिल्मों में ही चित्रित हुई है। एक जमाने में रवीन्द्रनाथ की कहानी 'दृष्टिकोण' पर फिल्म बनी थी। फ्रांस में आन्द्रे जीद के उपन्यास पर बनाई गई फिल्म 'ला सिम्फनी पास्टोराल' की बात तो आपको याद है..."

"अन्धे को कैसा दिखाया गया है? क्या ठीक-ठीक दिखाया गया?..."

"जैसे गूँगा को दिखाया जाता है, अन्धे को भी वैसा ही दिखाया जाता है, और क्या! अधिकतर तो उसे कोमल बनाकर दिखाया जाता है।

खासतौर पर स्वयं नायिका ही यदि गूँगी अथवा अन्धी हुई, फिर तो, कोई बात ही नहीं है। एक गूँगे द्वारा अपनी भाषा व्यक्त करने की व्यर्थ चेष्टा से जो 'गों-गों' का भाव पैदा होता है, वह किसी फिल्म में देखा हो, ऐसा तो याद आता नहीं है।"

"तो फिर अन्धे की बारी आने पर शायद उसे भी सहज बना लेते हैं। असल में यह मामला बेहद कॉम्पलेक्स है। इसकी जानकारी पहले सम्भव नहीं थी। स्पेस के बारे में एक नई चेतना पैदा हो गई है। स्पेस होती है, एक सघन वस्तु, जिसे हाथ से ठेल-ठेल कर आगे बढ़ना पड़ता है। जिस वस्तु का मैं स्पर्श कर रहा हूँ, उसके अलावा और किसी वस्तु का कोई अस्तित्व रहता ही नहीं है। तुम लोग कुर्सी देखते ही समझ जाते हो कि वह कुर्सी है। मैं कुर्सी पर बैठने के बाद ही समझ पाता हूँ कि वह कुर्सी है। उसमें हत्थे हैं या नहीं, इसे भी जब तक उन पर अपने हाथ न टिकाऊँ, तब तक नहीं समझ पाता हूँ। इसके बाद उसके हत्थे लकड़ी के हैं या बेंत के, पतले हैं या मोटे, पॉलिशदार हैं अथवा खुरदुरे, वे गोल-गोल नीचे को झुके हैं अथवा राइट ऐंगिल में झुके हुए हैं, इन सब चीजों को हाथों से टटोल-टटोल कर ही समझना पड़ता है। कोई अप्रत्याशित वस्तु हाथों से टकराए, तो चौंक जाना पड़ता है। यही मैं जो इस कुर्सी पर बैठा हुआ हूँ, लाठी मेरे सामने इसके हत्थों पर तिरछी रखी हुई है...अगर मैं लाठी के बारे में भूल जाऊँ, तो हाथ से उसके टकराते ही मैं सिहर उठूँगा। इसके अलावा एक और भी दिशा है। यह जो चाय का गिलास मैंने हाथ में लिया...काँच नामक चीज की स्पर्शगत अनुभूति किसी भी दिन इसके पहले इस तरह से महसूस नहीं की थी। इसी तरह से सब वस्तुओं के सम्बन्ध में एक टैक्टाइल फीलिंग (स्पर्शजनित अनुभूति) बन जाती है।"

"आप तो अब भी स्केच बनाते हैं।"

"आजकल विशेष स्केच नहीं बनाता हूँ। शुरुआती दौर में काफी

स्केच बनाए हैं। पृथ्वीश ने आकर कई फ्लोमास्टर कलम दे दिए थे। लेकिन कई असुविधाएँ भी तो हैं। कब स्याही खत्म हो गई, इसी का पता नहीं चल पाता। आँक रहा हूँ तो आँकता ही जा रहा हूँ। शायद कोई एकाएक कह उठे—अरे, यह क्या, आपके कागज पर तो एक रेखा भी नहीं खिंच रही है। इसीलिए आजकल स्केच बनाना छोड़ दिया है। रंगों के सम्बन्ध में भी दिलचस्पी खत्म होती जा रही है। पहले रंगीन कागज के टुकड़े काट-काट कर कोलाज बनाया करता था, लेकिन अब धीरे-धीरे समझ पा रहा हूँ कि रंग के एग्जैक्ट शेड को मुँह से कहकर नहीं समझाया जा सकता। अमुक वस्तु की तरह नीला, अमुक फूल की तरह लाल—इसी तरह कहकर समझाने का प्रयास करता हूँ, लेकिन उससे भी प्रिसिशन को लेकर एक संशय बना ही रहता है। अब जो भी दिलचस्पी बच रही है, वह है फॉर्म के सम्बन्ध में। और टेंशन। जो म्यूरल बना रहा हूँ, उसमें भी वही पास-पास सटे मनुष्यों के रेखाचित्रों पारस्परिक टेंशन, समस्त कम्पोजिशन का एक टेंशन। यही सबसे बड़ी बात है।"

"फिर वही सामान्य जन?"

"हाँ, सभी मेरी देखी हुई वस्तुएँ, जानी हुई वस्तुएँ। देखा तो है, वही चना-चुरमुरे वाला, कन्धे पर बँहगी लिए जा रहा व्यक्ति, स्त्री के सर पर डलिया, वैष्णव-वैष्णवी...सभी अपनी आँखों से देखे हुए व्यापार। उन सब ऐबस्ट्रेशंस के मशीनी कार्यकलापों में मेरा कोई इंटरेस्ट नहीं है। घर के बाहर रहेगा म्यूरल, सामने से लोग आना-जाना करेंगे, म्यूरल देखकर आखिर में समझ जाएँगे कि ये मनुष्य हैं।"...

"तुम्हारी फिल्म में खोयाई (एक नदी) तो दिखाई जाएगी?"

"इच्छा तो थी...लेकिन खोयाई तो करीब-करीब गायब हो गई है, ऐसा प्रतीत हो रहा है।"

"एक जगह तो आज भी है, तालतोड़ में। प्रान्तिक स्टेशन की तरफ। और है चीफ साहब की कोठी की तरफ। खोयाई को छोड़ना मत। खोयाई और उसके किनारे एक अकेला ताड़गाछ। बस। मेरी स्पिरिट, मेरे जीवन का मूल व्यापार अगर कहीं पाना चाहते हो, तो तुम्हें वह उसी में मिलेगा। कह सकते हो...वही मैं हूँ।"

देश, विनोदन; 1971

शताब्दी का चौथाई भाग

'पथेर पांचाली' फिल्म बनाने के बाद, इन पच्चीस वर्षों में मैंने चलचित्र कला के सम्बन्ध में कौन-सा नया ज्ञान अर्जित किया है और वह किस रूप में मेरी बाद वाली फिल्मों में प्रतिफलित हुआ है, यह बात मुझसे अनेक लोगों ने, अनेक बार पूछी थी। इस प्रश्न के पीछे सम्भवत: ऐसा भी संकेत था कि 'पथेर पांचाली' जैसी इतनी ख्याति, इतनी प्रशंसा, इतने पुरस्कार जब मेरी और किसी फिल्म को नहीं मिले हैं, तब एक फिल्म-निर्माता के रूप में सचमुच क्या इन पच्चीस वर्षों में मेरी कोई उन्नति हुई भी है?

एक वाक्य में इसका उत्तर यह है कि हाँ, अवश्य हुई है और उसका प्रमाण मेरी बाद के दौर की कई फिल्मों में विद्यमान है। मुझे पता है, बहुत-से लोग इस उत्तर को मानेंगे नहीं। 'पथेर पांचाली' का मुख्य गुण था—उसकी सरलता। उसके साथ आवेग, काव्यमयता, यथार्थ का अनुसरण, मानवता आदि गुणों का समावेश...जो सब विभूतिभूषण के उपन्यास में मौजूद हैं...उस फिल्म को दर्शकों के मन में एक ऐसा स्थान मिल गया है, जहाँ से उसे हटाया नहीं जा सकता।

सच तो यह है, कि अगर सिर्फ हृदय पर पड़ने वाले प्रभाव द्वारा ही किसी फिल्म की उत्कृष्टता पर विचार किया जाए, तो फिर 'पथेर पांचाली' जरूर इन पच्चीस वर्षों में मेरी सर्वश्रेष्ठ फिल्म होगी। लेकिन,

फिल्म पर विचार सिर्फ इसी एक गुण के आधार पर नहीं किया जाता। मैं जानता हूँ कि 'पथेर पांचाली' के अनेक अंशों में चित्रभाषागत ऐसी कुछ दुर्बलताएँ हैं, जिनका एकमात्र कारण मेरी अनभिज्ञता थी। सौभाग्य से इन सब दुर्बलताओं का अधिकतर भाग फिल्म के प्रारम्भ में हैं। फिल्म मोटे रूप में कहानी की धारावाहिकता को बरकरार रखते हुए बनाई गई थी। अर्थात प्रारम्भ के दृश्य प्रारम्भ में और बाद के दृश्य बाद में। दोनों अंशों के फिल्माने के बीच समय का काफी व्यवधान था। 'पथेर पांचाली' को बनाने में अढ़ाई वर्ष लग गए थे, यह सुन कर कई लोग सहानुभूति प्रकट करते हैं। लेकिन, वह तो मेरा प्रशिक्षण का समय था; हम लोग इस बात की कोशिश करते रहते थे कि जहाँ तक काम हो चुका है, उसका विचार-विश्लेषण करके अपनी त्रुटियों के सम्बन्ध में सचेत हो जाएँ, ताकि भविष्य का काम और भी अच्छे ढंग से किया जा सके।

मुख्य रूप से सहजता से बात कहने को अपना लक्ष्य बनाने पर भी, पच्चीस वर्ष पहले से ही एक बात का मैंने सचेत रूप से प्रयास किया था और वह था फिल्म के सर्वाधिक स्मरणीय पलों के समय संवादों का बहुत कम व्यवहार। कहना अतिशयोक्ति होगी, ये सभी तरह के क्षण मूल उपन्यास से ही लिए जाते थे। विभूतिभूषण ने अपने भाषा-व्यवहार द्वारा इन सब क्षणों को काव्यात्मक बना दिया है। एक चलचित्र-निर्माता को वहाँ पर साहित्य के बदले चित्रात्मक भाषा की सहायता लेनी पड़ी है। इसीलिए अपू-दुर्गा की पहली बार देखी गई ट्रेन सिर्फ मैदान से होकर नहीं जाती, वह जाती है काँस-भरे मैदान से होकर। इसी कारण से दुर्गा जब इन्दिर की निर्जीव देह देखकर पीछे हटती है, तो उसके पैरों से टकराकर हमारा खूब जाना-पहचाना इन्दिर का काँसे का लोटा सहसा सजीव होकर लुढ़कता हुआ पोखर में गिर जाता है; इसी कारण से, अपू अपनी दीदी द्वारा चुराई गई काँच के गुरियों की माला बाँस-वन में नहीं फेंकता (जैसा

कि उपन्यास में है), वह फेंकता है सरोवर में, जिससे काई का आवरण हटने से जो फाँक होती है, दुर्गा के जीवन की एकमात्र अप्रिय घटना को गुप्त रखने के लिए मानो वह पुन: एक-सी हो जाती है।

मेरी पहली चार-पाँच फिल्मों में से, हरेक के बारे में यह कहा जा सकता है कि उन सब में था, सरल कहानी को सीधे-सीधे कहना। इन सभी फिल्मों में भाषागत-गुण होते हुए भी, कलात्मक वैचित्र्य कुछ विशेष नहीं था। उस दृष्टि से पहला व्यतिक्रम नि:सन्देह मेरी पहली स्वरचित कहानी के आधार पर बनाई गई फिल्म 'कांचनजंघा' है। सिर्फ कहानी ही अपनी नहीं, स्वरचित संवादों का प्रयोग भी सबसे पहले 'कांचनजंघा' में है। मुझे याद है 'पथेर पांचाली' बनाते समय विभूतिभूषण के संवादों को जरा भी इधर-उधर करने में दुविधा होती थी। कानू बाबू ने एक बार 'लूची-मोहनभोग' कहने के बजाय 'लूची-मोहनबागान' कहकर एक के बाद एक, आठ बार शॉट बरबाद कर दिया था। आज अगर ऐसी घटना घटती तो दो बार ठोकर खाने के बाद, तीसरी बार किसी भी दुविधा के बिना संवाद बदल कर 'लूची-हलवा' अथवा 'लूची-सन्देश' कर देता। मूल उपन्यास के संवादों के पीछे-पीछे चलने का भाव त्याग कर, उनके स्थान पर खुद ही साहस करके, चलचित्रोपयोगी संवादों की रचना करने में काफी समय लगा था।

दर्शकों के साथ बैठकर, फिल्म देखते हुए समझ गया था कि 'कांचनजंघा' चलने योग्य फिल्म नहीं है। कारण यह कि दर्शकगण एक केन्द्रीय चरित्र के रूप में एक पूरे परिवार को ग्रहण करने के अभ्यस्त नहीं हैं। हालाँकि, इस चौधुरी परिवार के आठ और उन्हें घेरकर और चार-पाँच चरित्रों के पारस्परिक सम्बन्धों का जाल बुनने और डेढ़ घंटे तक चलने वाली इस कहानी के माध्यम से, इन सब चरित्रों की व्यक्तिगत समस्याओं के प्रस्तुतीकरण और उनके समाधान में मुझे विशेष आनन्द

मिला था। 'कांचनजंघा' का ढाँचा, एक सिरे से चलचित्र का ढाँचा था, जो बात, मेरी इसके पहले की किसी फिल्म के बारे में नहीं कही जा सकती।

'कांचनजंघा' के तीन वर्ष और दो फिल्में बनाने के बाद बनाई गई 'चारुलता' में मेरा खयाल है कि पहले दस-बारह वर्षों के काम में मेरे अनुभव की सर्वाधिक छाप है। फिल्म की अनेक दिशाओं और अनेक स्तरों पर इस अनुभूति का परिचय मिल सकता है और यह केवल मेरे काम में ही नहीं, मेरे साथ शुरुआत से जो लोग रहे हैं, उन सभी के कामों में।

फिल्म की शुरुआत में सामान्य विषाद का जो सुर था, वह मन्दा और अमल के आने के साथ ही समाप्त हो जाता है। उसके बाद, कहानी कुछ पल हल्के रूप में चलती-बहती है और उसके बाद ही एक विशेष मिश्रित मूड का आभास मिलने लगता है, जिसकी चरम परिणति हमें एक विशेष दृश्य में मिलती है। इस तरह के मिश्रित रस की अवतारणा मेरी फिल्मों में पहली बार हुई। इसीलिए, इस दृश्य के विशद वर्णन की जरूरत है।

अमल ने अपनी भाभी के सामने 'आमि चिनि गो चिनि'—मैं तुम्हें पहचानता हूँ, ओ, पहचानता हूँ—इस गाने को अभी-अभी गाना शुरू ही किया है। अमल के प्रति चारु इस वक्त खूब प्रसन्न है। क्योंकि, वह जानती है, अमल विवाह के लिए जरा भी व्यग्र नहीं है। चारु अमल की पुरानी चप्पलों को अपने कमरे में ले गई है। उनके बदले में वह अपने हाथ से काढ़ी गई नई चप्पलें अमल को देगी, जिन्हें उसने अपने स्वामी के लिए तैयार किया था। ठीक इसी वक्त अमल को खबर मिलती है कि 'सरोरुह' पत्रिका उसकी रचना छापने को राजी हो गई है। यह खबर वह सबसे पहले मन्दा को देने जाता है। कारण, उसने मन्दा को वचन

दिया था कि अगर इस विशेष पत्रिका में उसकी रचना छपती है, तो वह मन्दा को कुल्फी खिलाएगा। चारु ने अभी-अभी नई चप्पलों का जोड़ा निकाला ही था कि इसी समय सुनाई पड़ती है, अमल की उल्लसित आवाज—'मन्दा, सरोरुह पत्रिका ने मेरी रचना छाप दी।' चारु के लिए यह आवाज वज्रपात के समान थी। उसे पता है, इसके बाद ही अमल उसके पास आएगा, उस रास्ते को वह दरवाजे में सिटकनी लगाकर बन्द कर देती है। अमल के दस्तक देने पर भी चारु (दरवाजा न खोलने पर) अटल रहती है। बाहर अमल और मन्दा में दृष्टि-विनिमय होता है। दोनों को मामला एक साथ समझ में आ जाता है। दरवाजे पर फिर दस्तक होती है। लेकिन, इस बार अमल नहीं, भूपति है। उद्भ्रान्त चारु आँसुओं को पोंछ, झाड़ू हाथ में लेकर द्वार खोल देती है, कहती है तिलचट्टे भगाने थे। इसीलिए, दरवाजा बन्द किया था। सरल भूपति चारु की बात पर विश्वास करके खुद ही दरवाजा भेड़ देता है, चारु को अपनी सद्यः मुद्रित पत्रिका की गन्ध सुँघा कर चला जाता है। अब अमल आता है कुल्फी ले कर। भाभी गुस्सा हो गई है, इसलिए उसका गुस्सा दूर करने के लिए वह उसे ही सबसे पहले कुल्फी देने आता है। चारु बताती है कि वह कुल्फी नहीं खाएगी। बाहर बरामदे में खड़ी मन्दा इस स्थिति में कुल्फी लेकर मामले को और बिगाड़ना नहीं चाहती। इसलिए, कहती है कि वह भी कुल्फी नहीं खाएगी। 'मेरे दाँत सिहरने लगते हैं।' अन्त में कुल्फी हूलो के पेट में जाती है।

चार चरित्रों को लेकर पाँच-सात मिनट के एक दृश्य में इस तरह के विरोधी रसों का समावेश मेरी, इसके पहले अथवा इसके बाद की, किसी भी फिल्म में नहीं है।

चलचित्र की भाषा जहाँ पर दृश्य, ध्वनि, संवाद, संगीत सब उपादानों की सहायता ले पाती है और चलचित्र जहाँ पर निर्दिष्ट समय-

सीमा में बँधा होता है, वहाँ निर्देशक का एक मुख्य लक्ष्य यह होना चाहिए कि कितने कम समय में, कितने कलात्मक और चित्ताकर्षक भाव से अपनी बात कही जा सकती है। यह बात सदा याद रखनी चाहिए कि सीधे-सीधे कह देने मात्र से कई बार अपना कथ्य कतई जोरदार नहीं हो पाता। 'नष्ट नीड़' कहानी की अन्तिम बात थी—भूपति के चारु को मैसूर ले जाने के अनुरोध पर चारु का उत्तर—ना रहने दो। कहानी के इस 'रहने दो' संवाद के अन्दर एक अमोघ संकेत छिपा हुआ है कि स्वामी-स्त्री के बीच में अब भी एक दुर्लंघ्य खाई मौजूद है। लेकिन मुँह से कही गई मात्र यही एक बात फिल्म की परिसमाप्ति के रूप में यथेष्ट जोरदार न होती, इस सम्बन्ध में मैंने बहुत सोच-विचार के बाद, निश्चिन्त होकर स्वामी-स्त्री के हाथ-में-हाथ न मिलाने के फ्रीज शॉट का निर्णय लिया था।

पात्र का वक्तव्य सीधे-सीधे शब्दों में न कहकर आकार और इंगित से कैसे कहा जा सकता है, इसका एक उदाहरण मेरी दस वर्ष पहले बनाई गई फिल्म 'अरण्येर दिन-रात्रि' में है। चित्रभाषा की दृष्टि से, मेरे मत में, 'अरण्येर दिन-रात्रि' मेरी सर्वश्रेष्ठ फिल्म है। यद्यपि, इस फिल्म को इस देश में विशेष आदर नहीं मिला है।

इस फिल्म के मध्यपर्व में, जब सभी तरह के पात्रों के बाहरी रूप को अन्ततः हम पहचानने लगते हैं, तब आता है 'मेमोरी गेम' खेलने का दृश्य। छह पात्रों के बीच प्रायः उनके अजाने ही जो आपसी सम्बन्ध निर्मित हो गए हैं, वे उनमें से किस-किस को—उनके स्वतंत्र अस्तित्वों के कायम रहते हुए भी—किस दिशा में ले जाएँगे, इसी का आभास खेल के इस दृश्य में दिया गया है। यहाँ पर कुछ भी खुलकर नहीं कहा गया है और खेल कभी रुकता भी नहीं है। यद्यपि, अन्त में खेल गौण हो जाता है और पात्रों के आचरण की संकेत-सूचकता ही प्रमुख हो उठती है।

खेल के ब्याज से चरित्रोद्घाटन का यह दृश्य, मेरा अपना प्रिय

दृश्य है। इस दृश्य के प्रकट छोटे-से विस्तार के पीछे अनेक विचार, अनेक हिसाब विद्यमान हैं, इसे एक सृष्टा के रूप में मैं जोर देकर कह सकता हूँ। इस हिसाब की दिशा, चिन्तन की दिशा, यदि दर्शकों से छिपाई रखी जा सके, तो चित्रात्मक भाषा को सार्थक समझना चाहिए। यह सार्थकता अनुशीलन के बिना उपलब्ध होने की नहीं।

पच्चीस वर्ष फिल्मों का कार्य करके अन्ततः, यह विश्वास तो मुझे हो ही गया है कि अगर अच्छी कहानी मिल जाए या मेरे दिमाग में आ जाए तो उसे चलचित्र के साँचे में ढाल कर सुगठित रूप में कह सकूँगा। यथार्थधर्मी, फैंटेसी, बड़ों के लिए, बच्चों के लिए, हास्य, दु:ख, अतीत और वर्तमान की फिल्म—इन सभी प्रकार की फिल्मों को बनाने का सुअवसर मुझे इन पच्चीस वर्षों में मिला है। अन्य कलाओं की तरह, चलचित्र में भी सीखने का कोई अन्त नहीं है। अगर नए प्रकार की कहानी हो, तो उस पर फिल्म बनाने के लिए नए कलात्मक उपादानों, नई चित्रभाषा की आवश्यकता पड़ेगी। वह भाषा अगर पहले से तैयार न हो तो उसे पिछले अनुभवों के आधार पर तैयार करना पड़ेगा।

यह सब सम्भव है। लेकिन, परिस्थिति-निरपेक्ष रूप में नहीं। अनुभवी निर्देशक को भी कई बार पुराने, चले गए मार्ग पर चलना पड़ता है, वह भी कई परिस्थितियों के दबाव में।

साठ के दशक के मध्य में, एक ऐसी स्थिति आ गई थी, जब यह महसूस होने लगा था कि एक प्रतिष्ठित, सृजनशील निर्देशक के लिए काम के अवसरों का अभाव होने का कोई कारण नहीं है। नए विषय, नए उपादान लेकर प्रयोग-परीक्षण के मार्ग में कोई बाधा नहीं है। लेकिन गत पाँच वर्षों से ही एक धारणा मन में बनने लगी थी, कि यह परिस्थिति अधिक दिनों तक टिकने वाली नहीं है।

पिछले कई वर्षों से चलचित्र निर्माण का खर्चा जानलेवा रूप से बढ़

गया है। इसके साथ भरोसेमन्द मशीनों के अभाव, स्टूडियो, लैबोरेटरी, प्रेक्षागृहों की दीन दशा, हिन्दी फिल्मों के प्रभाव से दर्शकों की रुचि का विकृत हो जाना, और लोडशेडिंग की आफत—इन सभी कारणों से बांग्ला फिल्में आज ऐसी दशा में आ गई हैं कि इन पच्चीस वर्षों में जो सीखा है, उसे उपयोग करने का सुयोग और कितने दिन बना रहेगा, इस विषय में सन्देह होता जा रहा है।

आनन्दलोक, पूजावार्षिकी; 1980

❀ ❀ ❀